U0051315

愛呦文創

愛呦文創
愛呦文創
©《One Night Stop～不止一夜情1》黑蛋白◎著、小黑豹◎繪、愛呦文創◎出版

One Night Stop 1
~不止一夜情
黑蛋白/著
小黑豹/繪

目　錄

CONTENT

第一章

我的肚子都餓扁了，想喝熱呼呼的香蕉牛奶

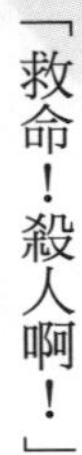

「救命！殺人啊！」

悽慘的哭叫聲之後，是一連串房門打開的聲音。

廉價愛情賓館的走道上瞬間熱鬧起來，不少人打開門看好戲，互相交流聲音到底從哪裡傳出來。

「你不要過來啊！」又是一聲慘叫。

「好像是404耶！」其中一個客人出聲，他就住在409，雙眼亮晶晶的好像巴不得撞開404房，親眼目睹殺人現場。

很快，旅館工作人員就上來了，直接拿備用鑰匙打開404的房門。

「不是的！」渾厚的男聲慌亂傳出，看熱鬧的人已經全部擠到房門外了。

那是個身材高大壯碩的男人，房間裡太昏暗了，看不大出來長相，但看得出來男人的身材非常好，身高腿長腰部緊實，標準的倒三角身材，腹部上的肌肉簡直跟洗衣板一樣線條分明。

啊，真讓人想在上頭摩擦自己。

工作人員啪一下打開頂燈，雖然用處不是很大，但還是勉強看清楚房間內的狀況。

高大男人腰上圍了浴巾，可能是圍上的動作太倉促，只勉強掛在胯骨邊上，下腹部的毛髮隨著人魚線沒入浴巾中，瞬間響起了幾個吞口水的聲音，有男有女。

「救命！」一個纖細的少年竄出房門，瑟瑟發抖地縮在幾位男人身後，崩潰大叫：「你不要過來！你離我遠一點！殺人啊！」

殺人？頓時，眾人看向男子的眼神都不一樣了，沒想到這個長相憨厚的傢伙，竟然會

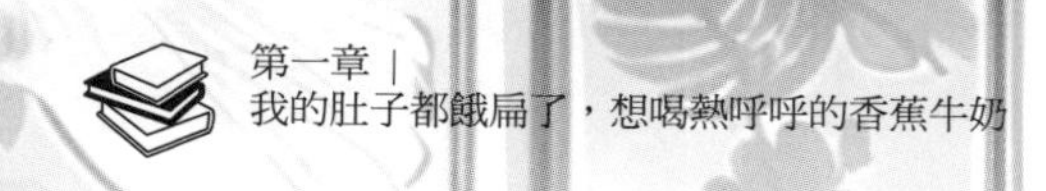

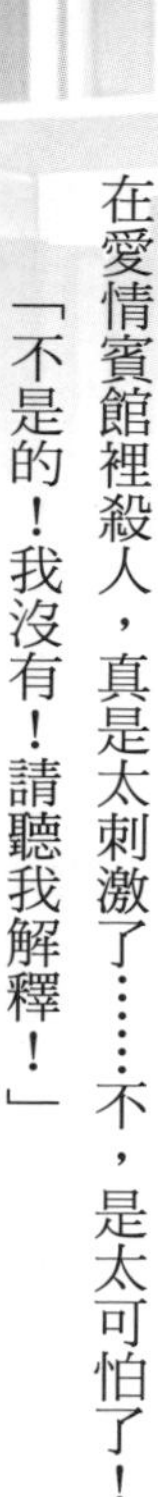

在愛情賓館裡殺人，真是太刺激了……不，是太可怕了！

「不是的！我沒有！請聽我解釋！」

高大男子慌亂得直擺手，臉色都發青了。他往前走了兩步，工作人員包含看熱鬧的人就護著少年退兩步，讓他更是急得滿頭大汗。

「我、我只是想跟他上床而已！」男人結結巴巴地喊叫。

喔——群眾立刻了然，原來是「那種」殺人啊？看來應該是小情侶之間鬧脾氣了吧？

「可是……我報警了耶？怎麼辦？」大後方一位染著紅髮，剛剛還對男人吞口水的青年男子晃了晃手機，一臉抱歉。

「什麼！」男人的尖叫聲都破音了，他焦急地往前走幾步，腰上的浴巾在這時候刷一下鬆開來，赤裸裸的下半身瞬間落入十幾雙眼睛中。

沉默，是今晚最震耳欲聾的喧囂。

大概五分多鐘後，才有一個人吹了聲口哨，「殺人喔——」

未勃起就目測大概有二十公分甚至以上，眾人腦海裡唯一想到的就是：菊花殘啊。

大概是旅館的地理位置太好的緣故，警察出警過來只花了十五分鐘。

剛好夠高大男人穿好衣服，而逃出房間的少年死都不願意再靠近他，只能請旅館工作人員幫忙進房間拿衣服。

潘寧世，也就是那個高大的男人，什麼解釋都來不及說出口，就被警察堵在房間角落裡問話了。

「我……我就是想約人一夜情……」他穿著簡單T恤牛仔褲，肌肉線條依然能透過薄薄的布料看得一清二楚，臉上的絕望跟優越的肉體條件完全不匹配，眼眶都泛紅了。

「真的嗎？」警方其實已經聽到圍觀群眾七嘴八舌的目擊證詞了，但基於謹慎，還是要走走流程的。

只是，眼睛很難不往潘寧世的褲襠瞥。

「我還確認過雙證件……」潘寧世垮著肩膀，一百九十往上的身高，現在看起來彷彿蕭瑟的枯樹。

「他明明說自己喜歡大雞雞的！」猛男委屈得快哭出來，自己還再三確認過的！

「這樣啊……」問話的是個中年警察，大概是見多識廣，畢竟這一區算是有名的風化區，什麼情情愛愛的狀況都看過了，表情很淡然，不動聲色地又瞥了眼潘寧世的褲襠。

「我喜歡大雞雞！但你那是殺人凶器！」逃走的少年在不遠處吼叫：「你想害我菊花殘嗎？」

「我都還沒進去，怎麼知道會不會殘？」

潘寧世也生氣了，哪有人約砲約到警察出面的？

「我不需要把西瓜塞進鼻孔裡也知道塞不進去！」少年叫囂。

「噗哧！」不知道是吃瓜群眾還是警察，反正有人笑出來了，潘寧世覺得自己乾脆死在這一秒算了。

所幸，警察很快確定這是一場烏龍事件，分別教訓了兩人不要浪費警力資源後，中年警察同情地拍了拍潘寧世的肩膀，勸道：「你還是去建立一段穩定的戀愛關係後，跟對方溝通好了再上床吧。」

潘寧世哭笑不得。

是他不願意談戀愛嗎？是他沒談成功過啊！

離開賓館的時候，潘寧世又遇上了那個少年，他一張苦瓜臉完全沒有兩人剛見面時的甜蜜溫柔，三小時前明明還親親熱熱地喊他哥哥，還貼在他耳邊說什麼：「你聞聞，人家香不香？」

超香的，一股甜美的奶香味，隨著兩人升高的體溫飄散開來，讓潘寧世心跳加速，整個人飄飄然的，心想今天應該可以全壘打吧！殊不知，等待他的是三振出局。

他連個觸身球保送都沒撈到。

少年對他翻了個白眼，在坐上計程車前又送了他兩個中指，轟！一聲留下車尾氣從潘寧世人生的賽道上消失無蹤，只剩他待在路邊整整咳了三分鐘。

他要檢舉烏賊車！

想是這樣想，可潘寧世根本忘記看計程車的車牌，他只能不爽地拉緊身上的大衣，在瑟瑟寒風中走回自己停在十分鐘路程外停車場的轎車，上車後整個人癱成一坨爛泥。

雖然是第一次遇到有人報警，但被說殺人已經是第……七次還是八次了？他抹了抹臉，躺在椅背上看著車頂，整個人陷入深深的哀傷當中。

潘寧世這人吧，今年三十八歲了，長得雖然說不上很帥，但也端正完整，更重要的是身材非常好，一百九十公分的身高看起來，過半都是腿。更別說他是個自律、認真的人，一直都有健身的習慣，渾身上下都是緊實漂亮的肌肉，不會太誇張，恰到好處，線條俐落又柔和，差不多是可以光靠肉體就睡遍全世界的好看。

然而，他現在卻還是個處男。

並非他不想破處。

實際上他是個性意識成熟特別早的人，第一次夢遺就在國一，那時候起他就想著成年第一件事情就是要破處，就這樣等啊等、盼啊盼地過去了六年。

大一入學第一週，他就跟室友看對了眼，兩個熱血少年決定偷偷來嘗個禁果。

潘寧世至今都還記得，他那時候害羞地紅著耳朵，對嬌小可愛的室友說：「我雞雞比較大一點，你會不會介意啊？」

「怎麼會介意？我喜歡大的，越大越好。」室友吞了口口水，雙眼迷蒙又狂熱，迫不及待地脫下了他的褲子。

人生的悲劇往往出現在關鍵那一秒，等你反應過來的時候，悲劇已經無法挽回了。

潘寧世的雞雞氣勢洶洶地跳出運動褲，啪一下重重打在室友白皙乾淨的小臉上，留下一道醒目的紅色痕跡。

空氣突然安靜了，原本火熱的氣氛好像猛然凝固住。

就算潘寧世這人稍稍有點白目，當下也無法假裝什麼也沒發現，故作得意地問：「如何？我很大吧？喜歡吧？不親幾口嗎？」

實際上，潘寧世想過要講幾句垃圾話，但他不敢，主要也是他的雞雞被室友握在手中，他怕自己亂講話會發生雞毀人亡的慘案。

不知道沉默了多久，可能一兩分鐘，也可能十幾分鐘。

潘寧世只覺得時間好漫長，彷彿他正在做棒式，但他現在明明露著雞雞打算跟室友滾

個床單，探討一下生命大和諧的意義。

室友臉上被他雞雞打出來的痕跡紅得更明顯了，可見剛剛打上去的力道有多大。潘寧世很抱歉，他想道歉，但室友瞪大的眼睛跟他看不懂的眼神，在在告訴他，自己現在最好假裝是個充氣娃娃。

室友後來跑了，潘寧世甚至都沒能開口叫人停下來，他慌張地穿上褲子，跑出房間的時候撞上另外兩位室友，好奇地問他怎麼了？他們是不是吵架了？

潘寧世能說什麼？自己的雞雞給了室友一巴掌，所以本來打算上床的兩個人直接老死不相往來嗎？

畢竟室友後來申請調宿舍房間，申請不下來，就乾脆交了一個校外男朋友，外出同居去了。

慘淡的青春就在這麼一個沒有解釋的悲傷事件中拉開最後的序幕。

後來，潘寧世又跟幾個同學、學長、學弟試圖上床失敗後，他在校內的 gay 圈已經找不到願意跟他曖昧的人了。

最後一個勇者是學校助教，剛研究所畢業不久，看起來白皙乾淨，笑起來還有酒窩，兩隻手指指尖跟關節都是粉紅色的，兩人大概曖昧了兩個月。

已經確定過度粗長的雞雞是自己悲慘故事的根源，潘寧世一直在試圖拖延跟助教上床的日程。但，這種事情拖得了一時，拖不了一世，二十出頭歲的年輕男孩，龜頭的活躍度遠遠高於大腦。

最終他們還是在約出去喝酒後，天雷勾動地火，又抱又親地回到助教辦公室，在那張看起來很舒服，坐起來也很舒服的拼布沙發上把彼此脫個精光，下半身飢渴難耐地磨蹭。

「啊……好硬……好大……」助教動情的聲音像棉花糖，塞進潘寧世耳中，甜得他幾乎感動落淚。

兩塊薄薄的布料阻隔不了他們肉體的反應，潘寧世激動不已地用自己硬起的陰莖頂蹭助教褲子裡勃起的小東西。又濕又熱又舒服，他喘著粗氣叼著助教纖細的喉結含糊道：「我有點大……你、介意嗎？」

「我喜歡大的。」助教吐氣如蘭，短短幾個字勾魂攝魄。

潘寧世赤紅著眼看著那張含羞帶怯的甜蜜臉龐，再也控制不住地一把扯掉兩人最後的防線。

助教顯然早就準備好了，沙發旁邊的茶几上擺著潤滑液，內褲後頭的布料濕了一小塊，應該事先潤滑過了，灌進去的東西在兩人相處的過程中一點一點流出來沾上的。

潘寧世咕嘟吞了口唾沫，他小心翼翼又虔誠地捧起助教肉乎乎的屁股，聲音顫抖：「我、我可以進去嗎？」

不知道助教到底有沒有真的看清楚潘寧世的陰莖有多大，他仰躺在沙發上凝視著身上的人，像個羞澀又魅惑的精靈，臉頰泛紅、目光迷蒙，微微咬著嘴唇露出一抹靦腆又意味深長的笑容點點頭。

每個故事都是這樣的，主角雖天賦異稟，但這個天賦一開始會成為他生命中的試煉石，他要努力去克服，與自己和解，找尋那個最適合自己的另一半，兩人終究會成為希臘神話中所說的那個圓形的人，完美地嵌合在一起，達成生命的大圓滿。

這一刻終於到來了！

潘寧世興奮得雙手都冒汗，他握緊了助教手感超好的屁股，另一隻手握住自己的陰莖，上頭抹了不少潤滑液，小心翼翼地戳上了那朵微微張開的小雛菊……

「救命！」慘烈的叫喊迴盪在走廊上，因為回字型建築的關係，共鳴大到整棟樓都聽見了。

「你不要過來啊！」

那一夜最後，用救護車的警鳴聲劃上句點。

助教其實沒怎麼受傷，他潤滑得很好，潘寧世也不是粗魯的人，就是處男沒經驗又太大，所以弄痛了助教，小雛菊稍稍有點擦傷，並沒有流血。但，事實已經無濟於事，潘寧世辣屌催菊的名聲一眨眼就響徹校園，他孤獨地度過了最後兩年學生生涯。

「你們明明都說喜歡大的！」

回到現在，即使是二十年前的往事，對潘寧世來說依舊歷歷在目，他回想起那些人的甜言蜜語，跟離開時的冷酷殘忍，就忍不住想哭。

網路上人人說自己有三十公分，一堆小零們甜甜蜜蜜地喊著大雞雞哥哥快來操我，三十公分最棒可以戳到肚子鼓起來，快來讓我懷孕吧哥哥！之類之類，結果現實裡每個人都在看到他的雞雞後逃得跟飛一樣。

「一群騙子！」還害他被警察同情了，這都不是丟臉，他根本沒有臉了。

算了算了，當處男就當處男，他再也不要嘗試找人上床了，萬一又來一次警察盤問怎麼辦？他真的很悲痛好嗎？

嗡嗡兩聲，手機震動了下，潘寧世挪開壓在眼睛上的手臂，懨懨地摸出手機來。是他最近常用的約砲軟體傳來訊息，對方頭像是隻小倉鼠，好像是老公公鼠，小小隻的嘴巴裡鼓鼓的，不知道塞了什麼東西。

潘寧世下意識嚥了嚥口水，立刻忘記半分鐘前他決定要當一輩子處男的決心，點開了訊息。

——明天下午四點有空嗎？

潘寧世想了想，他明天約了一位作者見面，要聊接下來的新故事大綱，下午四點應該已經聊完了吧？

——有空，約哪裡？

約砲軟件就是這點好，直來直往不用花時間試探。

對方先回他一個笑臉，然後是一個地圖標記。

——我會穿藍色上衣，黑色牛仔褲。衣服上有一隻老公公鼠。

——收到，我有一百九十公分，穿綠色上衣。

潘寧世看著對方回過來的「ＯＫ」，覺得人生還是非常有希望的。

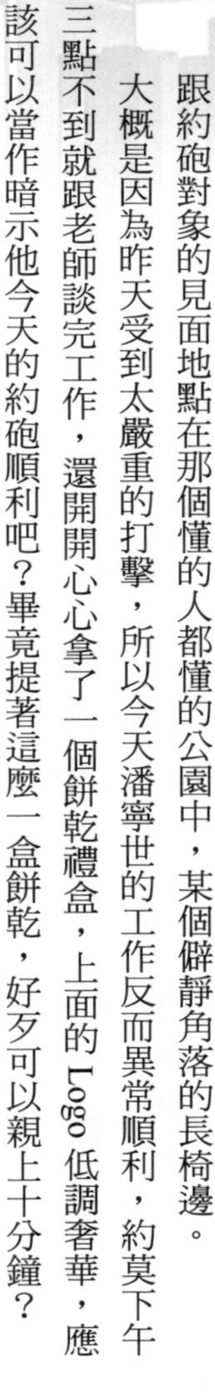

跟約砲對象的見面地點在那個懂的人都懂的公園中，某個僻靜角落的長椅邊。

大概是因為昨天受到太嚴重的打擊，所以今天潘寧世的工作反而異常順利，約莫下午三點不到就跟老師談完工作，還開開心心拿了一個餅乾禮盒，上面的Logo低調奢華，應該可以當作暗示他今天的約砲順利吧？畢竟提著這麼一盒餅乾，好歹可以親上十分鐘？

不小心提早太多到，潘寧世悠哉地坐在長椅上，跟跑下樹的松鼠大眼瞪小眼，心想要不要拆一塊餅乾餵松鼠？但好像不合適，太油太甜對松鼠的身體不好，眼前這隻松鼠很明顯已經過重了，尾巴蓬蓬鬆鬆一大把，皮毛光滑油順看起來就吃得很好。

「你也是一個人嗎？」

母胎單身的技能可能就是能跟小動物如常對話吧？潘寧世支著下巴，順著松鼠歪頭的方向也跟著歪了一下頭。

松鼠吱吱叫了幾聲，樹上立刻竄下另一隻肥嫩的松鼠，潘寧世彷彿從兩隻胖嘟嘟的鼠臉上看到對他這個單身人類的嘲笑。

媽得法克！尊嚴遭受打擊的人類，決定有尊嚴地挪到另一把長椅上，讓這對松鼠無恩愛可秀！

「你就是香蕉哥哥嗎？」清亮悅耳的聲音突兀地傳入正生著悶氣的潘寧世耳中，他感覺自己從耳朵軟到脊椎，下半身則反過來衝勁十足的要硬起來了。

高大男人猛一下站起來，故作矜持但耳垂通紅地循聲找去，接著愣住。

根據不負責任統計，也就是以他用過的約砲軟體的訊息來算，今天大概是他第一千零九十次的約砲，若天天約大概要花上兩年九個多月。

看起來不多，但每一筆都是血淚作結。

在他眼前的，是個大約只有一百六十公分的嬌小纖細少年……

大致上符合他一貫的審美，就是身材比過去約到的人都要嬌小得多，潘寧世莫名想起那張小倉鼠吃大香蕉的梗圖。

「抱歉，我想看一下你的身分證跟健保卡。」

雙證件還是要檢查一下比較保險，眼前的人看起來實在太年輕了，萬一沒成年，那他的人生就真的要結束在床上了。

昨天已經有人叫警察了，萬一今天又叫警察，然後抓到他跟未成年人上床，他就得去監獄破處了……想想就不寒而慄。

少年聞言挑了下略淡卻很漂亮的眉毛，笑了一聲後低下頭翻包包，露出一節纖細得像古早味麻糬的後頸，柔軟又香噴噴的。

咕嘟。

潘寧世吞了口口水，他嘴巴發癢，唾液開始異常分泌，總有種想咬點什麼的衝動。

「來，證件。」

少年很快抬起頭，一雙燦爛的眼眸在午後偏斜的陽光下美得不可方物。

潘寧世被美景晃得失神，拿過雙證件的時候手指都是軟的。他無比希望眼前的人已經成年了，先不說犯罪問題，年輕人身體柔軟，眼前人看起來又特別乖巧溫順，搞不好他們今天真能試試看？不求全部插進去，能戳個龜頭進去也可以啊！

民國七十二年（西元一九八三年）。

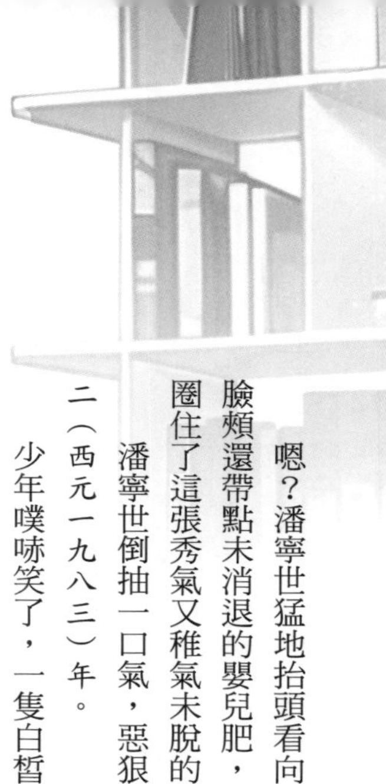

嗯？潘寧世猛地抬頭看向笑吟吟的少年……一張白皙的小臉彷彿都沒有他的巴掌大，臉頰還帶點未消退的嬰兒肥，粉嫩粉嫩紅噗噗的，髮色略淺在陽光下泛著茶金色，柔軟地圈住了這張秀氣又稚氣未脫的小臉蛋……

潘寧世倒抽一口氣，惡狠狠地低頭再次看手中兩張證件上的出生年月日——民國七十二（西元一九八三）年。

少年噗哧笑了，一隻白皙透粉的手指伸過來，點了點身分證上的出生日期，潘寧世覺得這幾下根本點在自己心尖上。

「放心，香蕉底迪。哥哥今天過四十歲生日，不用擔心操到未成年小朋友唷～」

潘寧世恍惚地抬起頭，對上了那雙笑彎的漂亮眼睛。

兩人的視線交纏了大概兩秒，對方露出個狡黠的神情，恍然大悟道：「還是，你今天本來就打算操個未成年小朋友？」

「絕對沒有！」潘寧世頭搖得跟波浪鼓一樣，他是有點白目但不是白痴，眼前這位看不出年紀的哥哥顯然是很有意願要跟他上床的，誰會傻到答錯這個送分題！

他的反應大大逗樂了身分證姓名欄上寫著「夏知書」的男子，怎麼看都才剛滿十八歲的臉龐，笑得鼻尖眼角都泛紅了。

潘寧世覺得自己心頭開出了一片玫瑰園，他跟著夏知書傻笑，緊緊抓著兩張證件都忘了要還給人家。

他覺得自己墜入愛河了。上一個讓他有這種感覺的人，就是那位最後送醫的助教，不過眼前的人比助教還要更可愛更甜蜜就是了。

「禮尚往來，你是不是也該讓我確認一下雙證件？」

夏知書朝傻笑的潘寧世伸手，朝上的掌心也是粉粉的。空氣裡彷彿充滿了甜美的香氣，應該是砂糖、香料和一切美好的東西混合而成的味道吧！

潘寧世連忙掏出自己的證件，連同夏知書的證件一起放在那隻手掌中。他以往也會給約砲的對象看自己的雙證件，這樣才有足夠的保障嘛！哪裡像現在這樣，傻乎乎的。

「潘寧世……」夏知書輕輕唸道。

「欸……你還是可以叫我香蕉哥……呃……弟弟？」眼前人的外表迷惑性太強了，潘寧世怎麼樣也沒辦法把對方看成一個四十歲的成熟男人。

「為什麼用香蕉哥哥當暱稱？」夏知書看起來像閒話家常，如果他沒有舔了一下自己的嘴唇的話。

潘寧世臉色通紅，訥訥回答：「呃……就是，你知道，香蕉長得跟那個有點像，所以就……」明明這個問題以前也被問過，那時候潘寧世還裝作一副情場高手的樣子，勾了下那個可愛小青年的下巴，壓低聲音說：『那是因為哥哥有大香蕉啊，你要不要吃吃看？』

但他現在口乾舌燥、掌心冒汗，一邊感受著陰莖即將耀武揚威起來，一邊又羞澀地深怕講錯話嚇跑眼前的人。

「喔——所以，底迪要讓哥哥嚐一口你的大香蕉嗎？」夏知書湊過來，兩人雖然有三十公分的差距，但他雙手一勾就讓潘寧世心甘情願彎下腰，自己把耳朵湊過去，被滾燙的氣息噴得下腹部緊繃。

當然只能同意啊！他作夢都想被人咬一口大香蕉呢！

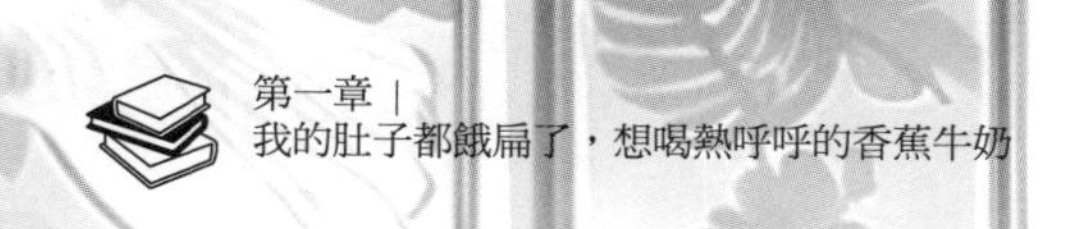

等到潘寧世終於回過神的時候，兩人已經在公園附近的廉價旅館裡開了一間房。

夏知書正在浴室裡洗澡，潘寧世則捂著他進去前在自己臉頰上親一口的地方，傻笑了將近十分鐘。

事情好像進展得太順利了！

失敗過一千零九十次以上的大香蕉哥哥，在盯著夏知書T恤上的老公公鼠幾分鐘後，找回了自己的腦子。

這不正常，平時雖然大家約砲也是直接朝正題跑，但多多少少還是會喝個飲料，約個小會的，畢竟潘寧世喜好的關係，他找的都是些白白淨淨，看起來清純可人的年輕人。這樣的人講坦白一點，喜歡裝純，通常不會一見面就手牽手上賓館，總會裝模作樣培養一下感情，不吃飯不逛街起碼要喝杯飲料吃個蛋糕啊！

夏知書的目的性就很明確，他看起來完全沒打算培養感情，有那種閒工夫喝奶茶，幹麼不直接喝香蕉牛奶呢？這是潘寧世之前問夏知書要不要喝飲料的時候，他的回答。

香蕉牛奶……潘寧世捂著胸口，差點不顧面子在床上翻滾尖叫。

喝！都喝！喝到你吐奶為止！潘寧世嘴巴上客客氣氣，心中那列小火車的時速已經飆破戰鬥機的速度了。

但這麼順利，潘寧世會怕。

沒辦法，他失敗過太多次，今天他其實早就做好又上不成床的心理準備，所以才拒絕

了夏知書的共浴邀請。

要是提早看到了自己的大香蕉，搞不好澡都沒洗完人又要跑了。再這樣下去，他的香蕉牛奶又得滯銷了。

還沒等他自憐自哀完，浴室門打開了，夏知書帶著薰衣草沐浴乳的味道，和水蒸氣走出浴室，渾身都是粉紅色的，對潘寧世歪頭輕笑。

要死了喔！潘寧世顫抖地捏住自己的手，他看過很多人出浴，每個都水靈粉嫩的，但絕對沒有一個人比得上夏知書！怎麼說呢，所謂的清純又充滿色慾，大概就是指夏知書這個人。

「你要洗嗎？還是直接來？」夏知書問。

「那個……我、我還是先洗一下好了。」

潘寧世想直接來，但他真的很怕自己褲子一脫，大香蕉彈出來的瞬間，眼前的人會跟倉鼠一樣竄逃。能拖一時是一時吧！

夏知書聳聳肩，他攏了攏浴袍，短版的浴袍下襬約莫在他膝蓋的位置，兩隻纖細修長的小腿上幾乎沒什麼體毛，潘寧世捨不得把視線移開，就這樣看著他走到床邊的沙發上，打開了電視，轉到電影臺。

電視上正在播放恐怖片，背景是個濕答答、黏糊糊的漁村。

「底迪快一點，別讓哥哥等太久唷。」說著對他眨了下左眼，「你看，我的肚子都餓扁了，想喝熱呼呼的香蕉牛奶。」

潘寧世真的恨不得直接掏出自己的香蕉往夏知書嘴裡塞，但他忍耐住了，顫巍巍道：

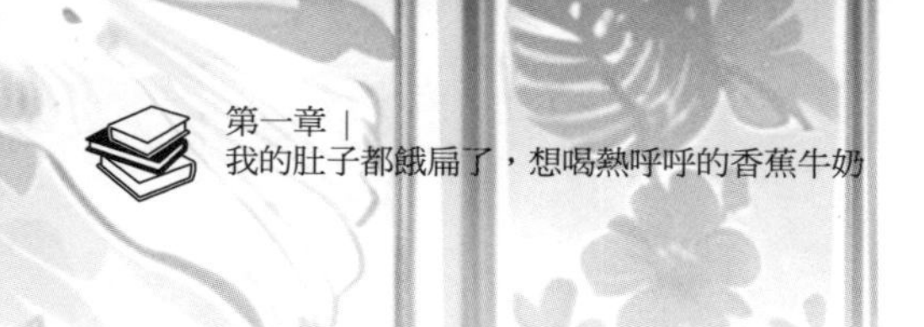

「那個……我的香蕉可能有點粗、有點長……」

夏知書微微舔了下唇，「喔，我就喜歡又粗又長的香蕉。」

碰！浴室門被摔上，潘寧世想，想這麼多也沒用，是個男人提蕉就上！他就不相信自己這次還能失敗！畢竟老一輩說，女大三抱金磚，零號大二歲，那麼一號應該也能抱塊銀磚吧！

圍著浴巾出浴室的時候，潘寧世非常緊張。他還記得昨天，不到二十四小時前，他也是這樣洗完澡，圍著浴巾出現在昨天那個叫小安的少年面前。

小安那雙特別可愛的眼睛，濕漉漉地盯著潘寧世的腹肌。

他們親了兩下，潘寧世沒有太亂來，接吻的技巧並不大好，所以不敢多親，小安也不介意，伸手就扯了他的浴巾。

那時候潘寧世已經半勃了，大約有二十五公分長、五公分寬的陰莖就這樣出現在兩人視線的交會處，小安臉上挑逗的笑當場僵住，怎麼說呢，如果潘寧世不是當事人，他應該會哈哈笑出來。

接下來就是小安的尖叫、被人當熱鬧看以及被警察問話。潘寧世控制不住地打了個寒顫，下意識捏緊掛在腰上的浴巾。

「會冷？」夏知書很有禮貌的關上電視，溫柔地關心了一句。

「也不是……」潘寧世否認，暗暗在心底給自己打氣。不要慫，眼前的夏知書雖然看起來很年輕，但實際上是個經驗豐富的成熟男人了，用倉鼠老公這個暱稱在約砲軟體上小有名氣，據說是個跟誰都約得起來，人人都給五星好評的對象。

這也是為什麼潘寧世傳私訊約他的原因。

也許，經驗豐富可以彌補自己大雞雞帶來的震撼力？想是這麼想，但看著那張非常合自己口味的臉，還有完全是自己審美上的纖細柔軟身材，那身泛著粉的白皙肌膚，潘寧世就失去扯下浴巾的勇氣。

「怎麼了？」夏知書從沙發上起身，慢慢靠近潘寧世，一邊詢問。

「就……那個……你……」潘寧世不由得退了半步，拉開與夏知書間急劇縮短的距離，他感覺自己有點喘不過氣，呼吸間都是薰衣草與略帶清甜的香味，應該是屬於夏知書的體香吧？啊，真好聞。

潘寧世偷偷地深呼吸了好幾口，一不小心就被夏知書用手環住了腰。

他渾身肌肉一僵，深怕腰上那雙柔軟的手直接扯了浴巾，要知道他現在也已經半勃了，透過浴巾能看到微微鼓起的痕跡，完全跟昨晚的狀況一模一樣，他現在的心理陰影差不多有一個小巨蛋的面積。

「香蕉底迪，給不給哥哥喝牛奶？」夏知書用一張清純到近乎天真的臉龐，說出讓潘寧世差點爆鼻血的虎狼之詞。

那個半仰的小臉角度恰到好處，一雙水氣氤氳的眼眸在昏暗的燈光下依然星光璀璨，從睫毛下看向潘寧世的時候，儘管只是清清淡淡的一眼，卻讓人從心底癢到下腹，理智線直接燒斷。

其實潘寧世是不想讓自己看起來太急切的，他畢竟是個成熟男性，並不想讓別人知道自己是個處男，可以的話希望自己看起來遊戲人間游刃有餘，往常他也一直表演得不錯。

然而現在這個當下，他只能脹紅著臉，一手環上夏知書單薄的後背，一手摀住了自己的鼻子。

「小弟弟火力很足喔。」

夏知書見狀笑著調侃，拉著夾住雙腿步履蹣跚的大塊頭男人來到沙發邊，輕輕一推將人推倒在沙發上，鬆鬆掛在男人腰上的浴巾瞬間就鬆開了，一條大香蕉氣勢洶洶地跳出來，差點打到夏知書的手臂。

那真的是非常有存在感的東西。

夏知書跟潘寧世的視線交會在那根大約有三十公分，粗得像易開罐，龜頭又大又圓，拿鵝蛋作比喻都不算誇飾算白描的陰莖上。大概因為龜頭很大，馬眼也比別人大，微張著就非常惹眼，分泌出透明的體液，看起來濕漉漉的。

「真的很大。」

夏知書輕輕吹了聲口哨，噴出的氣息拂過潘寧世敏感的龜頭，好像還吹進了馬眼裡，高大的身軀哆嗦了下，眼眶微紅地死死看著依然對自己笑著的夏知書。

「你……可以嗎？」潘寧世不敢眨眼，生怕錯過夏知書臉上的表情，心臟跳得超快，幾乎要從喉嚨裡鑽出來。

「嗯？」夏知書舔了下嘴唇，把視線從大香蕉上挪到潘寧世的臉上，「如果我說不可以，你打算怎麼辦？」

這是在撩他吧！對吧！這是在挑逗他吧！

潘寧世滿臉通紅，甚至從脖子紅到前胸，他喘著粗氣不敢置信，期待又怕受傷害地開口：「所以是可以的意思嘍？你……不會想逃走吧？」

「為什麼要逃？」夏知書動手把潘寧世的腿撐開，跪倒在男人的雙腿間，小巧的臉龐正對著那直直挺立的陰莖。

從潘寧世的角度看，那張白皙臉龐竟然幾乎被陰莖遮住了。

他吞吞口水，小心地伸手握住放在自己膝蓋上屬於夏知書的手，纖秀柔軟溫熱，也有屬於男人的骨感，觸感非常好的一隻手。

「那……你現在要幹麼？」潘寧世因為腦海中的猜測不停吞口水，那張倉鼠吃香蕉的梗圖幾乎成為他腦中唯一的念頭。

他不會真的這麼好運吧！不但有可能破處，還可以見識到更多新世界？據說，口交某程度上比插入還要爽，也不知道是不是真的……

夏知書空著的那隻手輕柔地握上了大香蕉，小臉從遮擋後探出來，臉頰在熱騰騰又濕漉漉的陰莖上蹭了蹭，屬於潘寧世的體液就這樣抹在夏知書頰側。

男人咕嘟，用力吞了口口水。

「真燙……」夏知書微微側頭，嘴唇在青筋浮起的肉棒上親了親，薰衣草沐浴乳的味道混合著屬於男性的麝香味瀰漫在呼吸間，熾熱的熱度彷彿要將他的手跟臉頰都燙紅了。

「你……你要幹麼……」

夏知書沒回答，只是目不轉睛地盯著潘寧世羞澀閃躲的雙眸，握著陰莖的手微微用了點力，高大男人立刻發出舒適的悶哼，龜頭前端分泌出的體液更多了，甚至順著緊貼的臉頰微微往下滑，低落在夏知書的嘴唇上，柔軟的唇瓣變得更有光澤更誘人，接著粉紅色的

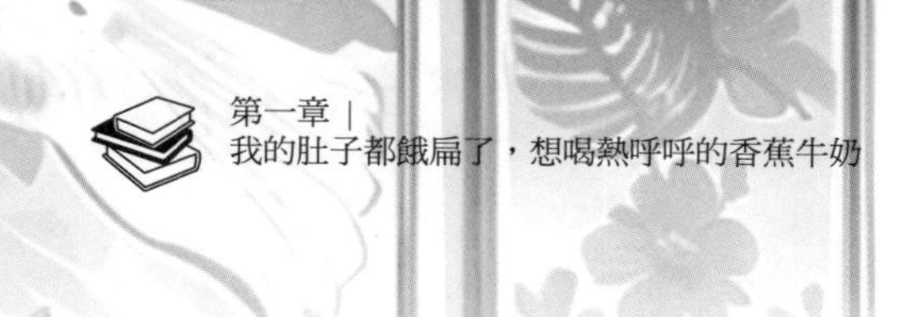

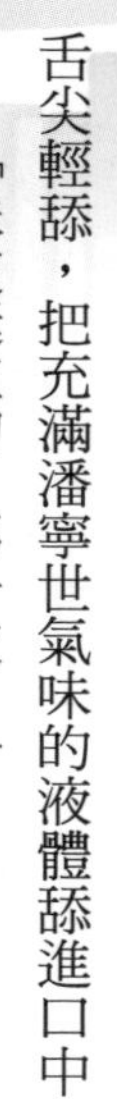

舌尖輕舔，把充滿潘寧世氣味的液體舔進口中。

「味道挺重的，第一次？」

夏知書不知存心還是無意，說話的時候牙齒總會隱隱約約磨蹭陰莖外側肌膚，搞得潘寧世腰後一陣麻癢，下腹燙得彷彿有一團火在燒。

他乾咳兩聲，沒回答這個問題，努力壓下心裡的焦躁問：「需要保險套嗎？」

潘寧世覺得自己有點忍不下去了，不管夏知書想幹麼，他的腦子只想把香蕉塞進倉鼠嘴裡。

夏知書又輕笑了兩聲，在潘寧世想再開口說什麼之前，突然張口從龜頭開始把硬邦邦的肉莖含進嘴裡。

「啊唔！」潘寧世猝不及防下悶哼，他只覺得自己的陰莖進入了個濕熱柔軟的空間裡，接著被狠狠吸吮了兩下，他瞬間頭皮發麻，舒服到耳朵嗡嗡作響，眼前空白了半秒才緩過神來。

這簡直要命了！

粗壯碩長到可怕的陰莖被紅潤的嘴一下子含了三分之一，夏知書垂著雙眸，吸吮得很專心。儘管才三分之一多一些，但因為非常粗，他的嘴似乎被塞滿了，撐得兩頰鼓起，圓碩的龜頭已經抵在了緊窄的咽喉上，口水混合著前列腺液等等的體液，發出嘖嘖的水聲。

夏知書的舌頭非常靈活，技巧也很好，他雖然嘴巴被塞滿了，卻還是能找到空隙去舔潘寧世的陰莖。柔軟的舌頭在龜頭上滑動，偶爾用舌尖去戳微張的馬眼，偶爾順著陰莖內側的肌肉上下舔舐，龜頭的肉冠下緣也沒被遺忘，每個細節都被照顧到了。

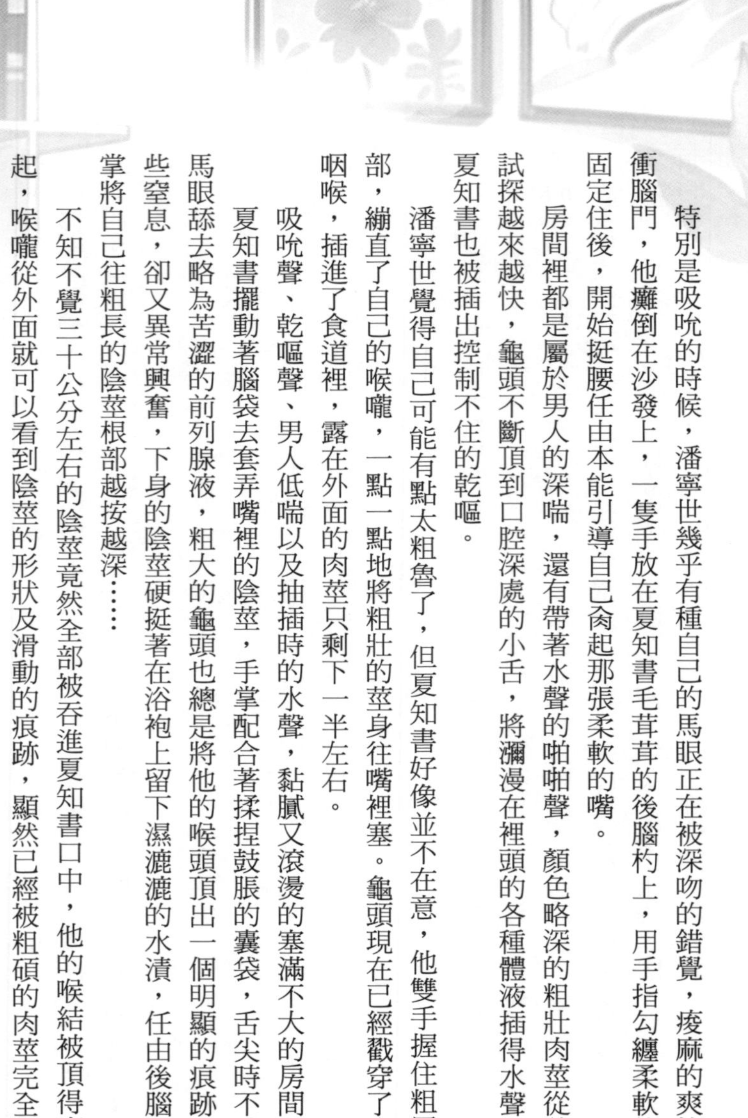

特別是吸吮的時候，潘寧世幾乎有種自己的馬眼正在被深吻的錯覺，痠麻的爽快感直衝腦門，他癱倒在沙發上，一隻手放在夏知書毛茸茸的後腦杓上，用手指勾纏柔軟的髮絲固定住後，開始挺腰任由本能引導自己肏起那張柔軟的嘴。

房間裡都是屬於男人的深喘，還有帶著水聲的啪啪聲，顏色略深的粗壯肉莖從羞澀的試探越來越快，龜頭不斷頂到口腔深處的小舌，將瀰漫在裡頭的各種體液插得水聲四濺，夏知書也被插出控制不住的乾嘔。

潘寧世覺得自己可能有點太粗魯了，但夏知書好像並不在意，他雙手握住粗屌的根部，繃直了自己的喉嚨，一點一點地將粗壯的莖身往嘴裡塞。龜頭現在已經戳穿了窄緊的咽喉，插進了食道裡，露在外面的肉莖只剩下一半左右。

吸吮聲、乾嘔聲、男人低喘以及抽插時的水聲，黏膩又滾燙的塞滿不大的房間。

夏知書擺動著腦袋去套弄嘴裡的陰莖，手掌配合著揉捏鼓脹的囊袋，舌尖時不時刺入馬眼舔去略為苦澀的前列腺液，粗大的龜頭也總是將他的喉頭頂出一個明顯的痕跡，他有些窒息，卻又異常興奮，下身的陰莖硬挺著在浴袍上留下濕漉漉的水漬，任由後腦上的手掌將自己往粗長的陰莖根部越按越深……

不知不覺三十公分左右的陰莖竟然全部被吞進夏知書口中，他的喉結被頂得高高凸起，喉嚨從外面就可以看到陰莖的形狀及滑動的痕跡，顯然已經被粗碩的肉莖完全貫穿到深處。

他不停流出生理性眼淚，鼻尖甚至都埋進男人的恥毛間，被摩擦得微微發紅。呼吸裡都是屬於男人濃烈的賀爾蒙氣息，夏知書幾乎喘不過氣，但後腦上的手掌卻絲毫沒有收斂

的意思，依然按著他一次又一次深深的肏弄脆弱又緊緻的咽喉，每每稍微抽出一截後又猛地貫穿進最深處，囊袋趴一下打在秀氣的下巴上，幾次後留下一片紅痕。

「唔……咳咳……」夏知書被嗆得連連咳嗽，緊縮抽搐的喉部將男人的陰莖裹得更緊，男人立刻又是一陣不要命的深頂，差點把他頂到窒息暈厥。

潘寧世粗重地喘息著，聲音嘶啞：「對不起……對不起……我忍不住……抱歉，之後你要怎麼打我甚至報警都可以，但現在……拜託讓我射進去……」

一邊道歉的同時，硬脹的龜頭也毫不留情地往喉嚨深處頂動，把夏知書肏得有點受不了，他淚眼婆娑地伸手想推開潘寧世，好歹讓自己能稍微多呼吸到一點空氣。

但他的掙扎讓男人感到不爽，早就因為快感失去理性的潘寧世現在跟發情的野獸沒兩樣，手掌桎梏著夏知書的腦袋讓對方完全動彈不得，只能任由他控制著上下吞吐陰莖，簡直像個訂製的飛機杯。

濕熱緊緻的咽喉因為粗暴的動作開始抽搐，吸得潘寧世後腰發麻，什麼人性理智都被丟到三十億光年外，凶狠地挺著腰連續深插了幾百下後，龜頭猛地又頂入了一個前所未有的深度。

夏知書纖細的頸子鼓起好大一塊，幾乎瀕死般絞緊了猙獰地跳動著的肉莖，接著抵在咽喉深處的陰莖大了幾分，在夏知書以為自己真的要窒息的時候，一股濃烈的精液激射出，打在他的喉嚨上，嗆得一邊咳一邊拚命吞嚥，深怕自己被精液溺死。

潘寧世射了很久，中途還把陰莖往外抽，最後幾股全部射在夏知書臉上，龜頭跟半張著一時閉不起來的唇上牽著一條黏膩粗長的銀絲，最後與濃烈石楠花氣味的精液一起滴落在夏知書的胸口……

昏暗的房間裡一時間只有兩個人粗重喘息的聲音。

潘寧世腦子空白，耳朵裡嗡嗡響，整個虛脫的同時又極端興奮，剛射完的陰莖半軟，但還是保持了一定的硬度，依然存在感驚人。

夏知書用手指點了點男人的膝蓋，肌膚摩挲的感覺很癢，潘寧世哆嗦了下，總算恢復了清醒，茫然地看向自己腿間的男人。

「這樣就結束了？」夏知書用手指將臉上的精液抹掉，整個人看起來狼狽還有點髒兮兮的，但因為那張臉長得太好看，白色的肌膚泛著粉色，反而有種勾魂攝魄的魅力。潘寧世心中立刻充滿了帶點罪惡感的滿足，那是種控制欲跟支配欲完全被充盈的愉悅。

「你……」潘寧世正想回答什麼，就看著夏知書把沾滿了精液的手舉到自己唇邊，伸舌頭舔了舔那些半透明的白色體液。

「等等！你幹麼舔？」

他當場嚇得彈起來，手忙腳亂從一旁的床頭櫃上抽了好幾張面紙出來，慌亂地想幫夏知書擦乾淨臉上的精液。口交是真的很爽，看到砲友吞了自己的精液也挺爽的，但不代表他的臉皮有厚到可以在恢復理智後，看著對方舔自己的精液給自己看啊！

羞恥，還有一種難以面對的隱密快感。

「挺濃的。」夏知書挑眉，任由潘寧世幫自己擦拭臉上的痕跡，接著調笑：「很久沒發洩了？」

是挺久，不算自己來的話，大概二十五年……潘寧世輕咳兩聲，手上動作很溫柔，一

點一點把自己留下的痕跡擦乾淨，紅著耳根問：「要不要洗個臉？抱歉，我不該噴在你臉上，頭髮好像也沾到了……」

夏知書聳肩，「無所謂，你不噴我臉上也會噴我嘴裡。不過這不是我們現在該討論的事情吧？」

潘寧世當然知道夏知書是什麼意思，剛剛還有點軟的陰莖，就這一句話又硬邦邦地翹起來，在腹肌前微微晃動。

「你……呃……還行嗎？」潘寧世問。

「試試看不就知道了？」夏知書撐著潘寧世的膝蓋站起身，接著跨坐上他的大腿，圓潤的臀部柔軟又有彈性，竟然沒有穿內褲，直接肉貼肉的，潘寧世臉紅得不行，又控制不住感受大腿上的柔軟觸感。

原來，人類屁股的觸感這麼好嗎？他手指發癢，吞著口水偷偷摸上那塊渾圓挺俏的部位……滑膩的肌膚像是會吸人，潘寧世又揉又掐，根本捨不得放開。

「喜歡嗎？」夏知書伸手環抱住潘寧世的頸子，把自己的臉貼過去，笑著問話的同時，在男人紅得幾乎滴血的耳垂上啃了一口。「不往裡面摸深一點？我清潔過也潤滑過了，可以先用手指操我喔。」

真的要命啊！潘寧世渾身先是一僵，接著像個青春期的大男孩，完全被本能控制著把手往夏知書的臀縫裡伸。

果然，很快就摸到一塊褶皺濕潤，明明凹陷著卻有種鼓鼓彈彈觸感的部位。剛摸上去的時候，那塊地方是緊縮著，似乎很害羞，可當他摸了兩下後，就微微張開了，手指一下子就滑了進去，瞬間被柔軟濕熱的肉腔緊緊包裹，怯生生地啜了兩下。

僅僅只是一根手指啊！潘寧世覺得自己被夾在兩人身體中間的陰莖就要炸掉了，如果進去的不是手指多好？被這麼柔軟緊緻的肉腔包裹住的是自己的陰莖多好！他想了二十五年啊！

與此同時，腿上的人也不安分，除了咬著他的耳垂磨牙磨得他心頭火熱，陰莖鼓脹，前端又濕漉漉地分泌了一堆前列腺液外，雙手也沒客氣，一隻手輕柔的勾纏撫摸著潘寧世的後頸，另一隻手則順著頸側、肩骨、前胸的肌肉線條，一路滑向堅實的八塊腹肌。中途還在厚實的胸肌上多摸了幾把，喉間發出滿足的喟嘆，顯然非常享受。

酥麻滾燙的感覺從夏知書指尖往外擴散，直直衝上了腦門，潘寧世撫摸臀部以及手指抽插肉穴的動作都粗暴了不少。

本質上潘寧世是個老實的傢伙，性愛上又是個思想的巨人行動的侏儒，根本抵擋不了這種挑逗的攻擊，等他反應過來的時候，已經把人推倒在床上，整個人壓上去，無師自通地吻住了那張看起來就非常好親的嘴唇。

「嗯唔——」夏知書輕輕掙扎了下，但很快伸手抱上男人的背，雙腿被撐開夾著男人腰側，浴袍已經被扯鬆了，大半的身體都暴露在空氣中，昏黃的燈光下流轉著絲綢般的光澤，寬大熾熱的手掌有些粗糙，緊緊地扣著他的腦袋，彷彿要吞下他似地深吻著。

跟陰莖一樣，潘寧世的舌頭也挺長的，強硬的塞進夏知書的口中，舔拭他的齒列，拉著他的舌頭糾纏，甚至仗著天生的本錢幾乎舔到咽喉的地方，用舌頭操了幾下，弄得夏知書口水都含不住，從唇角流下。

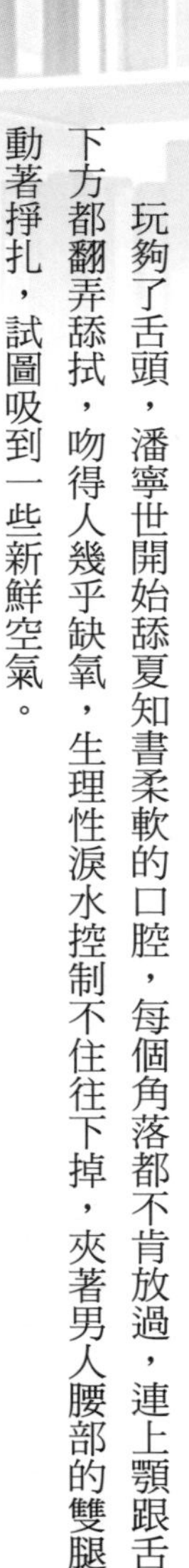

玩夠了舌頭，潘寧世開始舔夏知書柔軟的口腔，每個角落都不肯放過，連上顎跟舌根下方都翻弄舔拭，吻得人幾乎缺氧，生理性淚水控制不住往下掉，夾著男人腰部的雙腿踢動著掙扎，試圖吸到一些新鮮空氣。

太深了……真的太深了……夏知書有種自己的喉嚨都被舔到的錯覺，呼吸裡全部是屬於潘寧世的味道，這還是他頭一回在做愛時有種靈魂要出竅的恐怖快感。

高大的男人雖然是處男，卻天生懂得壓制住自己的獵物，他又往前挺了挺，讓夏知書的雙腿張得更大，兩人的下身也貼得更緊，粗長的陰莖沉甸甸的抵在柔軟的肉穴外，隨著他深吻的動作上下磨蹭，滋啾滋啾的水聲蔓延開來，而他的手也覆蓋上夏知書纖細的頸部，緩慢又不容抗拒的一點一點捏緊。

「唔——嗯嗯——」交纏的嘴唇間流出越來越多唾液，夏知書發出嘶啞的悶哼，紅潮從脖子被捏住的地方開始往上蔓延，接著身體開始抽搐，夾著潘寧世的雙腿也痙攣的踢動，燦爛的雙眸開始失神的往上翻，眼看就要昏死過去了。

總算在昏過去前一秒，潘寧世察覺到不對勁，連忙鬆開手往後退，兩人唇間牽起的銀絲斷開，夏知書整張臉都濕漉漉的，分不清哪些是眼淚哪些是口水，他僵直地抽搐了兩下後，開始劇烈地邊喘邊咳，雙眸失焦地盯著一改先前粗暴，看起來手足無措的男人。

這傢伙看起來老實，搞不好心底是個施虐狂啊……看起來挺喜歡玩這種窒息遊戲。

夏知書好不容易喘勻了氣，嗔怒似地瞪了眼垂著腦袋滿臉歉意的潘寧世道：「不繼續嗎？你的大香蕉好像快要受不了了。」

潘寧世又歉疚又驚喜，還想著接下來要溫柔一點，但當他覆蓋上夏知書的身軀，在男人的配合引導下將自己的大屌插進柔軟緊緻的後穴中的瞬間，理智又一次蒸發殆盡。

這個姿勢進得沒那麼深，但肉穴卻特別緊、特別會吸，窄緊的內壁被撐得不留一絲縫隙，前列腺一下子就被圓碩的龜頭頂到了，夏知書當即發出舒服的吟叫，渾身肌肉都軟了，癱在床上被男人又深又狠地操幹。

第一次上人的潘寧世根本沒什麼技巧可言，他靠著本能進進出出地抽插。仗著體力過人，力氣也大，下半身跟打樁似得猛進猛出，堅硬的龜頭每每戳在前列腺上，接著往更深的地方插入，一下子就將肉穴肏得汁水四濺，來不及合起來就又被肏開來，劈劈啪啪聲不絕。

潘寧世人生第一次這麼爽，扣著夏知書的手臂肌肉股起，隨著自己挺入的動作，把人深深地往自己陰莖上壓，那種被柔軟肉壁吸吮擠壓的快感直衝腦門，讓他爽得頭皮發麻，動作更加狂躁了。

「啊——哈啊——唔——」夏知書眼前一會發黑一會發白，他緊抓著男人的手臂，感覺自己的肚子裡鼓鼓脹脹的，又痠又麻又燙，從他的角度看自己的肚皮，竟然隱約可以看到有什麼東西在裡頭戳幹的痕跡。

「好大……真的好大……太激烈了……慢一點啊啊！再幹深一點！」

夏知書熱情的深吟煽動了男人的本能，肏幹的動作更加粗魯凶暴，堅硬的肉莖無數次戳入，擦過前列腺，直頂到直腸底部，交合的穴口外是一層磨擦出來的白沫，潘寧世還有大約六七公分的陰莖沒插進去，但光是現在進入的深度，就已經隨著插入的動作，在夏知書肚皮上戳出一個一個小包，肚皮上可見到陰莖進出的痕跡。

「啊啊啊——」

夏知書雙腿抽搐的夾緊身上的男人，腳趾因為快感蜷曲，肉壁也跟著痙攣，濕軟的腸肉吸得更緊，像有無數張小嘴在舔拭吸吮，潘寧世幾乎要被直接絞到射出來。

但他忍住了，發狠地操得更用力，幹得夏知書摸著肚子尖叫，渾身緊繃，雙手在男人手臂上抓出血痕，身前一直無人觸碰的陰莖抖了抖開始射精。

與此同時，腸道深處也絞得更緊，緊接著噴出一股又一股的汁液，淋在潘寧世滾燙堅硬的龜頭上，隨著男人的抽出往外漫流，又被插入的動作帶回體內，來來回回的拍打出一片白沫。

潘寧世身上都是汗水，他隱隱約約猜到夏知書不但高潮而且潮吹了，男性潮吹啊！根本是在黃色書刊上才能看到的特殊反應，沒想到他第一次跟人上床就見識到了，這個認知讓三十八歲的前處男，腦門一熱興奮得像個十八歲靠龜頭思考的青春期男孩。

他不管身下的人正在高潮，現在完全承受不了更多的刺激，繃緊精悍的腰部肌肉，猙獰沉重的肉棒打樁似的狂進猛搗，一副要把剩下六七公分還沒進去的陰莖，全部插進去的狠樣。

「啊唔唔！」

夏知書第一次遇到這種完全沒技巧，卻光靠身體優勢就幾乎要操死他的對象。

他翻起白眼，手腳抽搐扭曲，崩潰地想翻身逃走，卻被死死抓著腰部根本動不了。

肚子被戳到很深的地方，從來沒有一任砲友可以戳得這麼深，他都搞不清楚潘寧世到底操到自己哪裡了，只覺得快感不斷在腦中炸開，每一條肌肉、每一條血管、每一寸神經都被快感填充，他只能張著嘴喘息呻吟，捂著肚子感受男人的龜頭透過肚子戳在自己手掌中，兩人磨蹭的下腹上都是自己剛剛射出去的精液，黏糊糊的。

「真浪費……」潘寧世看著糊在自己肚子上的精液，粗啞地低語，他舔了舔自己的嘴唇，下唇邊上有一點被咬破的傷口，應該是先前接吻的時候被夏知書咬的。

「你……不會啊啊……想喝嗯……吧……」夏知書雖然被操的腦子都要糊掉了，還是沒錯過機會撩撥在自己身體裡撻伐的男人。

回應他的是一連串更深更有力的抽幹，甚至比先前要粗了幾分，大屌狠狠破開緊縮的腸肉，幾乎要把直腸肏穿，再往後就是更加狹窄彎曲的結腸了，要是真操進去夏知書覺得就算是自己也會爽到昏過去。

男人的臀部上下大力地挺動，儘管依然沒辦法把整根都插進去，但也足夠把夏知書肏得開始哭著求饒。

「慢、慢一點……啊啊啊！我錯了……我不應該啊啊……挑釁你啊啊啊！求你慢一點！」夏知書覺得自己要被肏窒息了，他頭一次崩潰地推搡身上的人，他不是不想繼續被幹，但他需要緩幾口氣，好歹讓他能順暢呼吸吧！

潘寧世一隻手還抓在夏知書腰上，另一隻手則扣上纖細男人在自己手臂上抓扯的手，十指交握地按在夏知書臉側。

他俯下身軀，狠狠地頂入到深處停住，直直盯著夏知書的眼眸，兩人氣息交纏，肚皮上鼓起的痕跡也蹭在潘寧世的腹肌上。

「我喜歡你挑釁我……」潘寧世笑得像隻狼，他咧嘴露出整齊森白的牙，輕輕啃了啃

夏知書粉嫩的臉頰，「這樣我就能放心的幹死你。」

尾音剛落，夏知書都還沒反應過來自己聽到了什麼，身體裡的粗屌猛地往裡戳了一截，龜頭剛剛好頂在結腸口，差一點就要戳進去了。

悽慘的尖叫在房間中炸開，強烈到讓人暈厥的快感與些微疼痛的恐懼感，讓夏知書眼前一片白光，猶如滔天巨浪般席捲他所有的理性與鎮定，不由分說將他帶入一層高過一層的連綿快感。

他翻起白眼，被幹得完全喘不過氣，只能哆嗦著嗚咽，很快又潮吹了。

夏知書真的不知道，潘寧世究竟什麼時候射精的，他沒能支撐多久就被幹昏過去了，後面就算醒來也依然被男人抓著腰用最保守的傳教士體位肏幹，然後他被幹得又射又噴，哭喊著再次暈過去。

第二章

果然，鐵樹開花就會一直開到死

雖然破處了，但潘寧世還是又見了一次警察，這次甚至進了警察局。

報警的是旅館櫃臺，原因是做愛的動靜大引起其他房客的恐慌。

夏知書後來求饒的聲音實在哭得太悽慘，床移位了、桌子移位了、沙發移位了，地毯到處都有可疑痕跡，門上有夏知書半邊臉的印痕，浴室雖小但也沒逃過一劫，洗漱用品四散，浴巾毛巾亂七八糟還濕答答的，乾濕分離失去了意義，整個地板都被水泡濕了。

一開始是同一層的旅客紛紛跟櫃臺抱怨，櫃臺打了幾次電話都沒人接，只好上來敲門，敲半天只聽見裡面的人越叫越悽慘，什麼「放了我」、「不要」、「我會死」啥啥的，真的分辨不出來裡頭到底是做愛還是殺人。

不得已，接近午夜的時候，旅館方面報警了。理論上應該不是殺人，但也很難說到底跟殺人距離有多遠，畢竟裡頭那個被上的人，已經喊了四小時了，聲音啞得要命，外面的人聽得膽戰心驚。

警察很快就到，一男一女看起來都很年輕，剛開始還臉色嚴肅地敲門要求開門，但很快就被傳出來的聲響搞得臉色尷尬，十分鐘後變得驚駭不定，再過了五分鐘只能讓旅館員工直接開門。

首先是一股濃郁的性愛氣味衝出房門，混合著薰衣草氣味、殘留的空氣芳香劑氣味、精液跟其他體液混合的氣味，還有滿滿的賀爾蒙氣味，五味雜陳，門外的人全部捂住自己的鼻子面面相覷。

接著是毫無遮擋的粗重喘息聲跟呻吟尖叫，還有家具嘎嗞嘎嗞劇烈搖晃的聲音，整條走廊上瞬間變得很不合時宜。

旅館員工當然不願意打頭陣，他只是個小老百姓，再半小時就要交班了，現在不想多事，只想裝死。

兩位警察責無旁貸，只能咬牙走進去，一下子彷彿進入了某種異世界，這個世界除了性愛沒有別的東西。

床上——那應該是張床沒錯——有兩個交疊在一起的人體。其中一人皮膚很白，在昏黃的燈光下依然雪白發亮，還泛著迷人的粉紅色，只可惜無數的抓痕、吻痕遍布，腰上跟大腿尤其多。

他跨坐在另一個男人身上，那是個躺在床上都能感受到其高大與壯碩的男人。兩人正用騎乘式劈劈啪啪做愛，白皮膚男子單薄的肚皮上有一個微微鼓起的形狀，隨著上上下下的動作移動。

真的不能怪兩位警察第一時間做不出反應，他們尷尬地瞪大眼，不知道該怎麼開口比較好。

就在這時候白皮膚男子爆發出尖銳的哭喊，身體往後彎得像張弓，肚皮上的突起更明顯了，他的雙手被下方的高大男子左右扣住，完全掙脫不掉，重重地跌坐在對方陰莖上，感覺都要被頂到胃了，半軟半硬的陰莖顫抖著流淌出不知道是精液、體液還是尿液的東西，整個人抽搐到幾乎散開。

高大男人還笑了，挺著腰繼續往上頂，靠著一身肌肉跟力氣繼續啪啪幹著身上高潮到幾近崩潰，彷彿失去意識的人。

目瞪口呆……真的除了這四個字沒有其他詞語可以形容眼前的狀態。

後面到底是怎麼引起兩個做愛到入迷的人的注意力，到分別問話，警告兩人收斂諸如此類，誰都回想不起來了。

能記得的就是一片混亂，那個高大男人發現被圍觀後，猛跳下床抓著黏糊糊的浴巾擋住自己的下半身，還將腿軟身體軟看起來只想癱在床上的白皙男人塞進浴室後，才用一種混合著尷尬、愉快、無奈又得意的神情面對警察。

一開始的問話很順利，高大男人叫潘寧世，三十八歲，出示了證件跟約砲軟體上的訊息，表示自己只是跟網友相約做愛，並不涉及金錢交易。在看到暱稱「香蕉哥哥」的時候，男警察神色微妙地瞄了眼暫時被浴巾擋住的部位。

暫時確定了潘寧世沒問題，接著就要問問目前被關在浴室裡的白皙男性了。

對方應該是已經緩過神，大概也把自己弄清爽了，從裡頭敲了敲門，「我可以出去嗎？」聲音清亮柔和，尾音帶著使用過度的嘶啞，聽得人耳朵心頭癢癢的。

「麻煩出來。」女警開口。

潘寧世很明顯地遲疑了，他隔著門問：「你真的可以嗎？」

「我可以啊。」回應的是帶笑的輕語。

但潘寧世好像還是有點不大樂意，這種反常讓兩個警察警覺了起來，男警皺起眉越過潘寧世的肩膀敲門，「先生，你不用擔心，請出來。」

至於要擔心的是什麼，每個人心裡有不同的答案就是了。

浴室門打開了，出現一個嬌小的身影，大概只有一百六，只到潘寧世的肩膀，小小的臉只有巴掌大，一雙大眼濕漉漉的，眼尾還泛著豔麗的紅色，已經穿上了浴袍，但露出的

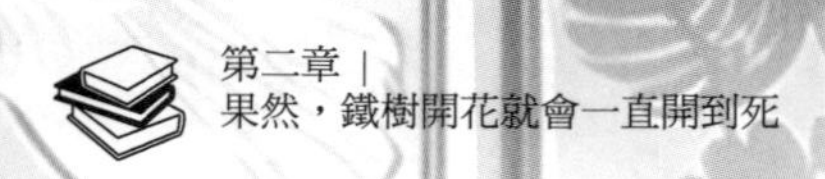

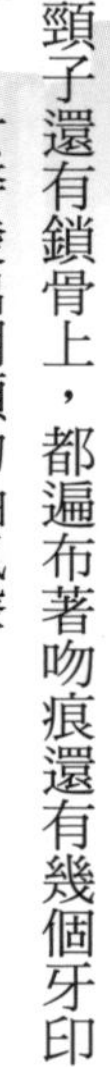
頸子還有鎖骨上，都遍布著吻痕還有幾個牙印。

女警發出明顯的抽氣聲。

下一秒，潘寧世還沒有搞清楚到底怎麼回事，他已經被男警一個擒拿壓制了，人直接倒在地上，雙手反扣在後腰，臉直接跟粗糙的地毯摩擦，好像還聽見了什麼金屬喀嚓一下的聲音。

咦？嗯？什麼？

「你竟然跟未成年人發生性行為！」女警氣憤地大叫。

啥？

「不不不不！他成年了！他七十二年次的！今天滿四十歲啊！」潘寧世被擠出章魚嘴，奮力替自己辯解：「真的！我確認過雙證件的！」

「兩位，我可以拿證件證明我的年紀。」

夏知書看起來倒沒有特別驚嚇，他神態和緩，彷彿沒看到疑似手銬的東西出現在潘寧世手腕上，逕直跨過五體投地的潘寧世，走去拿自己的背包。

「對對對，你們可以檢查他的證件！」

潘寧世又被用力往地上按了按，臉都擠成無限符號了。

女警接過證件後，一臉不可置信地看了看出生年月日，又看了看夏知書的臉，然後拿取證件仔仔細細翻看，似乎要找出破綻。

「怎麼樣？」膝蓋頂在潘寧世背心的男警問。

「看起來像真的……」女警遲疑，很懷疑自己的判斷，畢竟民國七十二年跟夏知書的長相落差太大了。

「我們回局裡更詳細的檢查一下？」

一個看起來彷彿都沒滿十八歲的人，他們必須要謹慎再謹慎。

於是乎，潘寧世在三十八歲破處這一天，也解鎖了警察局之行。

「我真的是無辜的！他成年了啊！」被從地板上抓起來的潘寧世悲憤不已，「拜託讓我穿衣服！」

他現在雙手被銬，一起來腰上的浴巾也掉了，被嚇軟了但還有二十公分的大香蕉直接甩出來，濕濕黏黏地打在他大腿上。

房間裡又安靜了，所有人的視線都聚集在存在感十足的大屌上。

「我不會逃走，拜託……」潘寧世快哭了，「不然至少幫我把浴巾圍好……」可以說是很卑微的心願了。

夏知書貼心地對門外的房務員要了乾淨的浴巾，然後仔仔細細幫潘寧世圍上，保證不會隨便掉下來，還偷偷摸了兩下緊實的腹肌。

這兩下摸得潘寧世陰莖跳動，不小心就半勃了，丟臉地在圍巾上頂出一個無法忽視的小鼓包。

兩位警察的眼神簡直跟X光一樣，看得潘寧世想挖洞把自己埋了，乾脆死在今天也是個選擇，起碼人生最大的心願已經了結了。

總算離開旅館前手銬被拿掉了，夏知書心態平和地將兩人的物品整理好塞在一個紙袋裡，提在手上，跟在女警身後一起上了警車。

幸好夏知書證實了自己的年齡，也證實了兩人確實沒有金錢交易，不是嫖娼更沒有援交，就是單純約砲，潘寧世才在幾個同情夾雜探究好奇的目光中，頹然地拎著自己的東西，在半夜兩點半的時候，跟夏知書一起離開警局。

兩人站在路邊，這個時間點只能招計程車了。

潘寧世身上很不舒服，各種體液乾涸後沾在頭髮、皮膚，特別是性器上，有種悵然所失，彷彿被世界拋棄的悲壯感。

相比之下，夏知書的狀態就很好，雖然看起來有點累，神態卻明朗得像在發光，簡直如同吸飽了精氣的妖精。

潘寧世忍不住這樣想，然後用力搖搖頭甩掉這些莫名其妙的想法。

夜太深，路上計程車不多，幾分鐘後才攔到一輛車，潘寧世很紳士地禮讓給夏知書。

「謝謝。」夏知書沒有客氣，坐進去後正要關門，車門卻被猛一下拉住，把司機跟夏知書都嚇了一跳。

「那個……我還能再約你嗎？」潘寧世彎下腰，他很高大，車子底盤又偏低，讓他佝僂的像個九十歲的老公公。

夏知書笑出聲：「你可以約，但我不見得有時間。」說著頑皮地眨眨眼，猶如小鉤子般在潘寧世心頭上肆虐。

「好……我會努力找時間約你的。」潘寧世認真地說，又慎重地道了別後，替夏知書

關上車門。

直到車尾消失在夜色中，旁邊又經過了三四輛計程車，潘寧世才終於輕輕嘆了口氣收回視線。

他現在全身都有股不可言述的味道，講真的不大好意思坐計程車，乾脆點開 line 傳了訊息給自己的好友。

——醒著嗎？

沒過兩三秒，對方就回了個「醒著」的貼圖回來了。

——來××警局接我。

回過來的是一長串批發免費的問號，接著是語音電話打過來了。

潘寧世現在不想講話，他還在回味破處的愉悅跟品嘗苦澀的警局之旅餘味。所以將語音通話按掉，迅速傳了一串訊息出去。

——快點來，我想回家洗澡睡覺，不想回應你的好奇。

對方先是傳了張氣呼呼的貼圖，接著是一張ＯＫ。

潘寧世本來打算收起電話，但深夜街頭吹著涼風等人，實在有點過於無聊，所以他又打開了約砲軟體，用關鍵字查了「倉鼠老公公」，津津有味地閱讀起網路上關於夏知書的傳奇故事。

夏知書醒來的時候，窗簾是拉開的。

陽光灑在臉上，強迫他從深沉的睡眠中醒過來。

他愣愣地看著窗外的藍天白雲，遲鈍地想著，我睡前不是有拉上窗簾嗎？忘記了嗎？昨天做過頭了？

叩叩兩下敲門聲吸引了他的注意力，夏知書遲鈍地從床上撐起來，看向大開的房門，以及倚在門邊的俊美男人。

「早安。」男人淺笑道，揚了下手腕，「下午三點半，你應該起床了。」

「喔——」夏知書揉揉眼，大大打個哈欠，睏頓道：「我要起司歐姆蛋、兩片厚切煎培根、兩片烤土司跟一杯牛奶，錢包在老位置，拜託啦！」

「食材我都買來了，你快點起來梳洗乾淨，我現在去弄給你吃。」男人控制不住翻個白眼，不放心又催促道：「你現在下床進浴室去，快點。」

過去經常發生他前腳叫完人，任勞任怨幫忙做飯後，回來發現夏知書又縮在被窩裡睡得打呼的情況。回想起來就讓他捶心肝，桌上都是些熱過就不好吃的食物，他明明都算好時間了！

「別這麼嚴肅嘛，我這就起床……」夏知書笑著又打個大大的哈欠，幾乎是全裸地鑽出被窩，身上的痕跡大剌剌地呈現在男人面前。

男人皺了下眉，沒好氣問：「你昨天不會又跑去跟那個人睡了吧？」

夏知書愣了下，滿臉疑惑地歪頭盯著男人，顯然沒聽懂他在說什麼。

「這麼多瘀青……」男人遲疑了下走上前，抓起隨便被丟在室內椅上的浴袍，劈頭蓋臉扔在夏知書頭上，「看起來沒出血，他懂得客氣了？」

夏知書齜牙著扯下浴袍，癟著嘴穿好，一邊小聲嘟囔：「你到底在說誰啊？說話要說清楚嘛。」

「那個跟你睡了三個月的砲友，叫什麼名字來著……信義區的釘子哥？」男人伸手用力搓揉夏知書的腦袋，把人揉得東倒西歪，唉唉叫著摔下床。

「你約砲對象的名字能不能挑一挑？怎麼老是這些亂七八糟的名字，前一個叫什麼？高射炮？」

「阿姆斯特朗旋風噴射阿姆斯特朗砲 2010。」這款砲，夏知書大概約過十個，算是所謂男人的浪漫吧。

這個 2010 號的當量是最大的，各方面數值也是最好的，應該是因為 2010 這個數字是小朋友的出生年，才剛大學畢業的年紀，技巧跟體力都是他歷任砲友裡數一數二的——如果昨晚沒遇上香蕉哥哥的話。

「我是不介意你跟誰睡，但拜託找那種不會在你身上留傷的好嗎？」男人頭痛地戳了戳自己的太陽穴，把人從地上撈起來，拍了拍身上看不見的灰塵，表情嚴肅，「我不想再去醫院看你了。」

聞言，夏知書只是哈哈一笑，用臉頰蹭了下對方的手掌，轉移話題道：「我好餓，拜託主人餵食。」

回應他的是個大大的白眼，男人猛地縮回手，誇張地甩了甩，指著浴室的方向命令：「向左轉！起步走！不要再浪費我的時間了！」

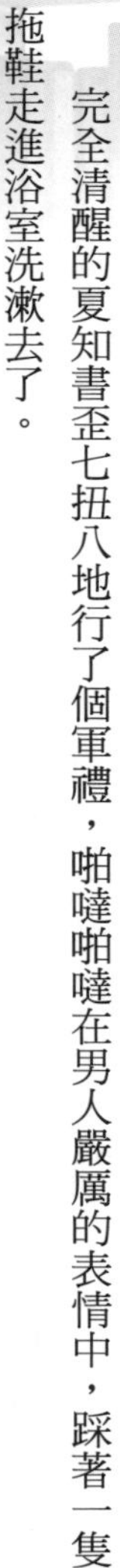

完全清醒的夏知書歪七扭八地行了個軍禮，啪噠啪噠在男人嚴厲的表情中，踩著一隻拖鞋走進浴室洗漱去了。

至於身後的人是怎麼用難以忍受的目光，死死盯著他光著的那隻腳，夏知書完全沒當一回事。

因為有晨浴的習慣，半個小時後夏知書才一臉清爽地頂著濕漉漉的頭髮出現在外頭的開放式空間裡。

分隔餐廳廚房與客廳的交界處是一張多功能工作檯，又寬又長當餐桌的時候可以坐下一打半的人，現在只有掛著黑框眼鏡的男人孤零零地坐在其中一個角落，右手邊不遠處放著一整套的早餐，正散發著讓人心曠神怡、肚子咕嚕咕嚕響的香氣。

淺綠色的盤子中央放著黃澄澄、胖嘟嘟的歐姆蛋，不那麼光滑的表皮看起來很好吃，點綴著褐色的醬汁，一旁還有幾朵翠綠的花椰菜，和幾根寶寶胡蘿蔔。

厚切煎培根跟烤土司放在一起，用的是水藍淺黃相間的盤子，有種地中海風情。培根的厚度看得人非常安心，整體是焦黃的咖啡色，邊緣顏色更深，因為厚度的關係沒有皺起來，油脂在陽光下閃耀美味的光澤，上頭撒了一些黑胡椒粉末。

盛著牛奶的玻璃杯外凝結了薄薄一層水氣，色澤濃郁看了就讓人口水分泌，應該是男人特別買的小農產品。

也不知道到底哪裡買的，每次都好喝到讓夏知書恨不得把牛奶當水灌。

「又沒擦頭髮？」

男人拿下眼鏡，無奈地瞪了夏知書一眼，將手中原本正在翻閱的幾張不知道是文件還是稿件的紙放下，抓起早就準備好披在自己椅背上的毛巾，開始替已經叉起培根吃起來的夏知書擦頭髮。

「我特別買了低鹽的培根，你吃吃看習不習慣。」

「嗯嗯嗯。」夏知書腦袋亂擺，被男人從後腦杓抓住固定，這才安安靜靜地享受擦頭髮服務跟自己的早餐。

男人的動作很輕柔，先用吸水毛巾按壓髮絲，等水氣去了大半後，才用了一點力氣將剩餘的水氣擦拭掉。

等他擦乾了夏知書的頭髮，培根和土司已經被吃完了，夏知書正準備用叉子切開歐姆蛋。一叉子下去，稍稍有點硬度的表面被劃開，裡頭半熟的蛋液混合著一些洋蔥、火腿、青椒等等的碎塊蔓延開來，金黃燦爛地攤在淺綠的盤子裡。

夏知書雙眼發光地舀了歐姆蛋跟蔬菜火腿丁進口，滿足地哼哼。

「你的手藝真的超棒的，我沒吃過比你做得更好吃的歐姆蛋了！」

雞蛋沒有半點蛋腥味，卻風味顯著，略有些鹹的蔬菜火腿丁搭配上雞蛋後味道適中，彷彿多一顆鹽都會破壞掉這份美味。

人生能吃到這樣一份早餐，就算下一秒就暴斃，也值得了！

「多謝讚美，我希望你看在我的手藝上，能讓自己活得健康一點。」

男人沒好氣地戳了下夏知書的後腦杓，拿著用過的毛巾進臥室去，過了一會兒帶著洗衣籃出來，問：「還有沒有衣服要洗？現在就拿出來，不要又塞在角落裡醃鹹菜。」

「唔唔唔唔唔！」塞了滿嘴食物跟倉鼠一樣的人用力搖搖頭表示沒有，接著繼續低頭

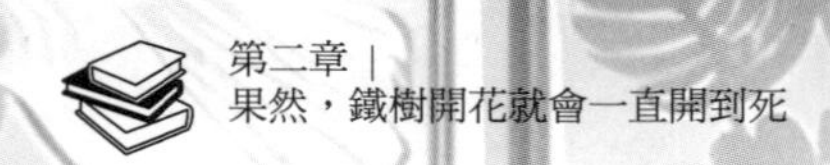

風捲殘雲。

男人先將衣領袖口這些地方都先噴上洗潔劑搓洗過後，再連同毛巾浴巾一起塞進洗衣機中設定好模式，洗衣精、柔軟劑、芳香豆等等都放進相對應的格子裡後，才洗了手回到起居室中。

吃飽喝足的夏知書像隻自在的老公公鼠，窩在客廳的單人沙發上，他喜歡把自己塞在椅子、靠背以及扶手中間那個角落，手上拿著文件夾正在閱讀。

男人重新掛上黑框眼鏡，回到先前的位置上坐下，他原本看的那些稿子已經不在原處了，應該是正在夏知書手上。

「怎麼樣？」他問。

「嗯……我覺得還可以再修改一些地方。」夏知書把下顎抵在屈起的膝蓋上，語調有些含糊。

「那就改，需要延長截稿日期嗎？」男人打開自己的筆記型電腦問。

「好啊，多給我三天吧。」夏知書也不客氣地承接了對方的好意，然後笑問：「說吧，你想找我幫什麼忙？」

聞言，男人笑了一聲，面露無奈，「你又知道我要找你幫忙了？」

「拜託，南南，我們都多少年的交情了。你會主動說要幫我延截稿日期，心裡肯定有鬼啊！」

「不要叫我南南！」名叫葉盼南的男人咬牙，神色羞憤又無可奈何，「我確實有事情想找你，但不能算找你幫忙……大概。」

「說來聽聽吧盼盼，你知道我向來不大會拒絕你的請託。」夏知書笑出一排小白牙。

葉盼南給他一個大大的白眼，用力到像是快抽筋了。

「是這樣的，你知道梧林出版社嗎？」

要是順著夏知書的挑釁繼續，正事就不用談了，洗衣機運轉的時間是四十五分鐘，他得在這個時間裡把事情結束。

「聽說過，一個小出版社，選書的眼光很好，出版的品質也很好，不過我沒跟他們家合作過就是了。」夏知書闔上手中的文件夾，手指在硬殼封面上敲了敲，「怎麼了？他們有書想找我翻譯？」

「算是……」葉盼南沉吟，幾秒後嘆了一口氣，「我也不跟你打啞謎了，他們家最近談到了一本暢銷書，作者在臺灣的書粉也很多，上市就一定會大賣，是他們家今年最重要的一本書。」

「嗯哼。」夏知書點點頭，心裡隱約有個猜測，但就是想聽葉盼南說出來。

葉盼南看了他一眼，略有點煩躁地揉了揉後頸，無奈道：「那本書是藤林月見寫的。」圖窮匕見。

夏知書挑了下眉，並沒有太過意外。

「我本來不想跟你提這件事，畢竟你跟藤林之間的問題太複雜，可以的話我希望你這輩子跟他別再有任何交集。」

葉盼南抹了下臉，神情又暴躁了幾分。「負責這本書的編輯是我一個學弟，以前他也幫了我不少忙，他都問到我這邊來了，所以我想確認你的想法。」

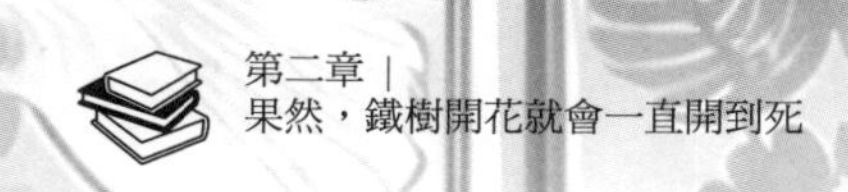

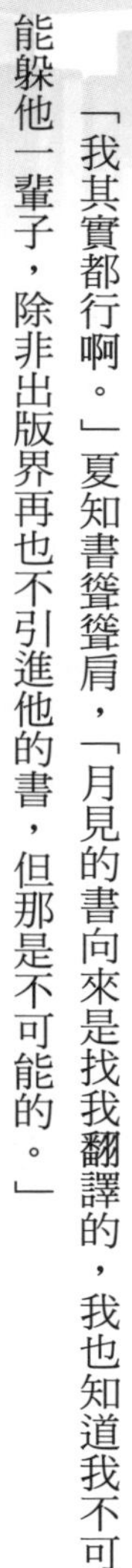

「我其實都行啊。」夏知書聳聳肩，「月見的書向來是找我翻譯的，我也知道我不可能躲他一輩子，除非出版界再也不引進他的書，但那是不可能的。」

「你不要這麼輕描淡寫……」葉盼南嘆口氣，也跟著夏知書的節奏敲了敲桌子，「你好不容易躲了三年了，也換了名字接工作，現在也挺穩定的，也有固定找你合作的作者了，繼續躲著藤林月見也不是不可行。」

「那你學弟怎麼辦？」夏知書好奇問。

這一問，葉盼南的表情又僵硬了，更用力抹了兩把臉，差點把推到頭頂上的眼鏡都抹掉下來。

「我是很希望能幫到他，畢竟藤林月見這次很堅持……不對，藤林就是個龜毛的傢伙，一直都很難搞。你這三年躲他，他就真的整整三年沒有授權給臺灣任何一間出版社出他的書，這是三年來的第一本，關注度很高。」

「他還是沒變啊。」夏知書懷念似地嘆息，「梧林能拿到他的書，應該也付出了不小的代價吧？」

「是不小，但詳情我沒有問，也不適合問。」

老實說，葉盼南聽到學弟告訴自己拿到了藤林月見最新那本著作的授權後，驚訝到以為自己年紀大了耳背，連續問了三次才不得不接受現實。

「是福不是禍，是禍躲不掉。」夏知書伸個懶腰，在沙發中蠕動地換了個舒服的姿勢繼續窩著。

「也許，這三年月見也變得成熟了？反正我在臺灣，他在日本，要躲還是能躲的，我倒沒有這麼擔心。」

那頭，葉盼南重重嘆氣，他理性上也知道夏知書說得沒錯，大家都在一個圈子裡，總會有遇上的一天，或早或晚而已。

最後提出建議：「這樣吧，我先介紹我那個學弟給你認識，你跟他聊聊看，再決定要不要接這個案子。」

但可以的話，葉盼南還是希望能讓這個「重逢」拖得越遠越好，要是能一口氣拖到兩人七十歲就太完美了。

「也行啊，都三年了，我們也許可以多一點正面思考。」

「我推薦你一本書。」葉盼南拿起手機操作了一番，很快的夏知書的手機發出收到訊息的輕響。

點開來，聊天頁面上是一個連結，縮圖的書本封面上可以清楚看到幾個字「失控的正向思考」，以及一群吶喊著往前衝的女性黑白照片。

夏知書被逗樂得哈哈大笑，從善如流地點開連結訂了這本書。

葉盼南接著叮嚀：「先跟你說，我那個學弟為人比較嚴肅，性格也比較靦腆，你控制一點不要嚇壞他。」

「還有呢？」

夏知書搖晃著自己的腳，順便又訂了幾本新出版的推理小說，他先前躲著藤林月見，連帶著也很久沒看這方面題材的書了，得看個幾本抓回當初的手感才行。

「他……」葉盼南聲音猛地梗了下，引得夏知書好奇探看。「他的樣子大概會是你的

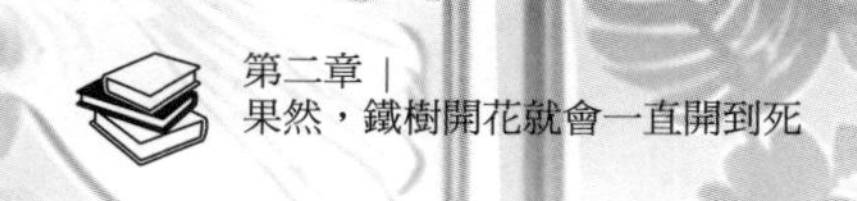

菜，你絕對絕對要控制住，拜託。」

再次被逗樂，夏知書給他一個ＯＫ的手勢，笑道：「放心啦，我昨天睡到一個挺棒的對象，應該會維持一段時間的砲友關係，你學弟暫時是安全的，放心把他的電話跟個人訊息給我吧！」

葉盼南神色扭曲，混合著安心跟焦躁，最後只有一聲長嘆，把學弟的資訊傳過去了。

「我會請他先打電話給你聯絡，就這兩三天，你等他電話就行。」

「知道了。」夏知書隨口回應。

點開了聊天頁面最新的那個連結，是張照片，端端正正的五官，看起來非常眼熟，姓名那欄寫著：潘寧世。

唉唷，有緣千里一線牽啊。

大概是人逢喜事精神爽吧，潘寧世感覺自己處於人生巔峰，空氣比平日要新鮮，彷彿還有花香味，就連平價的紅茶喝起來都口感溫潤，簡直堪比一公斤八千塊的伯爵紅茶。

他哼著歌，檢查工作上的郵件跟訊息，雖然破處是三天前的事情，但這三天他都彷彿生活在天堂裡，腳下踩的不是地板，而是鮮花與雲朵。

雖然他再次傳訊息給倉鼠老公並沒有得到回應，但沒關係，他相信自己只要多表現誠意，對方肯定願意再次跟自己上床來一場酣戰的！就是為了避免再次進警察局，這次應該要選一間隔音好的星級旅館才對，或者對方也許願意跟自己回家？

回家……潘寧世耳朵無法控制地通紅起來，他垂下頭捂住嘴，輕咳了兩聲鬆鬆嗓子，又抓起馬克杯把剩下的紅茶都一口吞了，才勉強緩解了騷動的心情跟下半身。

要是在辦公室裡勃起，他接下來半年都要申請居家工作！

「潘哥。」出聲的是坐在他隔壁，今年剛進職場的後輩，一個笑起來甜甜的女孩子，平常總是穿著馬卡龍色系的衣服，各種裙子跟泡泡袖，聲音也是甜滋滋的，人緣非常好。她用鉛筆尾巴戳了戳潘寧世的肩膀，又叫了一聲：「潘哥。」

「怎麼了？」潘寧世勉強平復自己的心情，裝作若無其事地應了聲。就是耳朵上的紅暈根本沒有散掉，引得羅芯虞盯著看。

「中午要不要一起去吃飯？」羅芯虞問，甜美的小臉上隱隱有些羞澀，可以說但凡看懂了，是個機器人都會瞬間長出有血有肉的心臟來。

可惜，潘寧世這種彎成蚊香的 Gay 完全接收不到小女生傳達出來的示好，他甚至都沒低頭確認自己的行程，語氣平常地回答：「今天中午我有約了，對不起啊！下次有機會再說吧！」

可以說是非常客套了。

潘寧世這個人別看他為了破處可以到處約人一夜情，這種勇氣完全出於男人對於性愛的憧憬跟對於生殖的焦慮，雖然同性戀根本與生殖無關，但刻在 DNA 上的本能也不是他能控制的。

扣除性慾這塊，潘寧世是個很靦腆甚至有點社恐的人，也虧他還能當個編輯，經常需

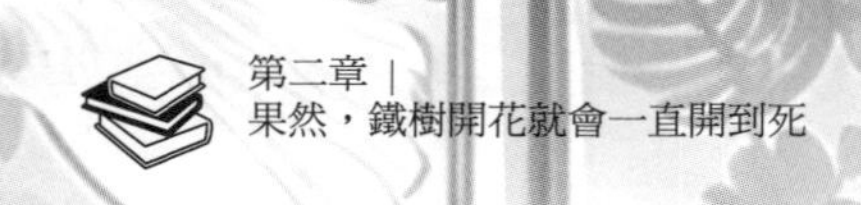

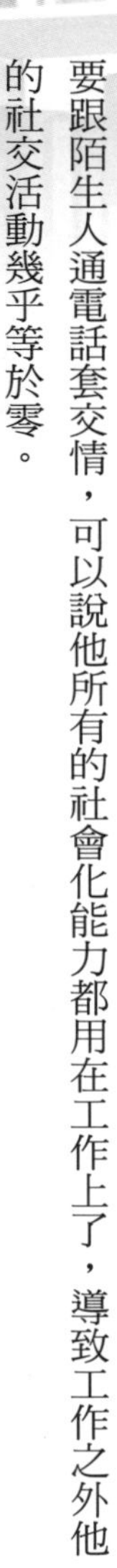

要跟陌生人通電話套交情，可以說他所有的社會化能力都用在工作上了，導致工作之外他的社交活動幾乎等於零。

跟熟悉的同事一起吃飯什麼的，一個月有個兩次就算極限了，羅芯虞很不巧是第三個提出邀約的人，潘寧世根本不可能會答應，畢竟他與羅芯虞雖然坐隔壁，卻也沒那麼熟。

「潘哥每次都說下次。」羅芯虞嘟著嘴抱怨，那雙粉紅色的嘴唇帶著些許珠光，看起來飽滿粉嫩，乍看之下彷彿在邀吻。

潘寧世的雷達依然沒響，完全沒發現自己正被人熱情地挑逗，他反而想起夏知書。那個明明中年卻粉粉嫩嫩、甜甜蜜蜜的男人，也有一張看起來就很好親的嘴唇。

三天前潘寧世只顧著抓住夏知書的細腰把人往死裡幹，就只在剛開始的時候接過吻，後面多數時間頂多吸舌頭……潘寧世下意識吞了下口水，感覺自己的大雞雞很有活力地抖了抖，他連忙往自己大腿內側狠狠掐了一下，力道沒控制好，痛得他差點落下男兒淚，但所幸蠢蠢欲動的大雞雞也瞬間安分下來。

想想自己年紀也不小了，破個處而已的小事，沒必要這麼躁動吧？

不過，夏知書的嘴唇看起來真的很好親，下次約上後，應該要多花點時間接吻才對……潘寧世忍不住露出一抹淺笑。

可惜還在工作中，晚點還要去拜訪透過關係才好不容易聯絡上的大神翻譯蝸牛，他只能忍耐著沒點開約砲軟體丟私訊給倉鼠老公公。

不知道對方什麼時候會回信？這次能不能順利約上呢？想到就覺得非常期待啊！

「對不起啊，下次有機會一定。」潘寧世也不是故意敷衍人家小女生，他每次都是誠

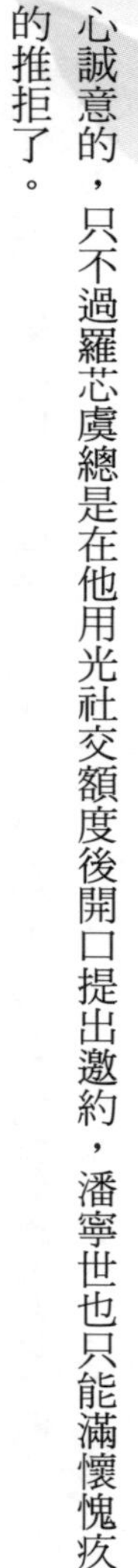

心誠意的，只不過羅芯虞總是在他用光社交額度後開口提出邀約，潘寧世也只能滿懷愧疚的推拒了。

眼看羅芯虞好像還想再抱怨幾句，潘寧世頓時覺得有些棘手，他實在也不知道怎麼應付女孩子的脾氣，又覺得敷衍很對不起人家，只好假裝自己跟人約定的時間快到了，迅速收拾起東西離開辦公室。

距離約好拜訪的時間還有兩個小時，潘寧世想了想乾脆在附近找間咖啡廳，好好地再讀了一回藤林月見的新書。

這個案子是他親自飛了好幾次日本，整整花上了半年時間跟日方出版社周旋，才終於見到藤林月見本人，接著又花了三四個月的時間，獲得了對方的信任後，好不容易才簽下了這本書。他還記得確定簽約那一天，他打電話回出版社跟老闆報告時，兩個人隔著電話線抱頭痛哭的場面。

因為是在大街上，路過的日本人都用一種不知道該不該上前關心，又覺得最好別惹麻煩上身的糾結眼光盯著他，最後快步離開。確實很丟臉，但想到自己能代理最喜歡的推理作家的作品，潘寧世依然覺得人生充滿光明。

只是他沒想到，找翻譯這件事情上，才是最地獄的關卡。五分的幸福，要支付兩百分的苦難，神明可以說是非常冷酷無情的高利貸公司。

眾所周知，藤林月見是個天才作家，他的文字清新又詭譎、華麗又明晰，內容揉合著本格派重重疊疊的計謀與濃烈糾纏的感情，同時又有社會派的犀利批判，還帶著專屬於他的明朗幽默。

閱讀起來總是令讀者大呼過癮，前提是，翻譯有能力發揮出藤林月見的文字魅力。

從第一本授權書至今，藤林月見只信任蝸牛這位翻譯，不接受蝸牛以外的人翻譯自己的作品，這算是不成文的規定。

偏偏三年前，不知道什麼原因，蝸牛在業界消失，完全不接任何案子，也沒人能聯絡到他，據說他已經離開翻譯圈，可能移民了還是怎樣，總之因為再也沒人能找到蝸牛，藤林月見也不願意再授權自己的書給臺灣出版社。

潘寧世這次能談成授權，他自己都覺得很不可思議，自然不敢怠慢，回臺灣後想盡辦法也要找到蝸牛重出江湖。

他幾乎是把自己認識的所有人都問了一圈，甚至連朋友的朋友的朋友都沒放過。大半個出版界有出日文翻譯書的同行都被他打擾過了，卻偏偏還是問不到一丁點關於蝸牛的消息。

直到兩天前……潘寧世覺得自己遇上夏知書絕對是人生中最幸運的事情，不但順利破處，還接到了大學時代學長的電話，對方表示說已經聯絡到蝸牛，並把電話給了他。

潘寧世當然是立刻打電話過去，那頭傳來非常溫柔輕暖的聲音，聽起來有些熟悉，總覺得好像最近剛聽過這個聲音跟自己說過話。但潘寧世沒有多想，他本來就是個木耳朵，對聲音不敏感，在他耳中聽到的聲音就只有好聽難聽的分別。

蝸牛顯然是聲音特別好聽的那一種，兩人聊到後來潘寧世都有點心頭癢癢，莫名想起了夏知書。

說起來，夏知書的聲音也是特別好聽的，雖然大半時間都因為喊太久有點沙啞，讓潘寧世回想起來，下腹部就滾燙毛躁不已。

別想了別想了……潘寧世猛地回過神，他已經盯著同一頁內容看了十幾分鐘，腦子裡都在回憶與夏知書大汗淋漓的場面。還好他的褲子算寬鬆，雖然有一點點硬起來，但問題不大。

果然，鐵樹開花就會一直開到死。

玻璃窗突然被敲了兩下，潘寧世愣了愣，很快循聲看過去，隨即瞪大眼不敢置信地看著窗外對自己笑著的那個人。

是夏知書！

他今天穿著一件略寬大的白襯衫與深色牛仔褲，掛著個斜跨包，戴著漁夫帽，小小的臉都被帽簷的陰影覆蓋，顯得更加粉白，幾乎連皮膚上的絨毛都能看得一清二楚。

「潘寧世。」夏知書的聲音透過玻璃變得很模糊，但潘寧世的耳朵還是紅了。「我進去找你？」

當然好！潘寧世用力點頭，又怕自己的動作表現得不夠明確，顧不得在公共場合，開口連連說了好幾聲：「好。」

夏知書笑得更燦爛了，他指指店門，又跟潘寧世揮了揮手，便從玻璃窗前離開了。

很快，店門叮鈴一聲被推開來，店員的「歡迎光臨」也跟著傳入潘寧世耳中，他幾乎

沒辦法安靜在位子上待著，又不好意思站起來往店門口看，只能抓耳撓腮地挺著脖子努力往門邊張望。

還好咖啡廳不算大，潘寧世的座位與店門間的遮蔽物也不多，他很快就看到夏知書的漁夫帽。

嬌小的男人跟差不多身高的店員小姐交談了幾句，接著便拿著菜單往潘寧世的座位方向走。

兩人的視線很快對上了，潘寧世整張臉通紅起來，克制著抬手對夏知書打了招呼。

「真巧。」當夏知書拉開旁邊的椅子坐下時，潘寧世聲音乾澀地開口：「你、你住在這附近嗎？」

「算是。」夏知書點點頭，瞥了眼桌上的杯子好奇問：「你不是喝咖啡？」

「不是，我不大喜歡咖啡的味道。」潘寧世搔搔臉頰有些害羞，「咖啡的味道太苦了，我以前每次喝都把咖啡調成奶茶，所以後來就乾脆直接喝茶。」

夏知書輕笑出聲，「這樣啊，那也不錯，我也喜歡喝茶。」說著，他點了一杯伯爵奶茶，還有主廚推薦甜點。

潘寧世本來想去結帳，但被夏知書拒絕了，原本過度高昂的情緒瞬間冷靜了不少，整個人都有點懨懨的。

「怎麼會來這邊？」夏知書彷彿沒注意到對面男人突然低落的心情，神色如常地問。

「啊，我跟人約在這附近見面。」潘寧世連忙看了下時間，隨後放鬆，還有一個小時。「沒想到會遇到你。」

夏知書意味深長地挑了下眉。

「我倒不覺得特別意外。」他用肩膀頂了頂坐在身邊的潘寧世肩膀，「梧林出版社的潘寧世，潘副總編輯。」

潘寧世愣了下，隨後皺眉，「你……為什麼知道我的職業？」

姓名在證件上看過，知道並不意外，但他記得兩人沒交流過職業吧？

「你猜。」夏知書挑眉，手掌漫不經心地摸上潘寧世壯實的大腿，隨手磨蹭了兩下。

潘寧世的大腿肌肉被摸得抖動，他一口大氣差點沒喘上來，慌張地握住差點滑到自己大腿內側的手，十指交握地扣住。

「公共場所，不要亂摸！」他壓低聲音咬牙切齒，可能還帶了一點期待。

「如果我一定要摸呢？」夏知書歪著腦袋，狡黠地問。「你放心，我有算過角度了，就算把你的大雞雞掏出來摸，都不會有人注意到。」

「你瘋了！我旁邊是玻璃窗啊！」潘寧世瞪大眼，耳朵、臉跟脖子都紅透了，他語尾顫抖，用詞很凶悍，語氣卻非常虛浮：「那個……我待會兒還要去見合作對象，不能、不能亂來。」

明明是個年近四十的男人，卻有種青少年的羞澀感，夏知書哪可能就這樣放過他？

「那我們換個位置？」簡直是惡魔的誘惑。

潘寧世用力吞吞口水，他抬頭看了下吧檯附近的店員，看起來正在準備夏知書剛剛點的奶茶跟蛋糕。

這個時間點店內客人不多，大家也都專心在自己的事情上，並不會特別去注意附近的

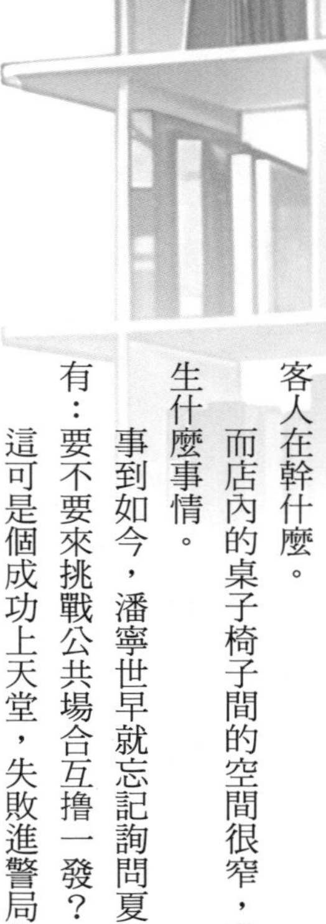

客人在幹什麼。

而店內的桌子椅子間的空間很窄，動作如果別太大，確實不會有人注意到桌子底下發生什麼事情。

事到如今，潘寧世早就忘記詢問夏知書為什麼知道自己這麼多訊息，他腦子裡想的只有：要不要來挑戰公共場合互擼一發？

這可是個成功上天堂，失敗進警局的選擇。

原來選擇可以這麼難……潘寧世連連看了好幾眼吧檯，一共三名店員，臉上都帶著笑容，小聲地交談著一邊工作，咖啡的香氣持續縈繞在整間店裡，即使是不喝咖啡的人都會有點忍不住被勾起嘗試的想法。

但現在潘寧世關注的重點只有在自己大腿上撫摸的手，好幾次都摸進大腿內側，也不知道是故意還是無意蹭過他的襠部，因為陰莖比較大的原因，本來褲襠就比較緊，現在好像更憋了。

「嗯？你喜歡放左邊？」夏知書哼笑問。

拜託別再說了！潘寧世低下頭用手摀住臉，裸露出來的肌膚包括雙手都已經泛紅，他平常梳著一絲不苟的西裝頭，看起來就禁慾又嚴肅，現在前額上比較短的頭髮被他的動作弄散了，掙脫出髮膠的固定，帶著些微的捲度，覆蓋在他擋住臉的手背上，半遮半掩著他似乎泛紅的眼尾。

真讓人想狠狠欺負啊！夏知書在心裡感嘆，手上的動作自然很順應本心地摸上已經繃出的陰莖痕跡。

西裝褲的布料很好，摸起來柔滑帶點冰涼，現在摸上去卻是燙的，隔著一層薄薄的布料，裡頭生機盎然的部位跳了跳。

「真的不想出來透透氣？」夏知書貼近潘寧世的耳畔，滾燙的呼吸隨著低語一起吹過已經紅到要滴血的耳垂。

身高一百九的男人在座位上抖了下，顫巍巍地透過指縫瞥身邊的人。

「不要這樣……我等一下還有工作……」語氣虛浮，感覺上半推半就的，幾乎能看到他那跟岌岌可危的理智線是怎麼繃緊到即將斷裂的樣子。

「很重要的工作？」問話的同時，夏知書的手掌順著陰莖繃緊的形狀，從根部緩緩摩擦向前端，陰莖的主人瞬間喘得像一把生鏽的風箱。

「香蕉弟弟，你覺得半個小時射不射得出來？」

半個小時？潘寧世眼白充滿血絲，他先低頭看了眼自己已經完全藏不住的襠部，再往手腕上的錶看了眼，最後視線落在歪著頭看自己的夏知書臉上。

「香蕉弟弟？」飽滿的唇一張一合，還能從小白牙間看到粉色的舌尖。潘寧世其實根本聽不到夏知書說了什麼。

他摀著臉狠狠閉上眼睛，呼吸噴在自己的掌心上，燙得像要起火，耳朵裡都是蜂鳴般的嗡嗡聲。

離跟蝸牛老師約好的時間還有四十多分鐘，努力擠一擠，半小時應該是擠得出來，只要他現在立刻下定決心。

「這是您的伯爵奶茶跟今日主廚推薦的蛋糕——紅絲絨蛋糕。」

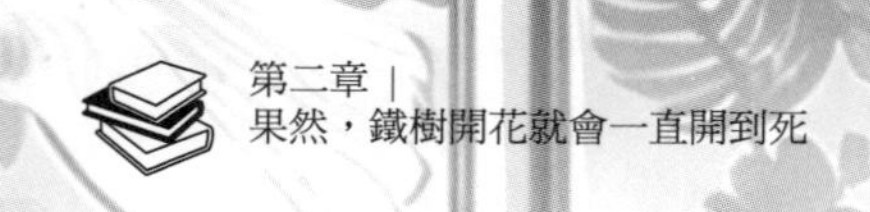

店員熱情的聲音響起，像一盆冷水兜頭澆了潘寧世一個透心涼，幾乎能聽見燒紅的鐵板被澆上水那種滋啦聲。

他用力眨眨眼，努力深呼吸保持表面的若無其事，那頭店員好像又說了幾句話，可能是在介紹自家的產品，或者聊了幾句，潘寧世一個字都沒聽進耳朵裡，自然也忽略了那句：「小夏哥，難得你今天沒喝咖啡，我家老闆都準備好要一雪前恥了。」

等他勉強恢復平靜，店員也離開返回吧檯邊去了。

「考慮得怎麼樣了？」夏知書依然游刃有餘地支著臉頰側頭看他，手掌隔著西裝褲半握著硬邦邦的大雞雞。

「真的就半小時？」潘寧世看起來恢復了冷靜，實際上根本沒有，他已經被龜頭掌控腦細胞了。

「我半小時差不多，其他看你。你要加油。」柔軟嘴唇擦過潘寧世燙得要命的耳垂，「去廁所還是要留在這裡更刺激？」

內心真實的慾望叫囂著留在座位上，既然都要刺激了，能一步到位刺激到底也不錯，男人嘛！都是喜歡刺激的。

但身為社會人，潘寧世不想賭萬一被抓到會怎麼社會性死亡，別說進警察局，他擔心自己還要捲鋪蓋回家。

「廁所……」潘寧世抓住不斷摩擦自己陰莖的手，額頭上都冒汗了，「我先進去？」

說起來他也沒有在旅館之外約砲的經驗，但他從各類影音文字作品中汲取了足夠多的知識，這時候剛好派上用場。

「可以啊，你進去後等我五分鐘。」夏知書縮回手稍稍往後坐，空出了一點空間給潘寧世出去。

那是個非常窄的空間，兩個人絕對會有肢體上的摩擦，以身高來說，潘寧世的臀部差不多會直接貼著夏知書的臉過去。

「不要這樣……」潘寧世無措又無奈，連站起身都覺得尷尬，求饒道：「你先出去一下讓我過。」

「我就要。」夏知書挑眉，抓起潘寧世戴錶的那隻手晃了晃，「喏，再不快點就連半小時都沒有嘍。」

這怎麼可以！

實際上潘寧世都覺得半小時還太短了，只能心甘情願被夏知書牽著鼻子走，一臉羞憤又隱藏期待地站起身，很快就發現自己西裝褲上的鼓起痕跡實在過於明顯，差點就彎著腰又坐回位子上。

他慌張地看了店內的狀況一圈，發現其實大家都在專心做自己的事情，沒人會特別關注其他人，如果動作快一點……於是，潘寧世一咬牙，顧不得擋胯下，反正只要他夠快就絕對沒人看到他勃起的樣子。

他速度快得像在逃命，仗著腿長一下子跨過夏知書身前的狹窄空間，鼓起的陰莖幾乎是擦著夏知書的臉過去，呼吸的溫度讓他的大兄弟興奮地抖了兩下，害他差點踉蹌跌倒，最後是在隱約的笑聲中落荒衝進廁所裡。

門關上後他摀著胸口，靠在門上喘氣。

咖啡廳的廁所很乾淨，香味清新，一旁的檯櫃上還放了束梔子花。

就是天花板對一百九的身高來說有些壓迫感，潘寧世隨便抬手就能摸到。

心跳的聲音在耳道裡怦怦作響，他有點後悔自己的衝動，又按捺不住期待，盯著手錶凝視著秒針一格一格跑，短短五分鐘好像過了半輩子。

「叩叩。」廁所門被輕輕敲了敲。

潘寧世受驚地從門板上彈開，糾結要不要開門。萬一外面是其他客人怎麼辦？

「香蕉弟弟，快開門。讓哥哥進去吧。」

夏知書簡直像七隻小羊裡的野狼，軟綿綿甜蜜蜜的聲音，讓潘小羊瞬間硬得下體疼痛。他吞吞口水深呼吸一口氣，小心地拉開了門。

第三章
我願意當他海裡的魚啊

夏知書像條滑溜的小魚，從半開的門縫中鑽進了廁所裡，再次把門關上反鎖，彎著眉對潘寧世笑。

廁所的空間還算寬敞，但突然塞進兩個人，還是侷促了起來。

兩人的呼吸幾乎完全交纏在一起，潘寧世腦子嗡嗡叫，很快就把所謂社會人的拘謹跟常識都拋到腦後了。

他順著本能抱住嬌小的夏知書，男人的身體柔軟纖細，體溫偏高非常溫暖，好聞的味道充滿了呼吸，潘寧世牙根發癢，恨不得把懷裡的人吞到肚子裡去。

很快，廁所裡傳出隱隱約約類似小奶貓叫聲的呻吟啜泣，尾音顫抖，有種異常勾人的魅力。

所幸店裡沒有人注意到廁所這邊的動靜，自然也沒人發現有個人被高大的夥伴按在門上，規律又凶狠地操得他控制不住掉眼淚。

潘寧世一身西裝只有前胸微皺，穿戴得整整齊齊，就拉開了褲鏈放出三十公分的肉屌，毫不留情地插入柔軟濕熱的甬道，對著敏感的前列腺連續頂動，肉莖上那些突起的青筋一次次摩擦柔嫩的腸肉，把緊縮的軟肉撐開，堅硬的龜頭幾乎每次都會戳到底部結腸口的位置，試探著要戳進去更狹窄的部位。

一連串觸電般的快感又痠又麻地從身體深處，往全身上下蔓延，雖然男人的動作有些過分粗魯，夏知書被頂得只剩下腳尖還岌岌可危地接觸地面，但他本來就挺喜歡粗暴的性愛，現在這種彷彿被猙獰肉莖當成容器瘋狂操弄的感覺，讓他爽到腦子空白，勃起的肉棒更是被幹得直甩動，前端一張一闔似乎是快要高潮了。

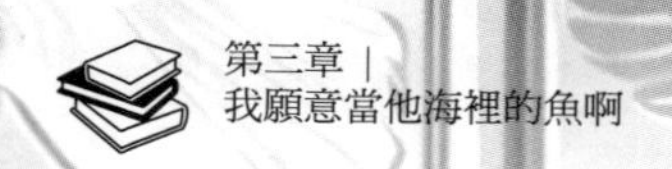

「輕……輕一點……啊嗚嗚……拜託……」

前幾天才被做了幾個小時，肉穴還有點腫，現在又被這麼凶猛地抽插，饒是夏知書也有點受不了，更別說他眼看要高潮了，身體正敏感，偏偏身後的男人像頭發情的野獸，早就忘記原先的羞澀，悶不吭聲，粗喘地撈起他一條腿跨在肘彎，抓著他翹挺的肉臀，繃著精壯結實的腰，劈劈啪啪瘋狂撞擊。

「唔！」

龜頭又一次重重頂上前列腺時，夏知書倒吸一口涼氣，踮著站立的那隻腿繃緊抽搐，身體直接站不穩歪倒，眼看就要往一邊的架子跌過去。

「小心！」潘寧世眼疾手快地扶住他，低沉的笑聲透過緊貼的肌膚傳遞過來：「腿軟了嗎？」

與其說腿軟不如說抽筋，夏知書眼眶含淚地怒瞪笑得壞心眼的男人，接著一聲驚呼被猛地轉過身，變成面對面的姿勢，直接被人捧著屁股抱起來了。

「抱緊了。」潘寧世抓著夏知書的雙手環上自己的肩膀，兩隻白皙修長的腿也抓過來按在腰上。

「別叫出來喔。」

夏知書來不及回答，甚至氣都還沒喘勻，就被抵在門上凶狠地幹起來。

男人肆無忌憚地掐著夏知書柔軟的腰，凶狠地往上挺胯，他的動作並沒有特別快，卻很扎實，每頂一下就會發出愉快的喘息，抽出後下一次會進得更深，一下一下頂開高潮縮緊的內壁，龜頭從腫起來的前列腺上擦過，最後惡狠狠戳在結腸口，很快就把那一段腸肉

肏得丟兵棄甲，哆嗦著鬆開了一點小口。

照理說他們做愛的動靜並不小，但不知道為什麼一直沒人過來查探，一開始潘寧世還會分神注意門外的狀況，然而很快就沉醉在絕頂的快感中，只顧著把自己用力塞進夏知書體內，速度也漸漸失控了。

「啊！」

感覺到男人頂入的動作快了起來，夏知書渾身顫抖，前列腺液混合著精液從馬眼往外淌，他先前進入了類似乾性高潮的狀態裡，精液有點射不出來，反而是用流的。

層層疊疊的快感累積得越來越多，在大肉屌終於狠狠貫穿結腸口，戳進狹窄的乙狀結腸中時，一股強烈到讓人近乎窒息的浪潮席捲而來。夏知書像觸電了一樣痙攣起來，渾身上下都被汗水浸濕了，他拚命用最後的神志，狠狠咬住自己的手掌，憋住差點破口而出的尖叫，夾在男人腰上的雙腿在半空中瘋狂踢動搖晃，結合的部位噴出黏膩的淫液，把兩人的下半身都沾濕了。

廁所裡充滿性愛的氣味，以及肉體拍擊跟壓抑的呻吟聲。

潘寧世雙眼赤紅地盯著高潮到幾乎崩潰的夏知書，低頭叼住他微微吐出來的粉色舌尖，嘖嘖地又吸又咬，腰上的動作半點也沒含糊，繼續大力貫穿濕軟到無力抵抗的肉穴，每一次都戳進結腸中，在柔軟平坦的肚子上戳出明顯的陰莖形狀。

所幸潘寧世殘存的理性還記得半小時這個時間限制，身為社會人他不敢忘記工作，也就沒過度折騰夏知書，加快了速度打樁，肏得濕軟的肉穴噗嗤噗嗤作響，直接把夏知書操到再次高潮，邊喘邊忍著嗚咽，死死抓著男人的肩膀，抖得潘寧世差點抱不住他。

「快、快射給我……啊啊！不要再、再繼續了……我會、會忍不住啊啊！」

夏知書有點後悔太過挑逗這個剛破處的高齡青少年，果然男人無論幾歲，只要嘗過肉味就會喪失理智。

噗嗤噗嗤！粗硬猙獰的肉棒在被操腫的肉穴裡不斷猛肏，感受著腸肉的痙攣抽搐，那種彷彿被無數張小嘴吸吮舔拭的快感太過強烈，足夠把所有雄性生物的理性都摧毀殆盡。

潘寧世全身用力，把自己健身換來的絕佳體能都用在這種時候，衝刺的速度快到讓夏知書喘不過氣，操頂的力道又重又狠，彷彿連結腸口都被肏腫了。

夏知書仰著頭，露出脆弱的頸子與喉結，雙眼翻白，發出既像呻吟又像哭泣的聲音。

直到最後被滾燙的精液射得又猛地抽搐了快一分鐘，夏知書才渾身發軟地被緊緊抱進潘寧世的懷裡。

兩人粗喘地依靠在一起，過了好一會兒才恢復平靜。

不知道是誰的手機這時候發出了聲音，是語音通話的通知鈴聲。

夏知書懶洋洋地把頭靠在潘寧世的肩膀上，從被扔在一旁的褲子口袋裡摸出手機來，按下外放接聽。

『夏知書！你在哪裡？』

男人的聲音傳出來，有些氣急敗壞的。

這個聲音有點耳熟啊……在一旁偷偷平順呼吸的潘寧世不著邊際的想。

「你猜？」夏知書輕笑著回答，他好像總是用這種頑皮的態度面對所有人。

『不是約好了兩點半見面？你要不要看一下現在都幾點了？』

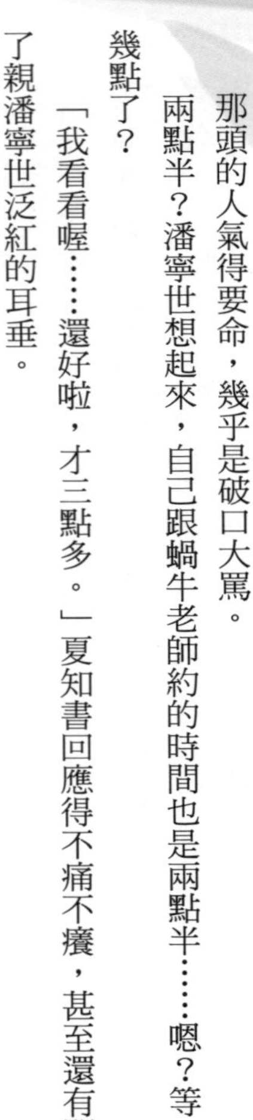

那頭的人氣得要命，幾乎是破口大罵。

兩點半？潘寧世想起來，自己跟蝸牛老師約的時間也是兩點半……嗯？等一下！現在幾點了？

「我看看喔……還好啦，才三點多。」夏知書回應得不痛不癢，甚至還有閒情逸致親了親潘寧世泛紅的耳垂。

『你知道我想問什麼，為什麼我學弟也沒出現？』

就算隔著電話，葉盼南猙獰的表情也似乎就在眼前。

但夏知書還是毫不在意，只是輕輕低笑，「你說呢？好啦好啦，我現在就回去了，放心一定把人安安全全帶到。」

『夏知書你……』

葉盼南憤怒的吼叫被切斷了。

聽了所有電話內容的潘寧世瞪大眼，聲音顫抖：「你、你你你……你不會是……」

「我是蝸牛，你好啊，潘副總編輯。」

如果尷尬可以實體化，大概就是現在的場面吧。

話說從頭，潘寧世不知道自己怎麼鎮定地跟夏知書握手問好的，還客套地問了幾句關於工作上的近況，當時他們兩人還衣衫不整地坐在廁所地上，還好咖啡廳的廁所非常乾

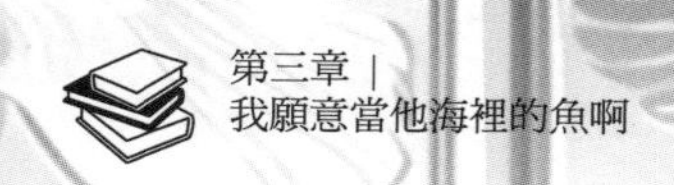

淨，他被踩成梅乾菜的西裝外套也應當得一個 MVP 的獎勵。

總之，兩人勉強打理好自己出了廁所，咖啡廳裡除了縮在吧檯的三名店員外已經沒有其他客人了。三位店員都是年輕人，用一種看透了人生的眼神看著兩人，結帳的時候彷彿散發著佛光。

潘寧世不敢深究他們到底為何年紀輕輕看破人生，只想趕快離開現場。

去到夏知書家，走路只需要五分鐘，就在咖啡廳後面那棟看起來很高級的公寓，隔著一條防火巷就可以直接看到咖啡廳的招牌。

夏知書沒用自己的鑰匙開門，而是按了門鈴。

大概只等了十幾秒，大門被殺氣騰騰地拉開，葉盼南神色凶狠地出現在門邊，瞪著笑嘻嘻的夏知書，咬牙切齒道：「你終於回來了。」

隨後，目光落在夏知書身後有些侷促的潘寧世身上，勉強勾出一抹笑容，「學弟，好久不見，快進來。」

「學長好……」

潘寧世垂著腦袋恭恭敬敬地打招呼，完全不敢抬頭看葉盼南的表情，也不敢問他跟夏知書到底是什麼關係？為什麼態度這麼自然到像是在自己家一樣。

記憶中，這位幹練的學長已經結婚很久了，還有兩個小孩，據說夫妻感情很好，家庭溫馨美滿，應該不至於會有什麼外遇問題？

不對不對，潘寧世在心裡甩甩頭，他發現自己的想法跑偏了，既然他是透過學長聯絡上夏知書的，代表兩人的關係很親密，也不是沒有朋友交情好到會有彼此家中的鑰匙，他

實在不應該往糟糕的方向猜測。

這頭潘寧世心理活動還在高速運轉，那頭夏知書神態悠然慵懶，隨便踢開腳上的鞋子，正想光腳走進去的前一秒，一雙拖鞋出現在他腳下，是毛茸茸的兔子。

「給我穿好拖鞋。」

葉盼南咬著沒點上的菸，人看起來很煩躁。

「好啦好啦……」夏知書歪歪斜斜地穿上拖鞋，回頭招呼道：「香蕉弟弟快進來，要喝點什麼？南南前陣子送了我一罐超棒的茶葉，你應該會喜歡吧？」

「不要叫我南南。」

葉盼南狠狠搓了幾下夏知書毛茸茸的腦袋，對學弟露出熱情但略有些客套的笑容，「學弟喜歡喝茶的話，我幫你泡吧！蝸牛不愛喝茶，送他根本浪費。」

那當初為什麼要送呢？潘寧世只敢偷偷問在心裡，面上親熱地笑著道謝，只覺得大人們之間的交際應酬真的好累。

他跟葉盼南不能算非常熟，雖然葉盼南說自己幫過他的忙，可具體是什麼忙潘寧世根本不記得了，反倒更感謝對方願意幫自己聯絡到蝸牛老師，否則萬一藤林月見的書卡死在翻譯這一關無法出版，前期的所有支出都要化為烏有，對梧林這種小出版社來說可是不小的打擊。

救命恩人啊！

然而，他卻在見面前跟夏知書在咖啡廳廁所裡打砲，還遲到了快一個小時，潘寧世要不是還記著要工作，真的想挖洞把自己活埋掉。

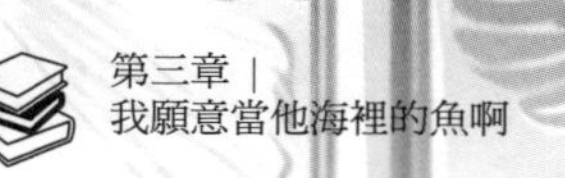

以後那間咖啡廳也不能去了……真可惜，他們的茶葉品質很好，沖泡的手法也很好，他本來還想加入自己的愛店名單中呢！但現在，他應該已經上了對方的黑名單了吧。

大約過了二十分鐘，三個人在工作檯邊坐下，每個人眼前都有一杯專屬的飲料跟一塊蛋糕，剛剛消耗了不少體力的夏知書兩口就塞完了，嘴巴鼓得像倉鼠，揚著盤子跟葉盼南再要一塊。

葉盼南給他一個白眼，乾脆把剩下的蛋糕切了一半過去。

接下來一段時間，誰都沒開口，只有夏知書吃蛋糕的輕微聲響，以及潘寧世喝了兩口茶時吞嚥的聲音。

理論上應該要開始討論工作的事情，正常狀況來說，因為遲到了，潘寧世要先針對這個狀況道歉，然後說些工作上的客套用語，比如問一下學長最近如何啊，他看了學長最近編的書覺得很棒什麼的，再聊聊蝸牛老師的上一部作品——雖然是三年前的了。

說起來潘寧世最近發現一個新人翻譯，文字洗鍊，能將原文中那些專屬於日文的韻味或幽默感還原出八九成，給他的感覺跟蝸牛以前的作品很類似，也曾經想過要是真找不到蝸牛，乾脆聯絡看看這位新人，說不定藤林月見也能接受……之類之類，最後再開始討論工作。

但現在，實在是開不了口，畢竟遲到的理由怎樣也不可能說給葉盼南知道，可實際上葉盼南早就清楚他們兩個幹了什麼才遲到，場面就這樣莫名僵住了。

尷尬的沉默進行了好一會兒，潘寧世才清了清喉嚨開口：「不知道……蝸牛老師看過藤林老師的新書沒有？」

「沒有呢。」夏知書回應得很乾脆，直接句點了潘寧世。

「這樣……」潘寧世掙扎地繼續話題：「我……嗯……一直都很喜歡蝸牛老師對原文的翻譯跟本土化的調整，既保留了原作的趣味，又讓本土讀者很有親切感，閱讀起來非常通暢。我個人比較不喜歡所謂的翻譯腔，可以的話能完全轉換成中文語感，依然能從中獲得原作的樂趣，是最讓人開心的。」

「這得謝謝南南，我第一本書是他磨出來的。」夏知書捧起馬克杯，彎著眼笑看一臉冷淡的葉盼南。

好，再次聊死了，潘寧世搔搔臉頰，耳垂因為尷尬紅了起來。

他還記得蝸牛的第一本書就是藤林月見的出道作，大概十三還十五年前了吧。第一本書在日本就獲獎無數，整整在各式排行榜上霸榜十四個月，就連中譯本也在各種書店的排行榜上霸榜大半年，可以說一書封神，連帶著蝸牛也在業界打響了名號。

認真說那時候的蝸牛筆觸確實還很生澀，日文、中文各自的文字韻味轉換上還不大順暢，時不時會有日文語感過重，或者中譯過頭失去原文趣味甚至深層意涵的狀況。

後來隨著藤林月見的中譯本一本一本出版，蝸牛的筆觸也越來越成熟，到最後還形成了屬於他自己的風格，培養出不少熱情的粉絲，一般偵探推理或社會派小說都會第一時間想敲他的檔期。

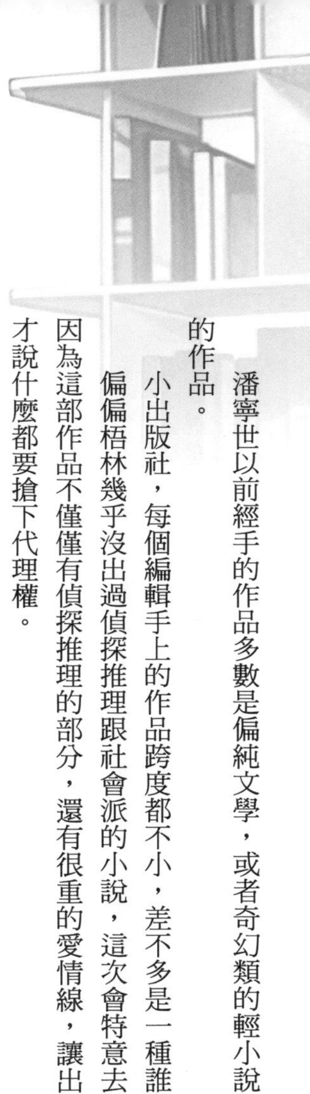

潘寧世以前經手的作品多數是偏純文學，或者奇幻類的輕小說，偶爾還有一些言情類的作品。

小出版社，每個編輯手上的作品跨度都不小，差不多是一種誰有空誰接的狀況。偏偏梧林幾乎沒出過偵探推理跟社會派的小說，這次會特意去談藤林月見的書，也是因為這部作品不僅僅有偵探推理的部分，還有很重的愛情線，讓出版社老闆愛不釋手，這才說什麼都要搶下代理權。

也才會出現他找遍所有人脈，好不容易才終於跟蝸牛見上面的事情。

「說起來，老師您好像從來沒翻譯過跟愛情有關的作品？」

「因為我討厭看到有人歌頌愛情。」

這回夏知書還是笑得甜滋滋的，比盤子上的蛋糕還要甜美。讓人無法理解為什麼他能說出攻擊性這麼強烈的一句話來。

潘寧世愣了愣，張著嘴竟一時腦中空白不知道要接什麼話好。他能問為什麼嗎？還是不適合問？如果夏知書這麼討厭愛情有關的內容，那有辦法將這本書翻譯出醍醐味嗎？

「不管是講愛情的美好或者是描述愛情的苦澀，不管是甜美的結果，或者悲傷的結局，我都覺得很討厭。」

夏知書的聲音還是那麼柔軟溫和，像一把棉花糖，輕飄飄的猶如一場美好的夢境，但裡頭包裹的其實是玻璃碴，一口下去能把人從內到外都傷到體無完膚。

「這樣嗎……」潘寧世陪笑，猛然感覺大事不妙，夏知書的態度看起來柔軟，實際上非常強硬。似乎沒說什麼推拒的話，但那種抗拒跟冷眼旁觀的態度，卻充斥在每一個咬字跟音節裡。

這次的合作，很有可能根本談不成啊！

「所以回到你一開始問我有沒有看過藤林老師這次的新作，我老實說嘍，我知道這本書在說什麼，但差不多三年前就再也沒看過他的作品了。」

「我方便問為什麼嗎？」

潘寧世急了，他本來以為聯絡上蝸牛已經是最難的一步了，誰知道困難還在後面，就是人家可能根本不打算接這個案子！

「嗯……你猜不到原因嗎？」夏知書挑眉。

其實只要結合剛剛夏知書對愛情的排斥言論，還有藤林月見這三年來的寫作傾向，潘寧世很快就知道問題出在哪裡了，只是……他真的還想掙扎一下。

「難道是因為藤林老師最近的作品中，感情線的比重越來越高的關係？」潘寧世抹了把臉，神色懇切，「我不知道你為什麼這麼討厭愛情相關的內容，但我可以向你保證，藤林月見的作品不一樣，他寫的愛情並非那種套路化的情愛，也不是那種刻意營造出來的甜蜜或悲戀，跟劇情的結合非常合理，閱讀過程中完全不會有被刻意凸顯的感情線打擾的困擾。如果你不喜歡的是這些情況，我可以保證絕對沒有。」

夏知書放下杯子，手指在桌面上輕敲，動作很輕，聲音並不刺耳，有種輕快的節奏感。在午後飄散著茶香與咖啡香的房間中，混合著窗外斜射而入的金橘色陽光，本來應該是個讓人心情愉悅放鬆的場景。

潘寧世卻感覺掌心都是汗水，心跳越跳越快。他下意識伸手鬆了鬆領帶，才覺得呼吸

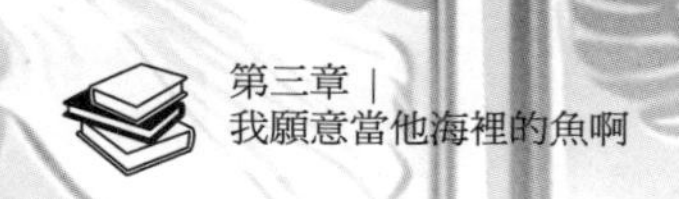

舒服了些。

「蝸牛老師，是這樣的，我也不希望強人所難。但是，藤林月見老師很堅持一定要跟你合作，否則會中止出版授權。我們現在差最後一步，對梧林來說，失去了這本書受到的傷害實在很重，可以的話我還是希望能獲得你的幫助。」潘寧世的聲音乾澀，舌根泛出的苦味，連高級的紅茶都沒辦法淡化，他不是第一次遇到這種差臨門一腳的困境，但這次卻莫名讓他異常難受。

也不知道為什麼，他明明不到一小時前還跟夏知書親蜜得在咖啡廳的廁所負距離接觸，兩人的呼吸交纏，肌膚貼在一起滑動，做完愛後夏知書還咬了他耳垂好幾口，親密到他幾乎以為兩個人是一對戀人，而不是昨天才見面的一夜情對象。

此時此刻，他的位置離夏知書可能才四、五十公分，伸手就可以碰到對方，兩人卻好像拉出了很大的距離，讓他連一根手指都不敢亂動。

當然，葉盼南就在旁邊可能也是原因之一。

「我知道你的難處。」夏知書開口安撫，歪著頭對他淺笑，解釋道：「我既然願意跟你見面，也代表我並沒有拒絕接這個案子的意思。雖然我討厭愛情，不過工作跟喜好還是能分開的。」

潘寧世猛地鬆了一口氣，突然感覺到背後的冷汗好像沾濕了襯衫，現在有點涼涼的。

「那我們是不是可以簽約？我今天有帶合約過來，你看看有什麼需要討論的地方，我們今天就把合約處理好？」

「等一下，但是我還是要跟你說一件事情，可能會造成你很大的麻煩。」

夏知書探過身體，按住潘寧世正打算翻出合約書的手，一雙無辜的大眼睛眨了眨，「月見暗戀我十五年，三年前我跟他因為一個意外上了床後，才跟他徹底斷了聯繫，你知道這代表什麼意思嗎？」

潘寧世傻住，沒想到談個工作還能聽到別人的八卦。

藤林月見很著名的就是他的感情生活非常低調乾淨，從來沒從任何人嘴裡聽到過一點關於他的桃色緋聞，沒想到會乍然在這邊聽到這麼深入的第一手消息。

心裡有些怪怪的不大舒服，但潘寧世也沒有太在意，畢竟他雖然跟夏知書上床，可是兩人甚至都不算是砲友，而藤林月見對他來說，也只是一個崇拜的作者跟合作對象而已。

「請放心，這種事我不會亂說的。」他信誓旦旦地拍拍胸。

夏知書先是訝異地瞠大眼，接著突然哈哈大笑起來，差點摔進潘寧世的懷裡，笑到一旁的葉盼南受不了，伸手敲了敲桌子提醒他克制，這才喘吁吁地跌坐回自己的椅子上，對潘寧世伸手。

「來吧，我看看合約。」

潘寧世一頭霧水，但也不好多問，連忙將合約拿出來遞上去。

畢竟對象是需要巴結的大神級翻譯，藤林新書的中譯本生死都掌握在眼前的人手上，合約上的條件當然是很優渥，沒有什麼藏在細節裡的惡魔，連一根惡魔尾巴都找不到。

很快，不到半小時，夏知書簽下自己的名字，潘寧世拿到簽訂的合約書後，湧起一種塵埃落定的滿足感。

「香蕉底迪……不對，我現在應該要認真的稱呼你潘副總編了。」夏知書又伸出手，

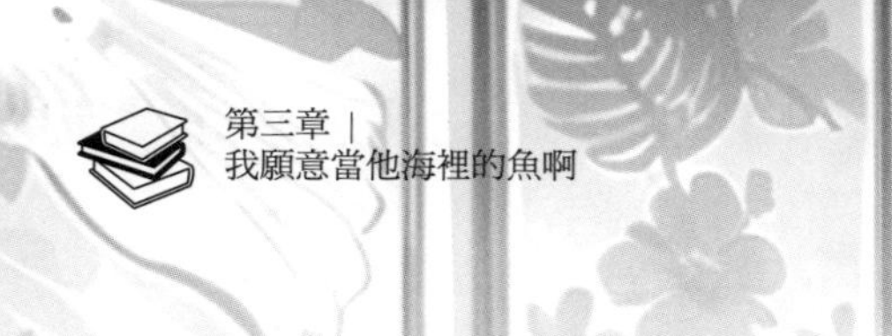

潘寧世連忙握上去，激動地晃了晃。那雙漂亮的眼睛又笑彎了，「太可惜了，我很喜歡跟你做愛的感覺。」

太可惜了？潘寧世握著夏知書比自己小了很多的手，皺眉不解。誠然他們有工作上的關係，但編輯跟翻譯之間沒什麼業務利害上的關係，偶爾約個砲並不違反什麼工作倫理，為什麼突然這麼說？

彷彿，他們未來不會再有比工作夥伴更深的關係了。

「我從來不跟合作夥伴上床，所以才會在三年前跟月見切斷聯繫。」

夏知書看著潘寧世表情一僵，控制不住地抽了口氣後滿意極了，他緊緊握住男人寬大溫熱的手掌，骨節分明的手握起來觸感特別好，起碼他很喜歡。

「所以，你要放棄這個合作當我的砲友，還是要維持合作從此不跟我上床呢？」

如果惡魔走出文藝創作，應該就是眼前這個人吧！潘寧世頭暈目眩地想。

最終，潘寧世沒有做出選擇，他離開的時候人懵懵的，好像根本沒聽懂夏知書說了什麼，葉盼南說真的很同情他。

但再回頭看到夏知書正在吃潘寧世沒吃的蛋糕時，他突然覺得自己真是吃飽太閒才去可憐別人，難道他不應該是今天最值得被同情的那一個嗎？

「你糖分攝取過高了。」他回到工作檯邊，抱著雙臂擺出防禦姿勢，強忍著沒抽衛生紙給夏知書擦嘴。

這傢伙一沒有外人，整個原形畢露。他倒是非常希望夏知書能把自己當外人看，多給他一點喘息的空間，別再加重他的頭痛跟胃痛症狀了。

「偶一為之不為過。」夏知書聳肩，假裝自己沒在去「偶遇」潘寧世的時候，已經在咖啡廳吃過一個紅絲絨蛋糕了。

葉盼南疲憊的摘下眼鏡，捏了捏鼻梁嘆息：「為什麼要說那些話？」

指的自然是讓潘寧世選擇當砲友或者當合作對象那一段發言。

剛聽到的時候，葉盼南備受煎熬的胃抽痛到連腦神經都一起痛起來，他強忍著沒開口介入，只是想在潘寧世面前給夏知書留一點面子，但一口吞了三顆胃藥。

「我只是想把責任釐清楚嘛，不然呢？」夏知書還是渾不在意的模樣，他兩口喝完咖啡，朝葉盼南揚空杯，「主人，還要。」

翻個白眼送他，葉盼南任勞任怨又替他倒了一杯咖啡，反正是沖泡式的，要幾杯有幾杯，他才不想再花工夫在手沖咖啡上。

回到工作臺邊，葉盼南放下杯子，敲敲桌面道：「我們聊一聊？」

「不聊月見跟潘寧世我就跟你聊。」夏知書耍賴的笑答，從山雨欲來的表情他也知道對方打算跟自己說什麼，但著實覺得沒必要。

「我不相信你會放過潘寧世。」葉盼南才不管夏知書的抗拒，自顧自道：「我知道你對他很有興趣，不然今天也不會明知道要見面了，還特別提早出去偶遇堵人。」

「那是意外。」夏知書扁著嘴抗議：「我怎麼會知道他提早來，還剛好在那間咖啡廳

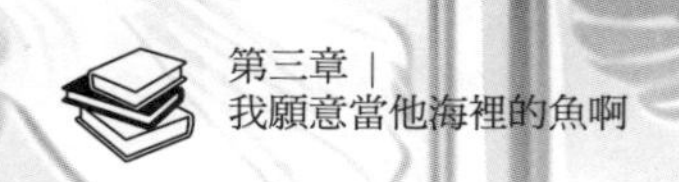

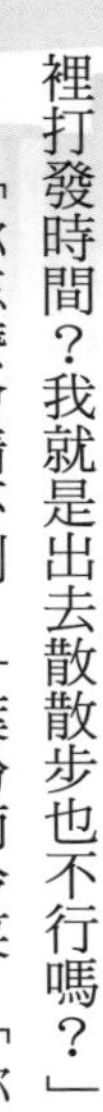

裡打發時間？我就是出去散散步也不行嗎？」

「你怎麼會猜不到？」葉盼南冷笑，「你應該跟其他人打聽過潘寧世了，知道我這個學弟性格嚴謹，面對約好的時間只會提早到絕對不可能晚到，但他又不是那種會因為早到就先上門打擾的人，那只能在附近的咖啡廳或者便利商店打發時間。」

所以才會發生咖啡廳偶遇這件事，完全是夏知書事先設計好的。他家附近的便利商店比咖啡廳遠，潘寧世那種謹慎不愛給別人添麻煩的性格，九成九會在咖啡廳逗留，夏知書只要抓對時間到現場就可以堵到人了，絲毫沒有一丁點技術性。

儘管小尾巴被抓出來，夏知書也只是得意的挑眉糾正：「我沒有跟其他人打聽過潘寧世。他就是我之前約砲的對象，我當時就發現他是個會提早赴約的人了。」

「需要我幫你鼓掌摸摸你的頭說你好棒嗎？」

葉盼南沒好氣地瞪他，眼看那雙罪惡之手又要伸向自己吃了一口的蛋糕，立刻把盤子拿走，讓夏知書撲了個空。

「我說了，你今天糖分攝取過度，不准再吃了。」說著大口一張，直接叉起三分之一塊蛋糕吞掉。在夏知書忿忿不平的眼神下，三兩口吃完自己做的蛋糕，葉盼南心情稍微好了一點點。

「你今天為什麼一定要我在？」這點葉盼南一定要問清楚的，畢竟他今天沒起到任何作用。原本想著也許自己可以稍微從魔掌中保護一下學弟，可惜完全沒有他出場的機會，因為人在過來之前已經被叼走了。

而雙方簽約的場合，他在就更不合時宜了。要不是昨晚夏知書打來邀請他的電話裡聲音不對勁，葉盼南今天又怎麼會出現，還讓自己陷入尷尬的境地裡？

面對這個問題，夏知書沉默了片刻，雙手隨意擺弄咖啡杯裡的湯匙，好一會兒才開口：「沒有為什麼，我就是想要你在場。」

聞言，葉盼南揉了揉太陽穴嘆口氣，沒再繼續追問了。真要說，他多多少少猜到一點，左右跟藤林月見脫不了關係。

於是，話題又回到潘寧世身上。

「你現在打算怎麼辦？我這個學弟在人際關係上有點死腦筋，你今天給他出了難題。」葉盼南真是操碎了心。

雖然潘寧世忘記自己幫過葉盼南什麼，但葉盼南可不會忘。

說起來也是小事，那時候他們在大學都是日本推理小說同好會的成員，葉盼南本身是中文系，對日文純粹靠一腔熱血自學的，而潘寧世則是十打十的日文系，在班上成績非常好，社團裡的很多作品都是靠他分享。

當然，這裡指的並不是盜翻，就是分享一些作者個人近況啦、日推界逸聞啦諸如此類，另外就是中譯本如果有哪些部分沒翻到位，也靠潘寧世解釋。

大三的時候，葉盼南迷上了一個很小眾的作者，臺灣出過一本後就再也沒出版社願意出其他作品，甚至在日本都不容易買到這位作者的書。那時候，葉盼南透過夏知書的管道買齊了全套作品後，靠自己實在沒辦法看懂原文，當年又不像現在一堆線上翻譯軟體，連翻字典都很費勁，電子辭典辭彙量少，也沒辦法翻譯句子，還很貴。

潘寧世就是這時候出手幫忙的，那年他大二。

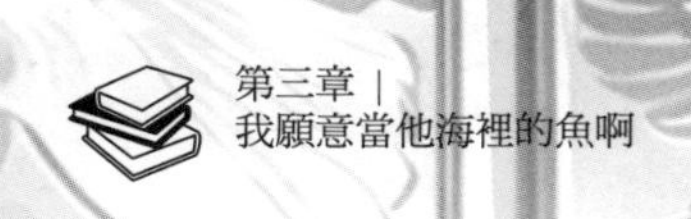

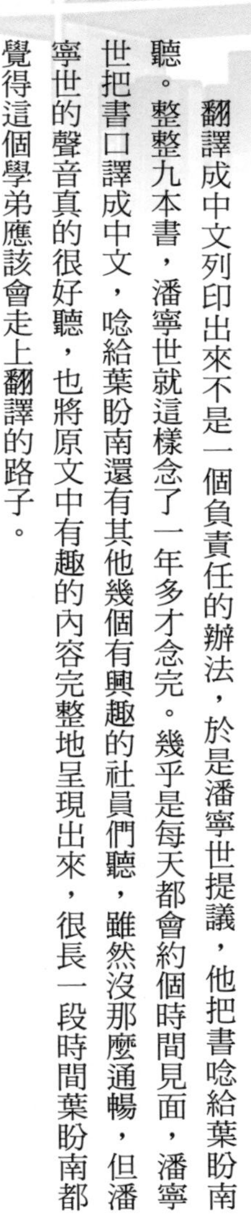

翻譯成中文列印出來不是一個負責任的辦法，於是潘寧世提議，他把書唸給葉盼南聽。整整九本書，潘寧世就這樣念了一年多才念完。幾乎是每天都會約個時間見面，潘寧世把書口譯成中文，唸給葉盼南還有其他幾個有興趣的社員們聽，雖然沒那麼通暢，但潘寧世的聲音真的很好聽，也將原文中有趣的內容完整地呈現出來，很長一段時間葉盼南都覺得這個學弟應該會走上翻譯的路子。

兩人間要說很深的交情，其實也沒有。

唸書這件事後來也不光只唸給葉盼南一個人聽，半個社團的人都加入了。潘寧世這人又有點社恐，想請他吃飯一個月也約不到一次，社團聚餐也往往都不參加，就這樣他們成了天天見面卻並不熟悉的朋友。

儘管潘寧世渾然不覺自己當年做了多大的好事，但這個人情葉盼南是一定要還到位的。只是，他沒料到夏知書竟然跟潘寧世約上了砲，在他引薦之前就認識了，搞得他今天裡外不是人。

「你覺得他會怎麼做？」

夏知書很好奇，他有自信跟自己上過床的人，通常會有一段時間沉浸在與他的關係中，每一任砲友就是這麼來的，也是因此他才會躲了藤林月見三年。

潘寧世在性愛上像個青少年，他們兩人在床上的契合度也好得不行，老實說這也是頭一次夏知書主動說起要跟人當砲友，雖然看起來這個提案有可能胎死腹中。

「他應該會以工作為重。」葉盼南連多思考一秒都不願意，直接了當地回答。

「完全不掙扎？」夏知書挑眉，「你忘了，他今天明明跟蝸牛老師有約，還是跟我在咖啡廳廁所打了一砲，這應該是他第一次在工作上遲到吧？」

提到這件事葉盼南又咬緊牙關，他無法形容自己準時到達夏知書家，卻發現夏知書不在，而潘寧世又遲到時的心情。

那時候他不確定潘寧世是不是跟夏知書在一起，他只是有很不好的預感，特別是回想起潘寧世那張臉後……

「你不要太欺負我學弟。」葉盼南最終也只能這麼說。

「我哪裡欺負他了？我有給他選擇啊。而且合約我也簽了。」夏知書不以為然，喝了一口咖啡後舔舔唇，「我就是很好奇嘛，到底有沒有男人可以控制住自己的慾望。」

「打什麼地圖砲，你自己不是男人嗎？」葉盼南煩躁的搔亂了頭髮，「夏知書，我知道你在想什麼，但是藤林那件事你不能拿來當標準，他是個特例，是個偏執狂，不代表所有人都像他一樣。」

夏知書沒回答，只是端起馬克杯擋住自己臉，一口一口吞嚥著還冒著熱氣的咖啡，好像完全沒感覺到燙。

面對他這樣的態度，葉盼南也沒轍，他嘆口氣放緩了語氣道：「好吧，事情都到這種地步了，我不知道你期待見到什麼樣的結果，但我還是第一次看到你對一個人這麼關注，也許是好事吧。」

如果有哪個男人有三十公分的大香蕉，我也會很關注。夏知書偷偷想，但很善良的沒說出口，省得再次刺激到自己為數不多的好朋友。萬一葉盼南生氣了，他的早餐怎麼辦？

「你放心，如果潘寧世選擇當我的工作夥伴，我絕對不會再對他亂來的。」想了想，

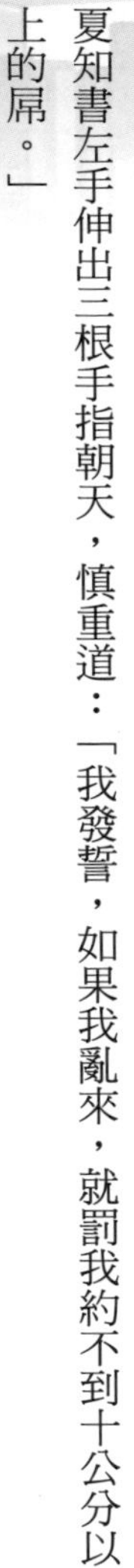

夏知書左手伸出三根手指朝天，慎重道：「我發誓，如果我亂來，就罰我約不到十公分以上的屌。」

葉盼南想，還是掐死這傢伙解決這段孽緣好了。

「你現在在幹麼？」單手拎著罐裝啤酒的男人半癱半坐在沙發上，問一旁高大卻蜷縮在餐桌邊開電腦的好友。

「我現在在……」潘寧世揉揉眼，吐了一口帶酒味氣息，因為微醺而語句黏糊道：「整理書稿，明天上班才可以把稿子寄給蝸牛老師。」

聞言，盧淵然冷笑一聲：「你要不要看一下這都幾點了？還整理什麼書稿？編輯不用下班的嗎？」

潘寧世捏了捏鼻梁，沒忍住又揉了下眼睛，拿起桌上的罐裝啤酒晃了下，發現已經被喝完了，有點不爽地把罐子扔回桌上，高大的身軀在餐桌椅上縮得更小了點，看起來侷促又搞笑。

「怎樣？」盧淵然也不爽，他好不容易約到人喝酒，在哪裡喝不是問題，可喝到一半約人的那個跑去工作了，這就有點過分了吧？

「怎麼辦，我現在心情很差，不想看到藤林月見的書。」潘寧世又重新拿起剛剛扔掉的啤酒罐，臉色沉鬱地搖晃著罐子，甚至不死心地湊過去，試圖喝那最後兩三滴啤酒。

這哪裡只是微醺？根本就醉了吧。

盧淵然無奈，就算再生氣，氣給醉鬼看也沒有意義，只能耐下性子哄：「怎麼突然不想看到藤林月見的書了？你不是很喜歡他嗎？這次談成授權，你還開心到給自己放了兩天假，我們還跑去花東自駕遊不是嗎？」

「因為蝸牛老師……」確定自己再也喝不到哪怕一滴啤酒，潘寧世捏扁了罐子，小心翼翼把腳放回地上，用力踩了幾腳確定自己確實有踩穩，才搖搖晃晃撐著桌子站起來。

「你不是找到蝸牛了嗎？也簽好合約了。」

盧淵然也連忙從沙發上起身，要上前扶好友，怕人摔倒、撞到、碰到，這麼高一個人，臉要是摔在地上可不是開玩笑的。

「我找到了，也簽好合約了……可是……」

潘寧世無視好友伸過來攙扶的手，目標明確地走向冰箱，打開拿出屯了很久的芒果口味啤酒，咕嘟咕嘟一口乾掉半罐，臉直接紅透了。

「他為什麼會是倉鼠老公公呢？」

倉鼠老公公？聽到這個暱稱，盧淵然的臉色瞬間就有點陰沉了，他撇撇嘴擠開不關冰箱門，在那邊磨磨蹭蹭的醉鬼，把剩下的幾罐各種口味的啤酒都掏出來，僵硬地走回茶几邊，碰一聲全部放下。

「過來，我們好好聊一聊。」

他原本還在想，今天不是假日，也不是週末，星期二這種不上不下的日子，有點工作狂脾氣的傢伙，怎麼會突然約他小酌？原來在這裡等著他。

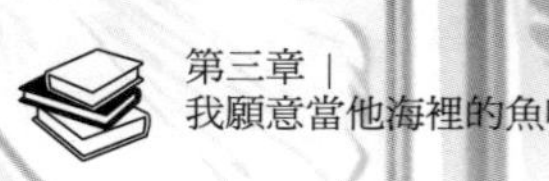

喝醉的潘寧世其實酒品挺好，除了動作遲緩，會突然很堅持要做某些事之外，比平常要乖順很多。

他愣愣地看著放了七八罐啤酒的茶几，又晃了晃自己手上半滿的啤酒，眼神發直地一步一晃走到沙發邊，在單人沙發上坐下。

「聊什麼？」他問。

「聊你為什麼突然討厭起藤林月見的書。」盧淵然感覺這應該是整起事件的突破口，與其從頭開始問，不如乾脆直接戳重點。

提起這件事，潘寧世原本發直的表情，突然就陰沉了，他握緊手上的啤酒罐，仰頭惡狠狠地灌了兩口，因為動作太大，一些來不及吞嚥的酒從嘴角滑下，順著下顎往脖子流，最後滑過滾動的喉結，沒進衣領中。

盧淵然冷淡地看著他灌酒，視線順著溢出來的酒液移動，最後停在隱約露出的鎖骨上幾秒後挪開。

「所以，是從蝸牛那邊聽到什麼消息嗎？」盧淵然問。

潘寧世用手背抹去嘴角的啤酒，重重吐氣，「我跟你說，倉鼠老公公就是蝸牛。」

「嗯，你剛剛說了。然後？」

「然後……我本來想，我跟倉鼠老公公的型號很合，你知道，這麼多年來他是第一個沒有被我嚇跑的人，而且我還可以把整根都塞進他的小屁股裡，真的真的很舒服！他的嘴也是，我跟你說……」

「你給我等一下！」盧淵然黑著臉制止，猝不及防聽了一耳朵黃色廢料是怎樣？這傢伙是打砲打過頭，把腦子射出去了，還是憋太久變態了？他才不想知道那個誰的小屁股可以塞三十公分進去！

「告訴我結論不要跟我講過程！」

話是這麼說，但盧淵然的視線還是控制不住飄往潘寧世的襠部，即使穿著寬鬆的睡衣褲子，那邊還是有點綳綳緊緊的，某些坐姿下可以看到明顯的條狀痕跡，非常顯眼。

突然有點敬佩那位倉鼠老公公了。

沒能分享自己破處喜悅跟第一次上床歡愉的潘寧世，不滿地嘖了嘖，鬱悶地啜了兩口酒才又開口：「反正就，我想說做一次也是做，做一百次也是做，他好像很喜歡跟我上床，我也很喜歡跟他上床，所以也許我們可以……」

「交往？」盧淵然猛然倒吸一口氣。

「當砲友……」

兩個人的聲音交疊，潘寧世皺眉露出一種「你在胡說什麼」的表情看著盧淵然，對方呵呵乾笑著拿啤酒罐擋住自己的表情。

「我才不會開口就要跟人家交往，我們都還不熟。」潘寧世表情認真，與其說他沒想過交往這個選項，不如說他本能地選擇成功率更高的選項。

敷衍的鼓掌表示讚賞，盧淵然無言地催促他繼續。

「可是蝸牛說，他不跟工作夥伴當砲友……」說到這裡，潘寧世明顯焦躁起來：「我不能理解！我們只是砲友，編輯跟翻譯又沒有利益相關，私下約個吃飯、看電影也不是很少見，那怎麼就不能約砲？可以當朋友，但不能當砲友，我覺得不合理！」

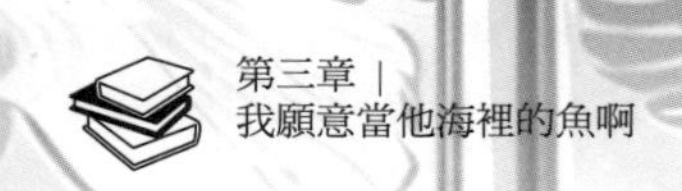

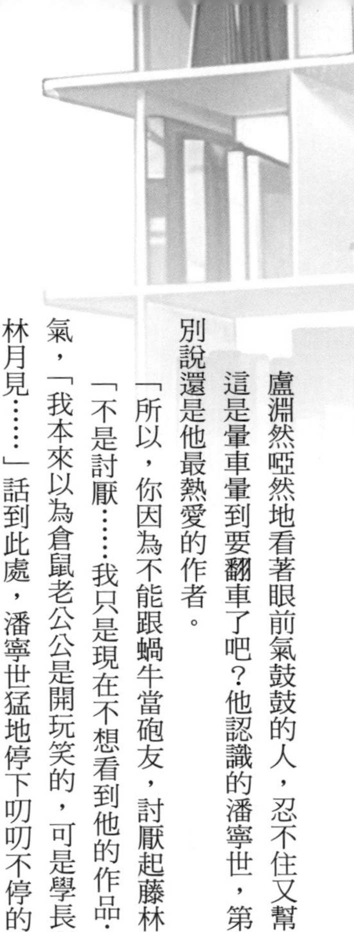

盧淵然啞然地看著眼前氣鼓鼓的人，忍不住又幫他鼓了幾下掌。

這是暈車暈到要翻車了吧？他認識的潘寧世，第一次把某個人凌駕於工作之上呢！更別說還是他最熱愛的作者。

「所以，你因為不能跟蝸牛當砲友，討厭起藤林月見了？」

「不是討厭……我只是現在不想看到他的作品……」潘寧世悶悶地糾正，隨後嘆口氣，「我本來以為倉鼠老公是開玩笑的，可是學長跟我說，他是認真的……因為之前藤林月見……」話到此處，潘寧世猛地停下叨叨不停的話語，仰頭把剩下的啤酒乾了。

「之前藤林月見怎麼了？」盧淵然好奇，感覺會是個大八卦，他也是聽得津津有味。畢竟這位作者在圈子裡是有名的高傲冷漠，幾乎沒跟任何作者有私交，也沒有拜誰為師，在人際關係網錯綜複雜的日本作家圈子裡，可謂是個極端特立獨行的存在。

之前就有人猜過藤林跟蝸牛之間應該有什麼特殊關係，不過誰都沒敢開口打探，先不說藤林惹不起，蝸牛在他的羽翼下也是惹不起的，萬一誰談到藤林的書卻被蝸牛拒絕接案翻譯，那比沒簽到書的後果還慘。

難得聽到這兩人的八卦，身為業界小螺絲釘之一的盧淵然，當然興致盎然啦！

潘寧世沒說話，他安安靜靜地又開了一罐啤酒喝，人雖然醉了，警惕心卻還沒完全死絕，顧左右而言他：「反正我很慘……我才跟倉鼠老公做了兩次，兩次耶！」

「兩次不夠嗎？都做到進警察局了，你是不是忘記上次是誰半夜去接你回家？」盧淵然給他一個白眼，不爽道：「我倒是覺得你跟蝸牛沒更深的牽扯是好事，他就是個海王，你根本掌控不了。」

「我願意當他海裡的魚啊。」潘寧世嘟囔，接著紅了眼眶，看著自己在睡褲裡頂出一點痕跡的大雞雞唉嘆：「這還不如沒用過，現在用過了，還遇上那麼合拍的對象，結果還要繼續忍耐……你說，吃過滿漢全席，怎麼有辦法回去吃阿Q桶麵？」

「我個人倒是挺喜歡阿Q桶麵。」盧淵然沒好氣地回，接著語重心長勸道：「寧哥，反正你也沒別的選擇，難道你還能為了跟蝸牛當砲友，所以停止這次的合作嗎？」

「不是，我是在想，可不可以把這本書轉給別人做……」

「停住，別想這種可怕的事。」盧淵然伸手做出個強烈拒絕的手勢，「先不管你為這本書付出了多少，還有那些績效獎金。藤林月見是有名的難搞，既然書稿是你談下來，他就不可能接受對接窗口換人，無解。你只能放棄跟蝸牛睡。」

確實也是這樣，所以潘寧世才會鬱悶到找好友來家裡喝酒，他從一開始就沒想過要放棄這本書，只能放棄自己的性慾。

潘寧世可憐兮兮地一口一口很快乾掉一罐啤酒，這已經是第七罐了，眼看就要把手伸向第八罐。就算是水果啤酒，也不能這樣狂喝啊！

盧淵然思考著要不要把剩下的酒再塞回冰箱裡，潘寧世已經醉紅著臉，癱在沙發上，看著自己的胯下露出哭一樣的傻笑。

「淵然，我真的希望跟蝸牛不只是合作夥伴的關係。」

「因為跟他做愛很爽？」盧淵然好奇，他也是頭一回看到潘寧世如此對一個人念念叨叨，就算是大學時那個曖昧了兩三個月的助教，潘寧世也是在對方被送醫後，很自覺地切斷了彼此的關係，好像那兩三個月的接觸不存在一樣。

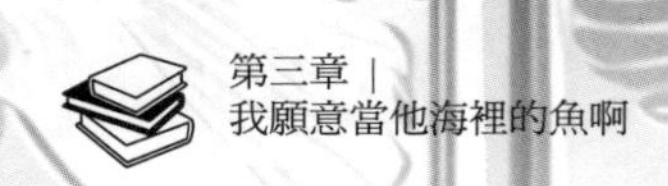

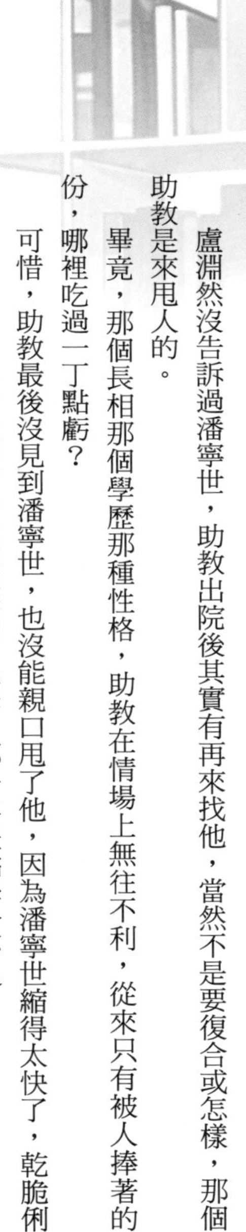

盧淵然沒告訴過潘寧世，助教出院後其實有再來找他，當然不是要復合或怎樣，那個助教是來甩人的。

畢竟，那個長相那個學歷那種性格，助教在情場上無往不利，從來只有被人捧著的份，哪裡吃過一丁點虧？

可惜，助教最後沒見到潘寧世，也沒能親口甩了他，因為潘寧世縮得太快了，乾脆俐落把所有選修到跟助教相關的課都趁期中退修，那一年差點學分不足。

身為好朋友，盧淵然被助教冷嘲熱諷了十幾分鐘，後來盧淵然把助教給睡了。也沒什麼了不起，更沒必要讓潘寧世知道，反正他跟助教也沒交往，頂多當了幾個月的砲友，也算是幫好朋友找了點面子回來。

「是很爽，不過也不單純是這樣……」潘寧世搔搔頭，他現在醉得有點厲害，人已經不大能從沙發上直起身來，瞇著眼睛好像快打起瞌睡，每個字都含糊地在口中遶：「跟他在一起很有趣，我不用擔心被嚇跑……我不知道怎麼說，但我想跟他更近一點……」

「是嗎？」盧淵然看著迷迷糊糊的好友，若有所思地歪歪唇，「你們不能當砲友，但可以當朋友啊！你可以跟他去看電影，還能約吃飯，這樣也不錯吧？」

潘寧世不知道聽沒聽進去，他揉了揉眼睛，好像苦笑了下，正想說什麼呢，手機突然響了起來。

他歪歪扭扭地在桌上摸索，剛剛好像隨手把手機扔在某一張桌子上了，還是某一張椅子裡？

盧淵然白他眼，從餐桌上替潘寧世把手機拿過來，順便瞄了眼來電顯示，是一隻倉鼠

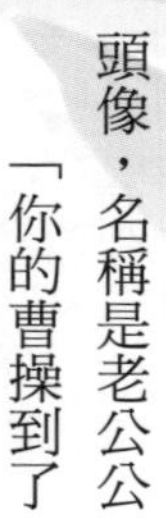

頭像，名稱是老公公。

「你的曹操到了。」

說著用力把手機塞進潘寧世手中，自己又坐回原位繼續喝剩下的酒。

潘寧世試了幾次，總算在掛斷前接起了電話。

『潘副總編，我是蝸牛，沒打擾到你吧？』

聽到聲音的一瞬間，潘寧世打了個激靈，整個人好像突然酒醒了，立刻坐直身體，雙眼發光地回答：「不打擾、不打擾，我還沒休息，正在整理藤林月見老師的書稿，想說明天就可以寄給你了。」

『太麻煩你了，其實沒必要這麼急，我們約定的時間還很充裕。』

那頭傳來溫柔的笑聲，潘寧世只覺得自己握著電話的手都要軟掉了。

「也不急，那些時間都應該是你的工作時間，我不應該延誤你的進度……那個，今天我……呃……我想我們還是……」

『你明天晚上有空嗎？我想約你去一個地方看表演。』

雖然話被打斷了，潘寧世卻完全沒有被冒犯的不快，很明顯地愉快起來，頭點得跟啄木鳥一樣，「有有有，我有空！看什麼表演都可以，我順便把書稿印給你？你喜歡看電子檔還是紙本稿？還是兩種都要？」

『那麻煩你兩種都給我吧。』夏知書也沒客氣，他又跟潘寧世閒聊了幾句，最後才道：『那明天晚上七點，你到我家來先見面，我帶你去表演會場。』

「沒問題，七點我會準時到……那個，要吃晚餐嗎？」

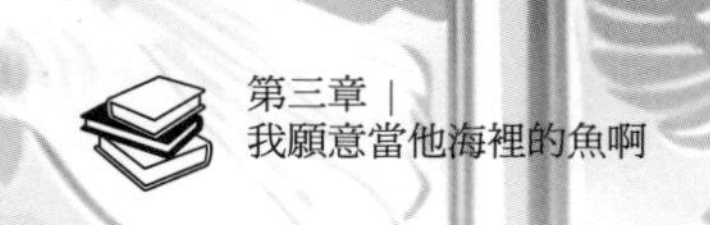

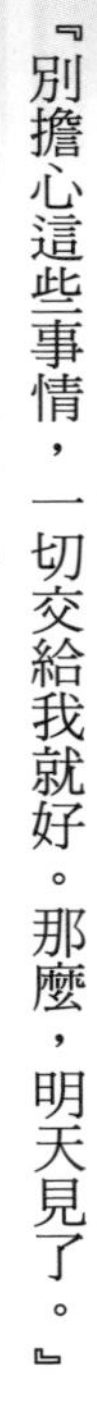

『別擔心這些事情，一切交給我就好。那麼，明天見了。』

「好的好的，明天見。」

潘寧世握著電話，直到對方掛掉，還久久捨不得從耳邊挪開。

「誰約你？」盧淵然分明看到了，卻還是假意問了下。

「蝸牛……他約我明天去看表演。」潘寧世的手機螢幕滅了，他還在傻笑，「你覺得這是不是代表我起碼能跟他當朋友？」

「誰知道。」盧淵然悻悻然地撇了下嘴，把手上喝空的啤酒罐捏扁，「我以為你會拒絕，這個月不是已經跟人約出去過兩次了？」

潘寧世不以為然：「蝸牛老師不是其他人，而且看表演也不是聚餐。」

真他媽令人不爽啊！盧淵然忿忿地灌起悶酒來。

第四章

宿命般的糾纏

後來，夏知書又傳訊息給潘寧世換了見面地點，他說自己有事情得先去處理，給了潘寧世一個地址，還有一串密碼，讓他先過去等。

潘寧世有點失望，他本來以為兩人可以吃個晚餐，像普通朋友那樣……當然，他心裡偷偷把這次的見面當作約會，不過這種心情他藏得好好的，不敢讓夏知書察覺，就怕對方以為自己賊心不死，還想發展砲友關係，到時候影響了工作就不大好了。

社畜得根深柢固的潘寧世，花了快兩個小時才把自己打扮好，整個衣櫥裡的衣服都掏出來搭配過了，搞得他連晚餐都只隨便吃了兩塊雞胸肉跟兩根蒸地瓜，台農五十七號真的很好吃。

夏知書給的地點有點偏僻，從捷運走過去將近二十分鐘。

眼看時間還算充裕，潘寧世就當散步了，也讓自己的情緒稍微緩和一點，免得情緒過度高昂導致有什麼地方變得太明顯。

初秋的白天還很熱，夜晚的風就冷了，他攏著外衣走在路上時，突然看見一間賣糖果跟點心的店鋪，小小的大概才五坪的店面，是馬卡龍色的裝飾，像一場夢境，對外的櫥窗有一個半開放的櫃檯，馬卡龍整整齊齊排列在櫥窗裡，潘寧世控制不住地停下腳步。

等他離開的時候，手上已經拎個裝了馬卡龍、杏仁瓦片跟一盒水果糖的紙袋，雀躍得像個十八歲要去跟暗戀對象見面的少年人。

地址的確切地點在一條有些荒涼的小巷子裡，看起來像防火巷，兩邊是建築物的牆面，幾乎沒開出多少窗戶，地上有些濕答答的，潘寧世的馬丁鞋踩上去後會濺起一點水花，啪答啪答的聲音聽起來有點黏黏的感覺，他踩得更加小心翼翼了。

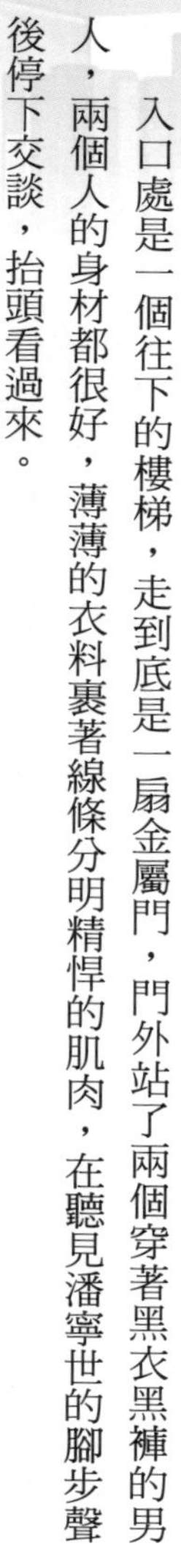

入口處是一個往下的樓梯，走到底是一扇金屬門，門外站了兩個穿著黑衣黑褲的男人，兩個人的身材都很好，薄薄的衣料裹著線條分明精悍的肌肉，在聽見潘寧世的腳步聲後停下交談，抬頭看過來。

「密碼？」靠外的那個男人開口。

「XXXXTXS。」前四位是數字，後三位是英文字，在報上後兩個男人不約而同露出恍然大悟的表情，帶著竊笑看著稍嫌侷促的潘寧世。

「第一次來玩？」靠內的那個男人友善地問。「不用擔心，我們是合法的酒吧，來玩的都是好人，不會有人欺負你的。」

明明是個身高一百九、身材精壯的男人，潘寧世卻覺得自己一瞬間好像被當成三歲小朋友。是很親切，但是不是有點過度親切？

「你帶禮物來送人？」靠外那位一眼瞄到潘寧世手上的紙袋，吹了聲口哨，「那間店的馬卡龍很好吃，老闆是法國甜點學校畢業的，在這附近很有名，你品味不錯嘛！」

「這樣嗎？」

潘寧世實在拙於與人交際，臉上的笑容僵硬中帶點苦，似乎想落荒而逃。

兩個男人又笑了，靠內的那位很快在金屬門旁的電子鍵盤上輸入了密碼，門鎖咔噠一聲打開，安撫道：「歡迎光臨，玩得開心啊！」

「謝謝……」潘寧世鬆了一口氣，他實在怕兩個人拉著自己再多閒聊幾句，先不論他不知道跟人聊什麼，他擔心超過約定好的時間。

門內，是一個不算寬敞，但布置得很舒適的空間，兩三張沙發，邊桌上擺著鮮橙色的

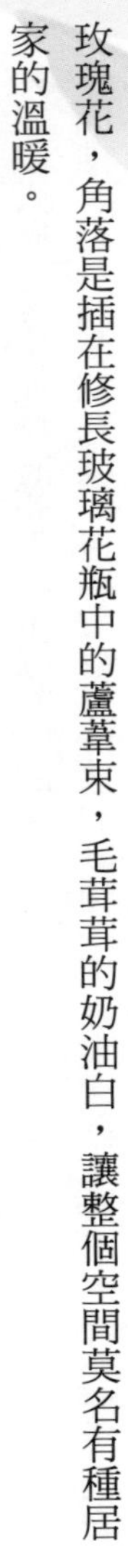

玫瑰花，角落是插在修長玻璃花瓶中的蘆葦束，毛茸茸的奶油白，讓整個空間莫名有種居家的溫暖。

再往裡面一點又是一扇門，這次倒不用輸什麼密碼了，直接推開就可以。

熱鬧充滿活力的音樂聲瞬間流淌過來，震得潘寧世耳朵嗡嗡響，他愣了好幾秒，站在門邊不知道該怎麼辦才好，一扇門的內外反差太大了，隨著音樂而來的是絢爛的燈光，以及一層應該是乾冰製造出來的霧氣。

「密碼！」門邊有張高腳椅，上頭坐著個同樣黑衣黑褲的工作人員，嚼著口香糖氣質痞帥，對潘寧世吹了聲口哨。

「XXXXTXS！」音樂聲實在太大了，潘寧世幾乎是用吼的。

「喔！TXS啊！」工作人員挑了下眉，用手往某個方向指，「你的同伴已經在那邊等你了，四號桌。」

那是個離中央舞臺很近的位置，從門口看過去在乾冰煙霧中模模糊糊的，依稀有個人影就坐在桌邊，好像低頭在看什麼。

潘寧世瞬間又從緊張侷促的情緒中復活了，他控制不住笑容地對工作人員點頭道謝，心裡哼著歌，拎著馬卡龍的紙袋，腳步輕快地走上前。

果然，四號桌邊坐著低頭看手機的夏知書，他似乎也特別打扮過，衣著依然很日系風格，寬鬆的襯衫搭配直筒牛仔褲，露出纖細的腳踝，腳上踩著一雙海藍色的麂皮帆船鞋。

潘寧世的影子落在桌子上，也覆蓋了夏知書大半的身軀，他懶洋洋地抬起頭，在看清楚桌邊的人是誰後，露出一抹甜甜的笑。

「來啦？快坐。」他指著自己身邊的椅子招呼，「抱歉啊，跟你改了見面時間，本來想說請你吃晚餐的。」

「沒事沒事。」潘寧世連連搖頭，接著遞出自己手上的袋子，「我在路上看到的，好像很好吃的樣子，所以買來給你試試看。」

夏知書對紙袋上的店名挑了下眉，笑得更可愛了，嘴角好像隱約有個酒窩般的凹痕，接過禮物。

「謝謝，你太客氣了。」

他真心誠意，還有些感嘆，看著潘寧世的眼神深處很是滾燙。

老實說，潘寧世的打扮超出夏知書的預期。

他知道潘寧世身材很好，幾乎可以說是他這輩子碰過的男人中，身材最好的人。全身上下該有的肌肉一樣不缺，線條緊實悍利，不會太大也不會太含蓄，除了吹口哨以外，沒辦法用言語表達出更高的讚美。

前兩次見面，一次因為是約砲，潘寧世的打扮比較輕鬆，合身的T恤藏不住肌肉線條，透過布料都能看清楚腹肌有幾塊，若隱若現的。

第二次因為是工作，潘寧世穿得很端正，整套的西裝，連領帶都沒省，襯衫是稍微有些寬大的版型，但穿在他身上很合適，將肌肉藏起來了，襯衫的線條卻被展現得淋漓盡致，整個看起來禁慾又迷人，這才讓夏知書沒忍住，原本只想偶遇來個摸摸蹭蹭過手癮，最後直接在廁所裡把人推倒吃了。

眼前的潘寧世差不多是介於兩者之間，他穿了一件休閒款的襯衫，深煙灰色，打開兩

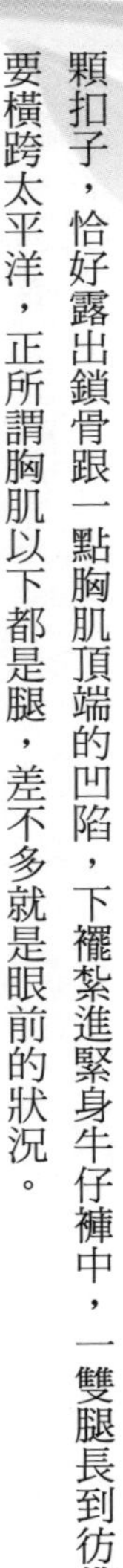

顆扣子，恰好露出鎖骨跟一點胸肌頂端的凹陷，下襬紮進緊身牛仔褲中，一雙腿長到彷彿要橫跨太平洋，正所謂胸肌以下都是腿，差不多就是眼前的狀況。

大概是夜風涼，潘寧世還搭配了一件霧面皮衣，修身剪裁的版型襯得他寬肩窄腰，飄散著迪奧曠野之心的味道，就算是個直男看到也會暈船。

桌子是高圓桌，椅子則是高腳椅，夏知書坐上去後雙腳踩在橫槓上，整個人看起來乖乖巧巧，搭配那張還有嬰兒肥的臉，簡直像不小心跑進叢林裡的小白兔，吸引了不少隱晦打量的目光。

等潘寧世一坐定，看過來的視線更多，也更坦然火熱了。畢竟，那雙包裹在牛仔褲中的長腿，真的太過於吸引人，幾乎在九成人的好感帶起舞。

「這裡是什麼表演？我看門口盯得滿緊的？」潘寧世對自己很惹眼這件事完全沒有感覺，他現在的注意力只放在夏知書身上。

「舞蹈表演。」夏知書隨口回應。「我剛看了你給我的電子檔，藤林這次的書還挺有意思的。」

「對吧！太好了，你覺得有意思的就好，我原本來擔心你這次會做得不開心。」一提到書，潘寧世就更放鬆了，眼睛微微笑彎起來，「我很喜歡他這次的兩個主角，還有發生在主角之間那種宿命般的糾纏。」

「宿命啊……」夏知書支著臉頰，宛如嘆息。

兩人又閒聊了一陣子，潘寧世把印出來的書稿也順便拿出來，跟夏知書討論了一下第一章的內容，可以說這本書從第一章開始就充滿與先前的藤林月見略有不同的現實混合著

濃豔幻想風格的文字，彷彿是一場詭譎的夢境，卻又莫名像某個人真實的生活經歷。

夏知書隨口把最開口的兩段用中文念出來，儘管現場的音樂聲還是那麼震耳，他清亮的聲音卻依然清清楚楚流淌入潘寧世的耳中。他很喜歡夏知書的表達方式，跟他想像中的幾乎一模一樣。

怪不得藤林月見堅持要找蝸牛翻譯自己的作品，這已經算得上一種神交了吧……

不對……潘寧世腦神經猛然一抽，想起來夏知書跟藤林何止神交，他們兩個根本性交過了……

雀躍的心情倏地落寞了幾秒，雖然很快再次振作起來，但潘寧世又有點不想看到藤林月見的書了。

寬敞的空間裡裡已經塞滿了八成客人，吧檯那邊有人已經喝開了，笑語聲熱烈地伴隨音樂聲哄響，燈光也更加變化多端，整個空間的溫度好像比一開始高了兩三度。

突然，夏知書停下交談，目光挪向舞臺，潘寧世也跟著看過去。

「先把書稿收起來吧，免得等一下弄髒了。」夏知書道。

潘寧世連忙應好，將書稿好好地收起，裝稿子的袋子就掛在桌下的鉤子上。

一個男人低沉的笑聲從音箱裡傳出來。

「各位先生們，歡迎你們今晚來到此處與我們同樂！相信我，今天晚上一定會出現大事的！非～常大的『大』事，絕對會讓各位心滿意足！」舞臺中間出現一個身穿黑襯衫牛仔褲的男人，襯衫有點緊，褲子也有點緊，衣料裡塞滿了肌肉，潘寧世彷彿都能聽見隔壁桌吞口水的聲音。

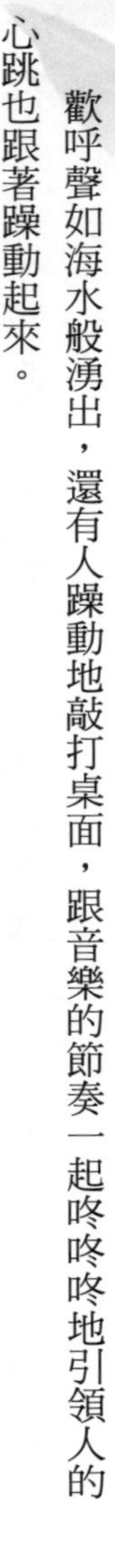

歡呼聲如海水般湧出，還有人躁動地敲打桌面，跟音樂的節奏一起咚咚咚地引領人的心跳也跟著躁動起來。

「我是你們今天的領路人杰夫，在表演前我要提醒各位幾件事，首先，你們最關心的，哪裡可以摸？」男人有一張陽剛英俊的面孔，笑起來的時候露出虎牙，變得可愛又性感，場內的人扣除潘寧世，大概都快瘋了。

潘寧世還在狀況外，他愣愣地看著臺上，感受著現場幾乎要點起火的熱烈情緒，整個人很侷促不安。

杰夫還在繼續，他一隻手拿著麥克風，另一隻手則摸上自己的胸肌，用力捏了捏，差點把肌肉捏到撐破衣料，歡呼聲夾雜著下流的挑逗話語震得潘寧世耳朵發麻，他緊張地吞吞口水，一直偷看身邊的夏知書。

「這邊，可以嗎？」杰夫捏完胸肌後，扯了下襯衫領口，露出乳溝跟鎖骨下方的荊棘玫瑰刺青。「可以嗎？」

熱烈的回應混雜在一起，潘寧世根本聽不出來大家說了什麼，他只注意夏知書是不是也很熱情。幸好，夏知書看起來跟往常沒什麼不同，甚至都沒多看一眼杰夫的胸肌，反而側頭看了幾眼潘寧世……確切來說，是潘寧世的胸肌。

有點得意，潘寧世雖然羞澀，但還是很大方地挺起自己的胸肌，頗有種要與臺上比美的意思。

「那這裡呢？可以嗎？」杰夫轉過身，被緊身牛奶褲緊緊包裹的屁股飽滿得超乎人想像，弧度圓潤，彷彿隨著他的呼吸在彈動。杰夫用力抓了一把自己的臀肉，「可以嗎？」

臺下觀眾已經瘋掉了，口哨聲歡呼聲可能還有一些不堪入耳的聲音，彙集成滾燙的音浪衝向舞臺，也衝進在場每個人的耳中。

潘寧世發現夏知書的視線從自己胸口，挪到腰部以下。他耳朵又燙又紅，明明夏知書什麼話都沒說，他卻覺得自己看懂了對方腦子裡在說什麼。

「給不給摸？」夏知書用嘴型無聲地問。

給，每次都給，哪一次不給！

燈光暗了一瞬之後，臺上猛地噴出類似煙火的燈光，混合著蔓延開的乾冰煙霧，音樂節奏也隨之強烈起來，數個高大的影子踏著充滿力量感與律動感的節奏出現在舞臺上，等燈再次大亮時，是七八個穿著飛官制服的男人，或微笑或挑逗或挑釁對著臺下的觀眾挑眉微笑，整齊劃一地挺了個胯。

舞蹈開始了。

潘寧世目瞪口呆地看著舞臺，他們的座位視野好得過分，即便在炫目的燈光中，還是能看清楚舞者的表情、肌膚上的紋路，以及舉手抬肩帶起的氣流，噴薄著濃重的男性賀爾蒙味道。

一開始舞者的動作還算含蓄，挺胯、踩點、收腰延展等等，襯衫不厚甚至有點薄，舞者身上的肌肉脹鼓鼓地被包裹著，每一個動作都能看到塊壘分型的各種肌肉收縮伸展，隔著一層衣料若隱若顯，現場的歡呼聲跟口哨聲不絕於耳，在五分鐘後猛地達到高潮。

臺上的舞者們開始解扣子，接著刷一下把襯衫整個撕掉，觀眾們的尖叫聲差點掀翻屋頂，潘寧世的耳朵也差點被震聾，他總算看懂眼前到底是什麼表演了——脫衣舞！

緊接著是褲子，隨手一抓看起來板正的西裝褲就這樣脫離大長腿，像破布一樣被扔到舞臺邊，男人們的身上只剩下一條丁字褲以及皮鞋，挺俏的臀肉一覽無遺，渾圓緊致、光滑飽滿，又充滿男性的力量感，隨著靈活的躍動彈跳震顫，各種摸胸、摸腹乃至於摸進內褲中或抓著鼓鼓的褲襠等動作，性慾的熱度愈發高昂。

到底要不要看？潘寧世搗著胸口，他雖然更喜歡夏知書那種白皙纖瘦的類型，但不代表他不欣賞陽剛的男人肉體。

「如何？」夏知書湊過來貼在潘寧世耳邊問：「這邊是很有名的猛男秀表演，舞者的體型跟身材都是挑過的，喜歡嗎？」

溫熱的氣息帶著屬於夏知書的味道，噴在潘寧世耳側，他整個人紅了大半，幾乎聽不清楚對方到底說了什麼……大概是音樂太大聲了！

「喜歡……」潘寧世吞吞口水回答，但到底是喜歡什麼他就沒說了。

「不過我覺得，你的身材比他們都好。」夏知書繼續貼著潘寧世的耳朵說，語尾還輕輕咬了一下男人紅透的耳垂。

潘寧世猛然抽了一口氣，一下子彈開，手足無措地按著自己的耳朵，即使在五彩斑爛的燈光下，還是看得出他的臉紅成什麼樣子，眼眶都濕潤了。

嚴格說起來，潘寧世不是那種第一眼帥哥，他的相貌沒什麼突出的特色，兩隻眼睛一

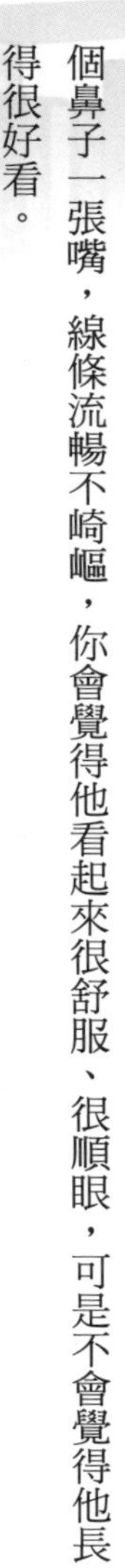

個鼻子一張嘴，線條流暢不崎嶇，你會覺得他看起來很舒服、很順眼，可是不會覺得他長得很好看。

然而，一旦他害羞起來，就會有另一種很難言說的魅力，那種陽剛的羞澀，有些可愛有些無措，無比美味……

夏知書舔舔唇，他現在口乾舌燥，臺上那麼多肉體舞動，又帥又性感，卻完全勾不起他的興趣，他現在很想跨坐到潘寧世的大腿上，抱著人親到對方喘不過氣。

音浪又再一次拔高，夏知書勉強自己看向舞臺，他得克制一點，這種時候親人太顯眼了，他怕潘寧世會承受不了。

潘寧世也強壓住害羞，抓過桌上的600CC啤酒，打開來一口氣灌了大半，酒水灑了一些在脖子跟鎖骨上，在燈光跟乾冰的交疊掩映下，有種金屬般的質感。

夏知書到底沒忍住，明明舞者已經跳下臺開始找人跳貼身舞了，多少熱情的觀眾起身互相卡位拉扯，伸長了手努力要觸碰或者將舞者拉到自己身邊，空氣滾燙得像要燒起來，彷彿光聞著氣味就能高潮一樣。

但夏知書目標明確地貼上潘寧世，一手摟著他的脖子，柔軟的舌頭輕巧地舔過他被沾濕的脖子及鎖骨，最後在顫抖的喉結上咬了一口。

壓抑的喘息聲沒入激烈的音浪中，潘寧世手一抖差點沒拿穩啤酒罐，他只覺得自己熱得要命，尤其是下腹，準確來說是他的大雞雞，都半勃了，在緊身牛仔褲裡憋得很難過。

他正想說什麼，眼尾餘光撇到有人影朝自己靠過來，還沒反應過來是怎麼回事，濃烈的皮革與菸草味的香水混合淡淡的汗味，強悍地擠入他與夏知書之間，緊接著是一具充滿力量感的高大身軀，挾帶悍猛的肌肉跨上他的大腿，把夏知書擋在身後。

「嗨，帥哥。」那是一張混血風格強烈的俊美面孔，對潘寧世拋了個媚眼。線條明顯的腰，卻柔軟得讓人驚訝，扭動著在潘寧世身上磨蹭，「身材很好喔！」說著吹了聲口哨。

「呃……」潘寧世愣住，他緊緊抓著啤酒罐差點直接捏爆，整個人差點從椅子上掉下去，求助地越過男人肩膀，試圖跟夏知書求救……但看不到人！夏知書個子嬌小，現在完全被高大健壯的舞者擋住了，目中所及都是油亮誘人的肌肉。

可以說是一種視覺爆力了。

「來，不要客氣，你可是我們老闆的貴客啊！」

男人說他叫強尼，貼在潘寧世耳邊，還順便親了一下他的耳垂，隨即抓著他空著的手往自己胸肌上放，按著搓揉了好幾下。

「不不不不……那個那個那個……」潘寧世覺得自己的手指跟手掌都在抽筋，但不得不說男人的肉體真的很好摸，那個胸肌跟自己的摸起來有點像又沒那麼像，似乎更熱更滑膩，柔軟的皮膚下是微硬的肌肉，隨著男人的律動輕顫著。

鼻子癢癢的，喉嚨又乾又澀，潘寧世努力要找夏知書，但視線就是會恰好被男人的舞動擋住，光裸的、豐腴的、充滿彈性的臀肉在自己大腿上摩擦，真的要命了！

不過話說回來，夏知書的屁股也很棒，大概是天生麗質，形狀真的是渾圓飽滿，就算隨便穿件寬鬆的褲子也能撐出漂亮的弧度，摸上去的手感好到讓人回味無窮，比現在要好上幾倍……柔軟、飽滿，臀肉從指縫間鼓出，又恰好契合掌心的弧度……

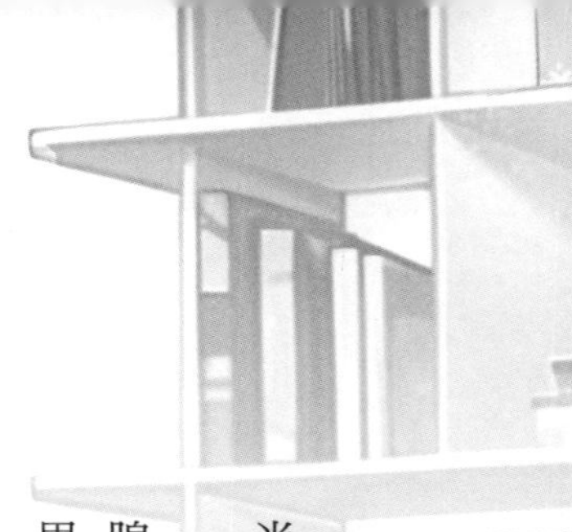

等等……現在的手感？

潘寧世猛地回過神，發現自己的手已經從胸肌上被挪到屁股上了，同時男舞者看起來半勃的襠部就貼著他很憋的褲襠磨蹭。

「等等等等！」潘寧世驚訝到結巴，手上的啤酒還是摔到了地上。也不知道是腎上腺素還是什麼，他猛一下撞倒椅子整個人站起來，原本是想躲開過度的身體接觸，卻不想男舞者長腿勾在他腰上，一手攀在他肩上，整個人就這樣掛在他身上貼得更緊了。

潘寧世發誓自己只是下意識的動作，他怕舞者摔倒，眾目睽睽之下也太丟臉了，所以在發現對方掛在自己身上後便伸手去扶，下一秒就變成了火車便當的體位。

現場的觀眾陷入瘋狂，潘寧世也要瘋掉了，他都沒跟夏知書玩過火車便當！

接下來可能兩分鐘也可能三分鐘或五分鐘，反正對潘寧世來說又漫長又尷尬，強尼照著火車便當的體位把他當鋼管使用，模擬了好幾個火辣辣到幾乎稱得上人體造型藝術的性愛體位。

啊……起碼，看得到夏知書了……潘寧世整個人已經佛系了，他無法融入現場氣氛，但可以融入鋼管這個身分。

夏知書神采飛揚地隨著音樂節奏拍手，好像還用口型對潘寧世無聲地說了句：我下次也要試試看。

大概，潘寧世不確定。

燈光太斑爛刺眼了，強尼也太過靈活了，要不是他健身有成，力氣還比常人大一點，恐怕也演出不了完美的鋼管。

他覺得自己身處於夢境中，一個瘋狂、華麗、熱烈的夢境，整個人意識都飄浮起來了，彷彿踩在雲端中。

最後強尼背對他，抖動著形狀完美的臀肉用力蹭了兩下他生理性勃起的大雞雞，半回過頭拋了個媚眼，留下煙燻皮革與馬鞭草的味道回到舞臺上。

潘寧世渾身都是汗水，分辨不出是不是冷汗，脫力般跌坐回椅子上，差點沒坐穩跌倒，被夏知書扶了一把，臺上又暗下來了，第一場舞蹈結束。

「這場表演要多久？」潘寧世語氣虛浮，有點承受不了的感覺。

「大概還有六場舞，兩個半小時左右的表演。」夏知書安撫地揉了揉潘寧世已經亂掉的頭髮，手法跟擼一隻黃金獵犬沒兩樣。

「還好嗎？強尼很熱情，舞技也是整個舞團裡最厲害的，你跟他配合得不錯唷。」給了個大姆哥。

潘寧世苦笑，他並沒有很想跟誰配合上演模擬性愛，他更想跟夏知書安安靜靜地在一起討論書稿。

接下來幾場舞蹈，潘寧世都呈現一種被嚇壞的小貓咪狀態，緊張地縮在椅子上，高大的身軀到底為什麼可以縮得那麼單薄也實在令人嘆為觀止，桌上擺的六罐啤酒全部進了他的肚子裡當安慰劑了。

他完全沒注意夏知書根本沒阻止自己，也沒關注舞臺上的表演，更沒有任何一個舞者跑來跟他跳貼身舞。纖細嬌小的男人只是睜著一雙漂亮的眼眸，專注地凝視潘寧世，看著他漸漸喝醉，防備的姿勢也慢慢放鬆了。

如果潘寧世再小心一點，他會發現自己喝的根本不是啤酒，是龍舌蘭基底的調酒，酒精濃度高達百分之二十。

「你果然喝不出來耶。」夏知書拿起空掉的罐子搖了搖，他跟葉盼南打聽過，潘寧世這人不大會喝酒，平常只喝水果啤酒或者果酒，酒精耐受低，也嚐不出酒的味道，他能分辨的只有「這種酒我覺得好喝，那種酒我覺得不好喝」這種程度。

潘寧世對夏知書露出迷濛的笑容，因為喝醉了，看起來柔軟又迷糊，眼睛彎彎地盯著夏知書不放。

「最後，現場有沒有哪位先生願意上來跟我們一起跳一場？可以讓你的愛人，或者你想帶上床的人，更喜歡你喔！熱情的夜晚，誰不喜歡呢？」主持人杰夫的聲音響起，潘寧世繃緊了下肩頸，人好像清醒了不少。

臺上杰夫還在煽動觀眾，說一些性暗示濃厚的言詞，觀眾們也熱情的與他往來，但沒誰自告奮勇要上臺，直到四號桌的方向，有人舉起了手。

現場安靜了大約半秒，緊接著歡呼跟口哨聲又炸開來。

「這位英俊的先生，你叫什麼名字？」杰夫伴隨一束舞臺燈來到四號桌邊，舉手的是潘寧世，他已經脫下皮外套，裡頭那件深煙灰色休閒襯衫是短袖的，布料像第二層皮膚般包覆著男人精壯健美的身軀，在舞臺燈照射的範圍內，鎖骨與胸肌上方的凹陷光影明顯，看得出那對胸肌有多大。

大家好像都聽見身邊的人吞口水的聲音。

潘寧世雖然不是第一眼帥哥，卻是很耐看的長相。鼻梁挺、眉骨偏深，單眼皮通常會有點泡泡眼但他沒有，反而有一種俐落涼薄的凌厲，嘴唇厚薄適中、大小也適中，輕輕抿了一下，連杰夫都沒忍住輕抽了口氣。

四號桌的客人是老闆的貴客，他們都知道。但沒想到是這麼讓人心癢癢的貴客啊！最過分的是，那個褲襠的長條狀鼓起，彷彿要擠破牛仔褲，誰都沒辦法不把目光釘在上面啊！

「想指名誰跟你一起跳呢？」杰夫控制不住伸手搭上潘寧世的肩膀，好兄弟似的，絕對不是在感受他的二頭肌三頭肌斜方肌啥啥肌。

潘寧世是真的醉了，他的眼神迷離，站得沒有往常挺直，姿態很放鬆慵懶，加上一雙長腿和翹挺的屁股，現場不知道有多少人想著要上來勾他與自己一夜情，或者在廁所來一發也行啊！

他抬起眼皮，瞥了杰夫一眼，又側頭認真地看著夏知書幾秒，才低聲道：「不用，我自己跳就可以。有帽子可以借我嗎？」

杰夫不動聲色地看了夏知書一眼，看對方一雙眼亮晶晶的似乎很期待，也跟著笑了笑，「當然沒問題，你要什麼帽子？」

「寬沿的紳士帽。」

小甜甜布蘭妮的《Baby One More Time》的前奏響起來的時候，夏知書還沒意識到自

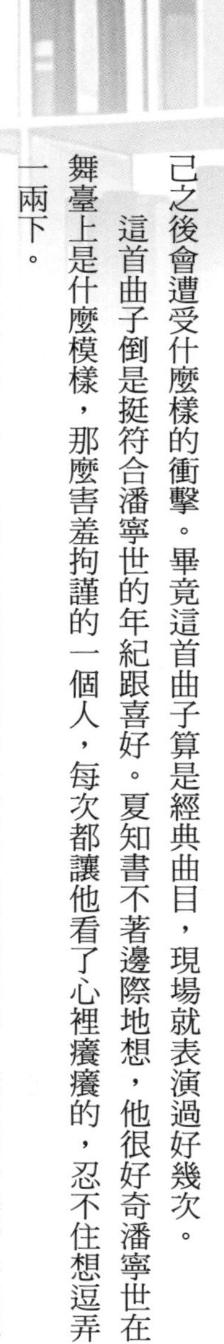

己之後會遭受什麼樣的衝擊。畢竟這首曲子算是經典曲目，現場就表演過好幾次。

這首曲子倒是挺符合潘寧世的年紀跟喜好。夏知書不著邊際地想，他很好奇潘寧世在舞臺上是什麼模樣，那麼害羞拘謹的一個人，每次都讓他看了心裡癢癢的，忍不住想逗弄一兩下。

舞臺燈光還是暗的，只能看到煙霧繚繞中一道高大頎長的剪影，挺拔的身姿看得出渾身肌肉精悍，頭上戴著一頂帽子，用一種很悠閒的姿態，微微低著頭，四肢都是很放鬆的，彷彿只是隨便站在路邊，也許在發呆，也許在等待某個人。

明明只是道簡單的影子，卻令看到的人莫名浮想連翩。

歌詞是從「My loneliness is killing me（And I）」（我的孤單正在吞噬我（和我））開始，燈光也在這一瞬間猛然亮起，熾白的燈光混雜著玫紅、鴨黃、墨綠與海藍的各種色彩，彷彿夢境突然展開，最後停留的是繚繞的煙霧與偏黃而熾熱的舞臺燈。

臺上屬於潘寧世的剪影也倏地動了起來。

他的臉被帽子的陰影擋住大半，凸顯出了半截高挺的鼻梁與稜角分明的下頷線，還有一張線條分明，不薄不厚，看起來異常好親的嘴唇。

——I must confess I still believe (Still believe)

我必須承認我仍然相信（仍然相信），

——When I'm not with you, I lose my mind

當我沒跟你在一起，我喪失了我的心智，

——Give me a sign

給我一個訊號，

——Hit me baby one more time.

再愛我一次寶貝。

隨著歌詞與節奏，潘寧世將頭往身體一側歪去，身體也是微微順著頭的方向傾斜，雙手放在胸膛上，隨著一個流暢的移動，上半身及緊實的腰滑出一個類似S的擺動，雙手也一路往下最後停在胯部。

因為緊身牛仔褲的關係，那處現在有個明顯的鼓起，明明什麼都沒露，頂多就是露了鎖骨跟一點點胸肌，甚至舞步也並非特別挑逗，現場的溫度卻莫名滾燙了起來，尖叫聲不絕於耳。

煙霧中，潘寧世的舞步靈活又俐落，帶著屬於男性的爆發力與力量感，又參雜了些許陰柔的特質，混合得天衣無縫，無論是挺胯或扭腰，挪動時候的流暢性感，以及最後充滿力量感的收束，都像跳在每一個人的性癖跟心尖上。

他看起來像個孤獨的旅人，在偌大的舞臺上獨自舞動，他撫摸著自己的身軀，舒展、擺動四肢與軀體，跟所有人都保持著一定的距離感，被寬沿帽陰影遮擋大半的表情，更加深了那種疏離。

尖叫聲漸漸平息，音樂掩蓋下的呼吸聲卻愈發沉重，所有人都像被帶入了一個不知名的世界，狂熱地凝視那獨立於世的身影，襯衫因為汗水的關係半濕半乾，勾勒出肌肉的線

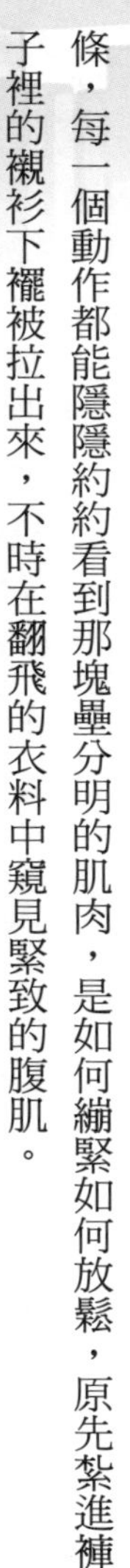

條，每一個動作都能隱隱約約看到那塊壘分明的肌肉，是如何繃緊如何放鬆，原先紮進褲子裡的襯衫下襬被拉出來，不時在翻飛的衣料中窺見緊致的腹肌。

明明臺上的人那麼沉浸在自己的舞蹈中，完全沒有一絲引誘人的意思，卻沒有一個人有辦法把視線從他身上移開。

起碼夏知書沒辦法移開目光，他只覺得口乾舌燥，連眨一下眼睛都覺得浪費時間，他不確定潘寧世要帽子擋住自己半張臉，是因為害羞還是一種隱晦的挑逗，但他現在真的很想親這個男人，最好能把人親到缺氧……

就是不知道自己的肺活量有沒有辦法贏過對方了。

突然，隨著「給我一個訊號」的歌詞，潘寧世打破了先前的疏離，他抬起頭，目光直直的落在臺下，夏知書知道他在看自己，眼神熾熱宛如火焰，滾燙的舔拭著他，那雙修長寬大的手往前伸，像是要邀請也像是在施捨，接著猛一反手抓握，伸直的雙肘以一種不容抗拒的力道往回拉，夏知書微微顫抖，他盯著那雙手最後回到胸口，彷彿要把某個人拉入懷抱。

完蛋了……真的完蛋了……夏知書腦子裡只剩下這句話。他幾乎要控制不住地回應臺上的潘寧世，而現場確實也有忍不住的觀眾，聽得人臉紅的呻吟聲此起彼伏，可能都幻想著自己被拉入潘寧世的胸膛，枕著那對厚實的胸肌不可描述起來。

「再愛我一次，寶貝。」

不知道是歌聲或者潘寧世真的說了這句話，最後一個音符結束，燈光也暗了下去，粗重的喘息在安靜的空間裡蔓延，所有人都還沒能從短短的三分多鐘夢境中醒來。

口進入後臺。

剪影離開了，夏知書也完全坐不住，他趁著無人注意的時候離開了座位，從員工出入

短短的走廊，燈光昏暗，有兩三顆燈泡好像快壞了，會突然閃一下，轉頭又恢復正常，不過一百五十公尺左右的距離，夏知書卻走得心煩意亂，總覺得路途漫長，希望能再走更快一些。

推開進入後臺的那扇門，是一個被切割成不同區域的空間，大概是東西堆太多，又被切割得太零碎，給人一種雜亂狹小的侷促感。

潘寧世安安靜靜地坐在某個角落，杰夫跟強尼，還有另外兩名舞者在距離他不遠的地方跟他說話，態度都很親切，眼神也滾燙得讓夏知書心裡有點不痛快。

他很快走過去，強尼是第一個注意到他的人，立刻拉出與潘寧世的距離，抬手招呼了下：「老闆。」

潘寧世疑惑又好奇地抬起頭，在看到夏知書笑盈盈的臉時，瞪大眼愣住了。

「大家辛苦了，今天酒吧開放你們盡情喝，去放鬆一下吧。」夏知書用那張純真年幼的臉龐說出反差的內容，足夠讓陌生人陷入長久的茫然中。

但強尼也好，其他舞者也好，顯然都已經跟夏知書很熟了，彼此露出調侃又心照不宣的笑容，開開心心地道了謝便快速離開，空出後臺的空間。

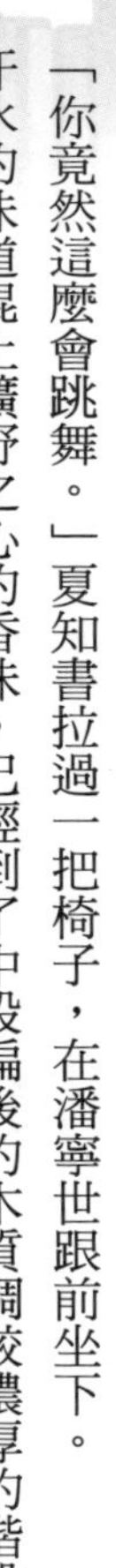

「你竟然這麼會跳舞。」夏知書拉過一把椅子，在潘寧世跟前坐下。

汗水的味道混上曠野之心的香味，已經到了中段偏後的木質調較濃厚的階段，混著辛辣的氣味，以及屬於男性運動過後會有的賀爾蒙味道，調和出的氣息幾乎令人迷醉。

夏知書小心翼翼地深呼吸幾口，臉色微微發紅，身體也控制不住地燥熱起來，看向潘寧世的雙眸濕漉漉的。

「我……呃……」潘寧世被看得心尖顫抖，本來好不容易退下去的體溫，又猛地燒起來了。「高中開始練舞，本來只是想找個活潑一點的運動，結果被老師說挺有天分的，就一路練到大學畢業……現在偶爾還是會去跳跳。」

「這樣啊……我以為你大學時代只參加了推理小說同好會。」夏知書湊近了些，鼻子幾乎要埋到潘寧世的肩窩裡。

「大學裡的社團是只參加了推小的同好會沒錯，我有練舞的事情學校裡幾乎沒人知道。」潘寧世有問必答，同時小心翼翼地伸手，把夏知書從椅子上抱進懷裡，讓對方可以更大方地聞自己的味道。

看來用上曠野之心是對！感謝強哥！

大概是跳了舞，酒也醒了不少，但殘餘的醺醉仍讓潘寧世比平常要大膽了許多，這才會在近乎半開放的環境中把人抱過來坐大腿。正常情況下的潘寧世這時候早就因為害羞拉開距離了，也沒膽子滿身汗味還沾沾自喜地讓對方聞。

「有沒有興趣來我店裡跳舞？」獲得許可夏知書更大方了，他乾脆把臉埋進潘寧世的頸窩，也就是味道最濃烈的地方，舔著齒列猶豫要不要乾脆咬一口嘗嘗味道。

被氣息燙得抖了抖，潘寧世把人抱得更緊，聲音含糊：「不大好吧……我的工作很忙，你知道的，梧林不是大出版社，我們每個人手中都同時有好幾本書，而且很快要開始忙明年的書展了……」

潘社畜還在絮絮叨叨著自己的工作，他就算跳舞加醉酒飆到極端的腎上腺素還沒完全退掉，人還處於某種亢奮狀態，腦子裡還是放不下工作，即使懷中抱著軟綿綿香噴噴的有緣無分砲友，這種時候他想到的也不是「啊，是不是可以趁機來一砲啊」，而是「啊！我國際書展申請補助不知道能下來多少」。

夏知書聽不下去了，這種曖昧濃度已經到了一根火柴就能擦槍走火的地步，他實在不想聽潘寧世說柴米油鹽醬醋茶。

一個吻重重落在潘寧世還在絮叨個沒完的嘴上，薄荷的味道一下子瀰漫開來，有點甜、有點涼，好像還有一點辣。

柔軟的舌頭順著半張的唇探入，一顆圓溜溜的東西跟著滾進來，在夏知書靈巧柔軟的舌尖，以及潘寧世稍嫌笨拙的舌頭中來回滾動，隨著那顆薄荷味的糖球越來越小，兩人間的吻也更加黏膩親密，細微的水聲迴盪開來。

潘寧世在進入狀況前總是很羞澀，可一旦沉浸其中後，就像換了個人，變得強勢甚至有些粗暴。

就像這個吻，一開始是夏知書主導，他用舌頭去舔舐、挑逗潘寧世，勾纏吸吮探索後又故意逃開。

在對方追上來後有時回應，但更多時候是輕觸後立刻逃開，轉而探索其他角落。

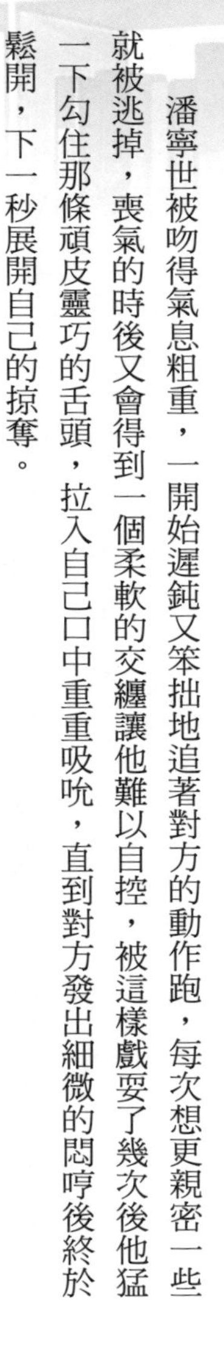

潘寧世被吻得氣息粗重，一開始遲鈍又笨拙地追著對方的動作跑，每次想更親密一些就被逃掉，喪氣的時後又會得到一個柔軟的交纏讓他難以自控，被這樣戲耍了幾次後他猛一下勾住那條頑皮靈巧的舌頭，拉入自己口中重重吸吮，直到對方發出細微的悶哼後終於鬆開，下一秒展開自己的掠奪。

他吻得很深，舌頭從最淺的牙齒開始一路往深處攻城掠地，敏感的舌下、上顎都被他強勢地舔拭過，甚至連深處的小舌都幾乎被舔到，把夏知書吻得發出淺淺乾嘔，幾乎喘不過氣。

不知道吻了多久，夏知書因為缺氧腦子嗡嗡作響，伸手推搡了幾次潘寧世，可是對方的身材比自己高大壯碩太多，完全沒把他的力氣當一回事，唇舌的凶猛掠奪還在繼續，恨不得將他整個人吞下肚似的。

「唔……潘……唔！」他想出聲喚回男人的理性，但被叼住舌頭根本說不了話，還被勾纏住吸吮到舌尖發麻。

最後還是潘寧世自己吻夠了，縮回舌頭結束這個吻，退開時兩人唇間牽起一條銀線。

「你……」夏知書癱在潘寧世懷裡拚命喘氣，好不容易才斷斷續續道：「是打算把我吃掉嗎？」

潘寧世脹紅了臉沒有回答，他意猶未盡又不敢再次吻上去，只能聊勝於無的親了親夏知書因為缺氧泛紅的臉頰、鼻尖跟眼尾。

「硬了。」剛喘過氣，夏知書就蹭了蹭屁股底下明顯鼓起的部位。

「你別蹭！」潘寧世嚇到幾乎破音，緊緊握住夏知書的腰，試圖阻止對方的動作。

「這麼硬，不痛嗎？」夏知書照樣蹭，潘寧世怕弄痛他根本不敢用力，哪有什麼阻止的作用？

「不痛……」回答得咬牙切齒。

「嗯……我不信。」

夏知書輕笑，柔軟又有彈性的臀肉連蹭幾下，差點把大香蕉哥哥的香蕉蹭出牛仔褲的束縛，「我幫你揉揉？」

「不行！拜託你千萬不要再動了！我會忍不住！」潘寧世臉紅脖子粗地大叫，他今天整晚都朝氣蓬勃，真的沒辦法承受更多了。

「為什麼不要？你不想做嗎？」夏知書偏頭咬了口他的脖子，接著在他滾動的喉結上親了下，身下男人的身軀痙攣似地大大抽搐了下，他笑出來，「看來你應該很想做……不做嗎？」

「你明明說不跟工作上的合作對象上床的……」潘寧世欲哭無淚，他咬著牙關忍耐，呼吸粗重得像壞掉的風箱。

「嗯？」夏知書後退了點，對他眨眨眼，「我的意思是，合作對象不能跟我上床，但我可以。」

啊？什麼？嗯？潘寧世瞬間覺得自己的中文能力有問題，他竟然理解不了夏知書現在說的話是什麼意思。

「香蕉弟弟，不做嗎？」

輕笑隨著輕吻落在耳畔，潘寧世岌岌可危的理智，就這樣啪一聲，斷掉了。

即使隔著粗硬的牛仔褲布料，大腿上依然可以感受到充滿彈性的臀肉與光滑肌膚的觸感，潘寧世鼻子癢癢的，有種似乎要流鼻血的感覺。

坐在他大腿上後兩人的身形差距小了很多，潘寧世微微低頭把額頭抵在夏知書的額頭上，兩人鼻尖也幾乎蹭在一起，滾燙的呼吸彼此交纏難分你我，讓人腦子裡嗡嗡作響空白一片，什麼也思考不了。

夏知書一雙勻稱粉白的腿左右夾著潘寧世的腰，下身已經全部脫光了，休閒褲與內褲被隨意踢在地上，鞋子也胡亂滾在化妝桌附近，倒是兩人的上衣都穿得好好的，潘寧世也只拉開了褲拉鍊掏出耀武揚威的陰莖。

一開始他們仍交換著或輕淺或深入的吻，到後來夏知書的舌頭被纏住吸吮，嘖嘖的水聲迴盪在後臺空間裡，夾雜越來越粗重急促的喘息聲。

柔軟的後穴已經用不知道哪裡摸出來的潤滑液抹過，體溫把黏膩的液體化開來，濕答答又滑溜溜地沾滿了半個屁股，微微泛紅的穴口輕輕開合著，透露出一點急不可耐。

「先用手指還是要直接進來？」夏知書咬了咬潘寧世紅透的耳垂問。

潘寧世哪裡有臉回答，他做愛的時候本來也不是什麼很愛發出聲音的類型，前幾次都是興奮到極點才會說幾句下流話，現在整個人介於理性跟不理性之間，甚至都不敢正眼看懷裡的夏知書，但手上的動作倒是半點遲疑的意思都沒有。

很快的幾根修長且骨節分明的手指，順著潤滑液的痕跡戳入最近使用過度、有點紅嘟嘟的菊穴中，來回摳弄了幾下，很快就把柔軟的地方玩得更加軟滑，滴滴答答留下了黏稠的體液，在手指抽動間牽起銀絲又斷開，黏膩得讓人心癢。

昂揚的粗壯陰莖抖了抖，蹭著滑溜溜的臀肉似乎很不爽被忽視了。手指很快抽走，等巨碩圓潤的龜頭頂到穴口微微往內擠壓的時候，那張小口也飢渴難耐地開合著吸吮馬眼。

潘寧世舒服地喟嘆出聲，抓在夏知書腰上的手一點點把人往粗長的陰莖上壓，很快就戳到直腸底部，還有幾公分沒能完全插進去。

「啊啊——」夏知書捂著肚子臉色潮紅，他瞇著眼半仰起頭，喘不過氣似地張著嘴，唇角有一絲唾液往下滑。身體被完全撐開的感覺讓他恍惚，掌心下的肚皮被撐出一個小小的弧度，他下意識按了按。

這下跟點了炸藥的效果差不多，就感覺身下強壯的身軀狠狠抽搐了下，緊接著他被抓著腰，往上提了提，很快又被凶殘地朝下壓，腸肉一下子被熟悉的巨屌擠開，長驅直入重重撞在敏感紅腫的結腸口上。

「唔——」夏知書根本來不及反應，在他的預想中，最開始應該是他先掌控抽插的節奏，把潘寧世逼到極限後，男人才會喪失理智對自己狂操猛幹。

殊不知，早就對他心懷不軌加上酒精跟腎上腺素加持的潘寧世可不是正常狀態，他的理智本來就脆弱得跟乾麵線一樣，都不需要用力自己就會碎成粉末。

他整個人軟在高熱厚實的懷抱中，臉埋在男人汗津津飄散著檀木與辛香料氣味的頸窩中，抽搐地喘息，生理性淚水都流出來了。

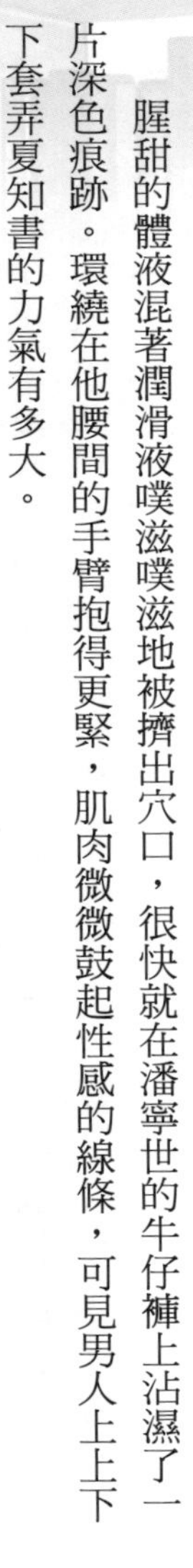

腥甜的體液混著潤滑液噗滋噗滋地被擠出穴口，很快就在潘寧世的牛仔褲上沾濕了一片深色痕跡。環繞在他腰間的手臂抱得更緊，肌肉微微鼓起性感的線條，可見男人上上下下套弄夏知書的力氣有多大。

潘寧世喘著氣，他對於還露在外面的幾公分陰莖很不滿，抽插的動作愈發粗狂，一邊感受著緊緻細膩肉道的討好吸吮，肏入的動作就更加激烈狂暴，龜頭每一次都會直直頂在結腸口，把人肏出一聲可憐的悶哼，他心裡說不出的滿足，也就操幹得更加激烈了。

「別……別這麼、這麼……啊！用力……」

夏知書捂著肚子斷斷續續地呻吟求饒，他其實已經快要高潮了，強烈的刺激與快感讓他舒服的同時也覺得感官過載，幾乎要哭出來。

潘寧世沒理會他的哀求，仍然一心一意要把最後那節陰莖戳進夏知書的肚子裡，可惜因為兩人現在的姿勢限制，夏知書的腰部是縮起來的，他連續戳頂了結腸口幾十次也依然沒辦法頂開那處，不禁有點冒火，最後索性抱著人站起來，一邊抽插著一邊走到不遠處的三人沙發邊，龜頭緊緊抵著結腸口，直接把腰上的人轉了一百八十度變成背對自己，接著把人壓到沙發上，開始又一次的狂抽猛插。

猛烈的快感讓夏知書差點暈過去，他只感覺自己的肚子被攪了一圈，結腸口微微張開了些，又被接二連三的戳頂，肉莖插弄的速度又快又狠，肉體拍打的聲音跟抽插間的淫靡水聲，比先前都要激烈幾分。

夏知書瞬間就被肏到高潮，他上半身趴在沙發上，腰部以下被男人抓著高高挺起，肚皮上鼓著明顯的陰莖痕跡，能看到粗長的大屌是怎麼玩弄操幹他的肚子。

夏知書的雙眼微微翻白，臉色潮紅喘氣呻吟都斷斷續續的，淚水縱橫交錯看起來被玩弄得很慘。

掌控著身下這具嬌小卻柔軟的身軀，潘寧世更加興奮，他舔了下唇，感受手掌下纖細腰身的顫抖，眼中是濃重的情慾與炙熱到燙人的興奮，他俯下身把雪白的身軀完全籠罩在自己的懷抱裡，親了親蓬鬆柔軟的髮頂。

——記得呼吸，我要全部插進去了。

夏知書不確定自己是不是聽見潘寧世說了這句話，他目光渙散，還沒從高潮的餘韻中與疊加上來的快感中回過神，就被一連十幾下的重頂，幹得發出尖叫，差點連呼吸都忘記了。結腸口被頂開了，粗圓的龜頭長驅直入，這個姿勢本來就能進得很深，更別說潘寧世還刻意用力頂入，彎曲的乙狀結腸差點就要被肏直了。

終於把整根粗屌都插入夏知書肚子裡，潘寧世興奮地瞇著眼嘆息，稍微感受了一下痙攣的腸肉，慢慢地把肉莖抽出，磨蹭每一寸緊縮的腸肉，把夏知書磨得胡亂哭喊，下一秒裹著層黏膩體液的巨屌，又「啪」一聲全根沒入，撞得白皙飽滿的臀肉盪出一波肉浪。

用不著幾下，濕紅的後穴就抽搐著噴出大股汁水，腥甜的氣味飄散看來，又在數十下的操弄中變成一層白沫，順著狂躁的動作往下滴落。

夏知書癱軟在沙發上，半張著嘴呻吟，整個人似乎已經要昏厥過去了。

潘寧世一手緊握著夏知書的腰，一隻手搭在沙發椅背上，腰部緊收抽插的動作又狠戾了幾分。渾圓的臀間夾著粗紅的肉屌，噗嗤噗嗤的頂弄間臀肉抖動，身體跟著抽搐得停不下來。

「啊……好深……太深了……」

夏知書失神地喘息呻吟，身後的男人精悍有力的腰部猛頂，他幾乎可以感受到粗長肉莖上的每一道鼓起的青筋，每一回插入龜頭都會用力蹭過被操腫的前列腺，快感已經強烈到他無法承受，神經似乎都在發痛，第一次覺得有點後悔。

硬脹的龜頭又一次狠狠撞入痙攣的結腸中，幾乎把那兒肏成屬於潘寧世陰莖的形狀，突如其來的衝擊讓夏知書徹底崩潰，他張著嘴卻發不出聲音，流著生理性的淚水，小小的臉看起來慘兮兮的，因為肌肉緊繃，肚皮上頂出的痕跡更加顯眼，似乎都能看到陰莖正在微微抖動著射精。

充滿汗水與滾燙溫度的胸膛覆蓋在他的背上，他還在哆嗦著，任由男人像隻大狗又親又舔自己的後頸、臉頰跟嘴唇，舌尖也被啜了幾下，交纏在一起舔吻了好一會兒。

第五章
你怎麼這麼可愛？真的不是
故意勾引我吃掉你嗎？

大概是高潮後酒完全醒了，潘寧世喘了一陣子後小心翼翼把自己抽出去，慌慌張張地找了衛生紙跟濕紙巾，開始擦拭夏知書身上各種難以見人的痕跡，特別是被肏過頭還微微張著正一點一點流出白濁精液的後穴，也被溫柔地擦拭乾淨。

必須說，大雞雞有好有壞，夏知書是使用得很開心，可每次用完腰跟肚子就會痠痠麻麻得泛疼，而且精液射得太深，弄出來也是件麻煩事……不過，必須得說，這些缺點都比不上性愛中的快感。

「要抱一抱我嗎？」

他暫時沒力氣把自己從沙發上撐起，側躺著對正一臉嚴肅思考那些用過、充滿腥羶味的衛生紙團該怎麼處理的潘寧世，露出一抹淺笑。

潘寧世肉眼可見的掙扎，他看起來是很想抱的，當然這邊的「抱」指的是單純的擁抱，又不敢開口詢問夏知書的意思跟自己理解的一不一樣，他反正是沒有勇氣在後臺再來一場性愛了。

「就單純抱一抱我。」夏知書難得沒言語上欺負老實人，也是因為他覺得躺在沙發上有點冷。

既然得到了肯定的答案，潘寧世很明顯地鬆了一口氣，人也雀躍起來。

他將衛生紙團塞進好不容易找到的塑膠袋中，打了結後規規矩矩放在沙發腳邊，才上前將人摟進自己懷裡。

「今天玩得開心嗎？」夏知書瞇著眼像是快睡著了。

「應該算……挺開心的……」

潘寧世搔了搔人中回答，他心情真的很複雜，本來以為自己起碼大半年以上都沒有機會跟夏知書做愛了，萬一後續又運氣很好地簽到藤林月見的其他書，可能他這輩子都沒機會再跟夏知書做愛。

誰知道這人竟然玩起了文字遊戲……這……讓他不知道該怎麼面對以後的相處。

可以親密一點嗎？

還是要維持正常的合作夥伴關係？

會不會哪天又被夏知書往床上帶了？

但他接下來會很忙，可能沒時間進行什麼親密互動……想想就覺得失落。

環在細腰上的手被撓了撓，潘寧世抖了下回過神，低頭疑惑地看著懷裡對自己露出笑容的夏知書，耳垂又紅了起來。

「怎麼了？」他問。

「我剛剛問，你家明年國際書展會邀請月見過來嗎？」

潘寧世遲疑道：「這……是有這個計劃，但詳細的企劃還要跟總編還有老闆商量過才能決定。我是很希望藤林老師能來辦簽書會，說不定有機會簽下其他書，這三年來大概有四本書沒有授權繁中版，搞不好可以弄個藤林月見的主題書展，暑假或者年底的時候就有活動可以辦了。」

後臺的性愛氣味還沒完全消散，潘寧世已經回到編輯腦，開始安排明年的行程。

「你怎麼突然問我這件事？你想見藤林老師，還是想躲他？」突然想起夏知書跟藤林月見因為上床而鬧翻的事情，潘寧世猛地背心冒冷汗。

「我還沒想好……」夏知書打了個哈欠，又搔了搔潘寧世肌肉線條明顯的手臂，往他懷裡又縮了縮。

「我只是想先閒話兩句，然後提出我的要求。」

「什麼要求？」發現懷裡的人好像快睡著了，潘寧世不禁放輕了語氣。

「送我回家。」夏知書的眼睛已經完全閉上了，「我的包放在那邊的置物櫃裡，家裡鑰匙就在包裡，是掛著屁桃的那一串……」

語尾模糊地含在嘴裡，潘寧世湊上前才聽清楚。

看著沉沉睡過去的人，他露出笑容來，凝視著對方的臉好一會兒，才想到最重要的一個問題：哪個櫃子？

靠牆有一整排的櫃子，這很正常因為是後臺，舞者們每個人都有屬於自己的櫃子。然而夏知書睡過去之前，並沒有指清楚哪個櫃子屬於他，總不能一個個打開看吧？

「需要幫忙嗎？」

男人帶笑的聲音從後面傳來，潘寧世被嚇得抖了抖。

回頭看去，是強尼。

他手上拿著一個玻璃瓶，看起來是啤酒或某種氣泡飲料，上身是赤裸的，有好幾個不知道是蟲咬還是吻痕的印子，就這樣大剌剌展現出來，一點都沒有害羞的樣子。

實在不知道該把目光放在哪裡，潘寧世當然是很欣賞強尼身材的，高大精悍的肌肉，又有跳舞的人特有的柔韌緊實。但潘寧世現在總覺得自己如果盯著強尼看好像有點罪惡感，只能把視線緊緊釘在強尼臉上。

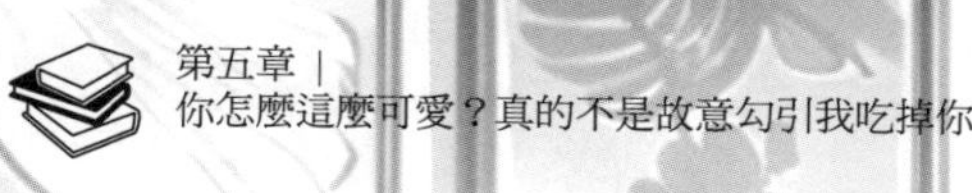

「蝸牛……夏老師的櫃子是哪一個？他睡前說希望我帶他回家，但他來不及跟我說清楚櫃子在哪裡。」

「喔。」強尼仰頭灌了一口飲料，喉結在逆光中滾動了幾下。

「老闆沒有自己的櫃子，他用的是我的。」他抹了抹嘴角的水漬回答。

說罷，強尼走到最靠近裡面的那個櫃子前，踢了下櫃門下方，金屬製的門嘰嘎一聲彈開，裡面收拾得整整齊齊的，有個眼熟的小挎包落入潘寧世眼中，被強尼拿了出來。

「你是老闆的新砲友？」強尼將挎包遞過來後，一屁股在沙發最後的位子上坐下，側頭盯著夏知書的睡臉問。

「不是……」潘寧世侷促地否定。

強尼挑眉，打量的視線在潘寧世身上繞了一圈。

「你看起來就是老闆喜歡的類型，他之前睡過的人跟你都差不多。看起來老老實實的，也不是說笨，但就是憨憨的，他說什麼就是什麼，就連分手都只需要一通訊息。」

「哈哈。」潘寧世只能乾笑，強尼說的沒錯，如果他真的跟夏知書成為砲友，分開也確實只需要一通訊息。不然呢？

「不過，老闆倒是第一次跟人在後臺亂搞。」強尼又喝了一口飲料，笑得很壞心眼。「你在臺上那一跳，整個場子都快燒起來了，有沒有興趣來跳舞啊？一晚上的小費比你坐辦公桌一個月還多。」

原來是挖角啊……潘寧世恍然。

他倒沒覺得自己今天跳多好，畢竟他有一陣子沒去練舞了，更何況他不會編舞，就算

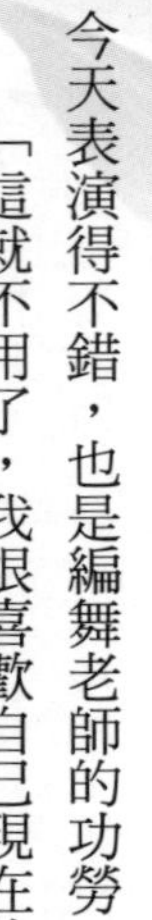

今天表演得不錯，也是編舞老師的功勞。

「這就不用了，我很喜歡自己現在的工作。」於是他拒絕得毫不遲疑，對他來說，比起舞臺上展現自己，他更希望做出的書可以在市場上大放異彩。

看了眼時間，已經超過午夜，外面感覺還很熱鬧，據強尼說，一點會有一場更火辣的表演，潘寧世決定要在表演前趕快帶夏知書回家。

「那好吧。」強尼聳聳肩，「你有一袋文件我幫你從座位那邊拿過來了，就放在門邊那個架子上。你帶老闆從後門走吧，要幫你叫計程車嗎？」

連忙道了謝，潘寧世發現自己之前竟然忘了書稿。

「我還是希望哪天你突然開竅，可以來我們這邊跳舞。雖然這樣一來，就睡不到老闆了，但你可以睡我啊？」說著眨眨眼。

潘寧世最後是揹著夏知書落荒而逃的。

門推開的時候，室內一片昏暗。

明明才下午四點不到，但在冬天又是在半山腰，儘管室外還有偏斜的日光，室內卻已經連物品的模樣都看不清楚，只剩下隱隱綽綽的浮影。

看起來只有七八歲的孩子穿著單薄，一雙細細的腿裸露出來，他穿著短褲，到小腿的襪子，腳上踩著材質很差的漆皮鞋，鞋跟都磨損了。

被午後的山風一吹，男孩的身體微微顫抖起來。

男孩有一張很小的臉蛋，白得透明，肌膚下的青色血管彷彿都能看到裡面的血液流動，嘴唇的顏色略灰，肉肉的好像在嘟嘴，看起來很可愛。

他的名字叫蟬衣，這不是他真正的名字，是孤兒院裡的老院長替他取的代號。說是進孤兒院後就要忘掉自己以前的名字，這樣被領養後才能融入新的家庭，而非繼續緬懷自己死去的父母家人。

之所以叫蟬衣，是因為他舊時的名字跟夏天有關。

蟬衣很瘦小，他今年其實已經十歲了，只是因為在孤兒院吃得不夠營養，所以顯得瘦弱。這是他被領養的第一天，養父母在家門口放下他後，自顧自開車離開。走之前說是要去市區幫他購買衣物及生活用品，讓他先進家門去。

「哥哥在家裡，你不用害怕。」

養父是個看起來蒼白儒雅的年輕男子，大概才三十歲左右，那雙冷淡得像爬蟲動物的雙眼直直盯著瑟瑟發抖的蟬衣，聽起來像在關心他，卻連小孩子冷得嘴唇發青都沒想過替他多穿一件外套。

蟬衣抱著自己的熊娃娃，乖巧地點點頭，目送著車子遠去，直到最後一丁點銀藍的顏色也消失在鬱鬱蔥蔥的樹林間，才畏縮地轉身走進屋子裡。

他不知道燈的開關在哪裡，房子很寬敞，屋頂的梁木是露出來的，整個起居室是挑高空間，正對門的是一大片的落地窗，現在開著其中一扇，山風好像把外頭的雲吹進屋子裡，到處都有點雲霧繚繞的感覺。

放眼所及沒有看到所謂的「哥哥」在哪裡，蟬衣不敢走進去，他呆呆地站在門口，小臉上都是謹慎與藏不住的畏懼，小心翼翼地吞了好幾次口水。

「你是誰？」

清亮中帶著未褪去稚嫩的聲音從落地窗的方向傳來，蟬衣猛地一個哆嗦，連退了兩大步差點跌倒。

他努力瞪大眼睛，看著聲音傳來的方向，終於看清楚窗邊有一道纖細的身影，背著光所以完全看不清臉，屋內又更昏暗了些，讓對方看起來宛如鬼魅。

蟬衣幾乎要哭出來了。

「我、我是蟬衣……你是哥哥嗎？」男孩聲如蚊蚋，被山風隨隨便便就吹散了，融進屋裡的薄霧中。

儘管如此，那道影子應該還是聽清楚了。

從落地窗外的陽臺走進起居室後，啪一下打開燈，暈黃的燈光很柔和，散落在寬敞空間中的每一個角落，室內的溫度彷彿都溫暖了幾分。

「我是。」

直到這時候蟬衣才真的看清楚影子的模樣。那是個年紀不比他大多少的男孩，頂多十一、二歲，但身材修長比同年齡的孩子要高䠷，身上是一件學生制服，黑色的立領外衣每一顆扣子都扣得很完美，讓他看起來蒼白又嚴肅。

那張臉與先前離開的養父養母都很像，綜合了夫妻兩人的特點，因為年紀小的關係有些雌雄莫辨，嘴唇殷紅極為醒目。

「為什麼叫蟬衣？」雖然問了問題，哥哥看起來並不是真的感興趣，他神情很淡漠，手上拿著一個木盒子，不知道裡面放了什麼東西，隱隱約約好像可以聽見抓撓聲。

蟬衣控制不住顫抖得更厲害了，他本能地畏懼眼前的少年，連吞了好幾次口水好不容易才開口：「因、因為我出生在夏天，所以……呃……院長爺爺幫我取了這個名字。」

當然不是真的，蟬衣是秋天生的孩子，但他記得院長爺爺說過，不要提到自己曾經的家人跟名字，免得新的家人介意。

「你不想被新的爸媽丟回孤兒院吧？」老院長已經八十多了，頭髮全白也稀稀落落的，即使如此平時仍然打理出一個西裝頭，阡陌縱橫的臉上眉毛也是白的，看起來很嚴肅但也慈祥。

那也只是看起來。

「喔。」

哥哥到底聽進去沒有，蟬衣也不確定。

他一手抱著熊娃娃，一口緊緊揪著自己的衣服下襬，背心都是冷汗，好像連衣服都沾濕了，還好有背包擋著。

「我是竹間卯，你的哥哥。」少年淡淡地介紹自己：「你要叫我卯哥也可以，叫我哥哥也可以，你的名字很有趣，以後應該也不改了吧。」

蟬衣吞吞口水，露出一個尷尬的討好笑容，他一個剛被領養的孩子怎麼有能力決定自己的名字？再說，他其實不喜歡別人叫他蟬衣。

「你的房間在三樓左邊第一間，自己去吧。」竹間卯隨意指了下樓梯的方向，「二樓

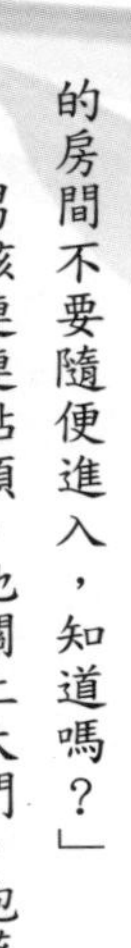

的房間不要隨便進入，知道嗎？」

男孩連連點頭，他關上大門，抱著自己的熊娃娃，揹著裝了課本跟換洗衣物的背包，爬上了三樓。

背後好像有人盯著自己看，蟬衣控制不住發抖，他告訴自己不要在意……以後，他就是別人家的孩子了，他會有家人，會好好地生活下去。

夏知書看著自己剛翻譯出來的幾千字，面無表情地陷入沉思中。

先前他就聽說過了，藤林月見的這本新書很特別，除了放入很明確的戀愛劇情之外，也首度寫了未成年的主角，還一次兩個，看來是打算把這對竹馬的人生好好書寫一番。

竹間卯啊……夏知書用手指敲了敲螢幕上的名字，化名這麼明顯，怪不得有人說藤林月見這次把自己寫進書裡了。

卯在地支中是兔子，月見也暗示了賞月，月亮裡有一隻搗藥的兔子……也怪他當初沒仔細看藤林月見的新作到底是什麼內容就接下這個案子，搞得他現在進度異常緩慢，時不時就會被拉進久遠的記憶裡。

書裡，兩個主角見面的場景幾乎完全複製了他與藤林月見的初會，差別在於那間半山腰的別墅位於湘南海邊的山陽處，離鎌倉很近，冬天海風很大，落地窗外面對的是一片湛藍的大海，夏天還能看到海面上有人衝浪。

他的養父、養母也不是這麼冷漠的人，畢竟養父母是他的親阿姨跟姨丈，對他很疼愛溫柔，小時候兩家人也經常有往來，只是他從來沒見過這個表哥，直到父母雙亡，他被領養了才第一次見面。

後來熟悉了他才知道，藤林月見是個感情有些缺陷的人，他喜歡獨處，連對父母都不親近，身邊一個熟悉的朋友都沒有，要他特別去跟比父母血緣還要遠一些的親戚見面，那不如直接把他按進洗臉盆裡溺死比較乾脆。

說實話，夏知書是有些不高興的。

既然竹間卯是藤林月見，那蟬衣十成十是他，也就是說，他父母雙亡的事情被寫到檯面上，成為暢銷作品的背景設定了。

這個認知讓他很煩躁。

控制不住地開始滿屋子翻箱倒櫃想挖出不知道被自己塞到哪裡去的香菸，此時此刻他需要一點不健康的東西幫他排解情緒。

找了快一個小時，家裡每個櫃子都被他拉出來把裡面的東西全倒出來，才終於在廚房最底下的一個小抽屜角落發現那包有點潮濕的菸。

看著滿地狼藉，現在難道要再花一小時挖打火機嗎？夏知書才不幹這種事，他扭開瓦斯爐把菸湊過去點火，大概是真的放太久太潮了，好一會兒才終於把菸給點燃，混著些許薄荷味的尼古丁氣味飄散開來，他立刻深深吸了一口帶著潮濕味道的菸。

真難抽啊……夏知書倚靠在火爐邊，嘴裡有一股澀味，即使味道如此差，他還是被安撫了一些。

等一根菸抽完，他隨便把菸屁股扔在洗手槽中，又點了一根菸，順便看了下牆上的掛鐘，已經過午夜了。

想了想，他刁著菸給葉盼南發了語音通話。

果然，對面的人還沒睡，很快就接通了語音。

「幹麼？」葉盼南聲音嘶啞，聽起來很疲倦。

「你看過藤林月見最新的那本書嗎？」

察覺夏知書的語氣不同平時的活潑輕挑，葉盼南摀住話筒對旁邊的人說了幾句話，過了一會兒才回答：「沒看過，你知道我本來也沒多喜歡他的書。」

從隱約傳來的風聲，夏知書猜想對方應該是跑到陽臺上去講電話了，他吐了口菸，淡淡道：「他把我寫進書裡了。」

葉盼南聞言愣了下，接著低聲咒罵：「你等一下，我現在就去買電子書來看。」

語音暫時掛斷，夏知書也抽完第二根菸，同樣把菸屁股扔進水槽，點起第三根來，看著亂七八糟的起居室發呆。

工作檯上的電腦螢幕已經熄滅，旁邊還有一摞印出來的書稿。

他這幾天翻譯進度真的不順利，這才第三章，不知道藤林月見是不是有意為之，刻意讓兩個主角這時候才出場。

前兩章說的是幾場跨越了十年左右的殺人事件，警方正為了這個高智慧並刻意寄信挑釁的犯人焦頭爛額，故事節奏比三年前更加洗練了，夏知書也很快被故事吸引，沒想到第三章會給他一份這麼大的禮物。

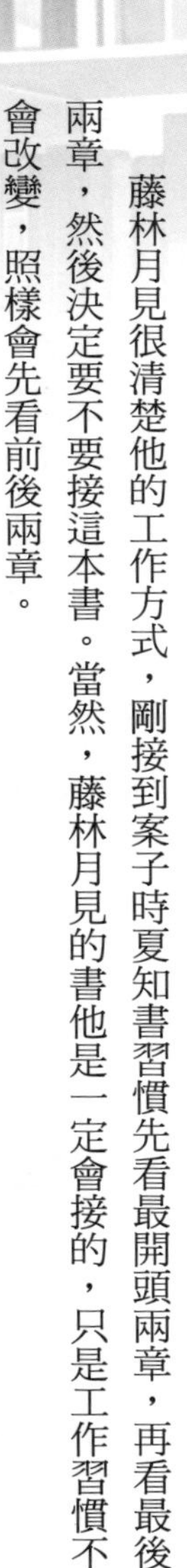

藤林月見很清楚他的工作方式，剛接到案子時夏知書習慣先看最開頭兩章，再看最後兩章，然後決定要不要接這本書。當然，藤林月見的書他是一定會接的，只是工作習慣不會改變，照樣會先看前後兩章。

當初接這本書的時候他也是依照慣例這麼做了，藤林月見很有技巧性地讓兩個主角前兩章完全不出現，後兩章只有竹間卯出現在別人嘴裡，勾起了他的好奇心，也讓他失去所有防備，就這樣直接被殺了個措手不及。

怎麼辦？繼續翻下去嗎？

夏知書刁著抽了一半的菸，兀地想起潘寧世來。

他們大概有一個多禮拜沒見了。

那天在脫衣舞俱樂部後臺打了一砲後，他睡得很熟，那種安心的熟睡狀態讓第二天醒過來的夏知書都覺得不可思議。

他並不是一個能在陌生環境睡著的人，也是一個身邊環境稍微改變就會立刻醒過來的人。然而那天，無論是俱樂部後臺還是計程車，甚至最後被搬進房間床上，全程夏知書都沒有醒過來。

強尼後來截了一段當天的監視錄影器畫面給他看，是潘寧世揹著他離開俱樂部坐上計程車的畫面，高清還加收音的畫面裡，他看到潘寧世被強尼逗弄得尷尬異常，耳朵脖子都紅透了，揹著他逃亡似的跑了。

男人真的很高大，後背也寬闊，夏知書看著自己安安穩穩趴在對方背上，進計程車後變成窩在對方懷裡，睡得彷彿死掉了一樣。

不知道為什麼他回想起那段影片，突然就笑了。

潘寧世想來是真的很喜歡現在的工作，即使忙碌得要死，那天之後兩人只在第二天下午通過一次電話，確定了第一階段交稿日期後，就再也沒聯絡過了，算算時間應該開始進入國際書展的修羅場了吧！

如果這個時候，他突然告訴對方自己想終止這次的合作，潘寧世會怎麼樣呢？

「他會不會跑來找我，說要跟我當砲友？還是，會跑來想辦法勸我繼續這個合作呢？」夏知書喃喃自語。

心頭的陰霾倏地散去不少，最後一根菸沒抽完就被捻熄在水槽裡。

夏知書走回電腦前，剛剛忘記存檔了，總之先存檔吧。

葉盼南一直到下午才來按門鈴。

夏知書睡得迷迷糊糊被吵醒，裹著一條毯子邋邋遢遢地打開門，揉著眼睛愣道：「幹麼按門鈴？」

基於兩人的交情，葉盼南來他家跟回自己家差不多，從來是自己拿鑰匙開門，有時候還會帶上老婆，從他住在這裡開始，就沒聽見過葉盼南按的門鈴聲。

門外的人抹了把臉，表情很複雜，看不出來是同情多一點還是憤慨多一點，舉起左手上的袋子，「我帶了禮物過來，不方便開門。」

當然是藉口，畢竟人有兩隻手。

但毋須糾結，夏知書一邊退開讓人進門，一邊打著哈欠提醒：「我家現在很亂，你別跟我生氣。」

才想哈哈笑說能有多亂，葉盼南兩天才連絡過家政公司來替夏知書打掃家裡順便做了一些飯菜收冰箱，餓了可以直接微波來吃，免得這傢伙工作起來靠咖啡跟糖果過日子。

結果第一聲「哈」還含在嘴裡，葉盼南就被眼前的場景驚得呆住。

「你家遭小偷嗎？」他猛抽一口氣，緊張詢問：「有沒有受傷？報警了嗎？」

「不是，這是我自己搞的。」

夏知書擺擺手，走到唯一空著的那張椅子邊坐下，他後來還是又翻了三、四千字，直到早上八點才上床，現在睏得要命，整個人看起來很頹唐。

「怎麼回事？」

葉盼南只覺得太陽穴嗡嗡響，他下意識擼起袖子打算整理，但滿地狼藉不知道要花多少時間，他最近真的很忙，只擠出了兩小時的空檔，實在心有餘而力不足。

「我記得有包沒抽完的菸，想找出來抽。」夏知書拿起電腦邊的菸盒，得意道：「你看，我多棒，還剩了兩根菸。」

收到了好友一記白眼，他笑得更開心了。

「為了藤林月見？」葉盼南問。

夏知書聳肩沒有回答，反問道：「你來找我什麼事？」

但凡有參展的出版社編輯們現在都恨不得一個人當三個人用，葉盼南還特地找上門來，應該是把藤林月見那本暫譯為《夏蟲語冰》的書看完了。

葉盼南沒立即回答，他將袋子裡的慰勞品一一拿出來，有三個四吋的蛋糕，還有兩杯咖啡及四包包裝很有質感的咖啡豆。

「先吃點東西。」他招呼道。

三個蛋糕分別是麝香葡萄蛋糕、草莓奶油塔跟綜合水果千層，挑出了其中的綜合水果千層推到夏知書面前後，其餘都收進冰箱裡。

半點沒客氣，確實剛睡醒，肚子也餓了，加上最近用腦太多總想吃甜的，這頓午餐非常符合夏知書的心意。

趁著他吃東西墊胃，葉盼南還是將工作檯周圍收拾乾淨，在自己慣常坐的位置上坐下，才終於開口：「我覺得吧，這次的工作你推了吧。」

夏知書塞著一口蛋糕，吃驚地看著好友，他還真沒想到會聽到這麼一句話。

「我知道梧林非常看重這本書，對潘學弟也很不好意思，但你還是推掉吧。」葉盼南語尾嘶啞，看起來也是頗多掙扎才提出了這個建議。

要知道現在都快十月了，國際書展是明年二月份，中間會遇到一次跨年跟一次春節，尤其是春節，印刷廠都是休息的，年假後一週就是書展了，原本找到夏知書的時間就已經卡在節骨眼，老實說一秒鐘都沒辦法浪費，他現在要是抽身終止合作，這本書就只能開天窗了。

更糟糕的是，藤林月見那邊也完全無法交代。

換翻譯是不可能的，那傢伙性情很偏執，假如一直沒找到夏知書接下稿子，也許花點

時間還有可能說服他試用別的翻譯。

但，現在的狀況是夏知書明明接了翻譯，卻半路終止合作，藤林月見這傢伙絕對會瘋掉。雖然不知道那傢伙會做出什麼事來，葉盼南卻不由自主打了個寒顫。

他是見識過藤林月見發瘋的人，那一年他接到了失聯許久的夏知書的電話，買了時間最近的一班飛機衝去日本，租了一輛車又摸索了接近一天，才終於在某個鄉下的農家裡見到瘦骨嶙峋的好友。

說巧也不巧，他找到人後不到五分鐘，藤林月見也找過來了。

那個人沒有大喊大叫，甚至一句話都沒有說，只是用那雙明明很漂亮，目光卻陰冷得像爬蟲類動物的眼睛，死死地盯著包裹在葉盼南衣物中的夏知書。

「我要走了。」夏知書的聲音很溫柔，尾音總好像帶著笑意，然而那時候的笑粗礪得可怕，葉盼南連聽著都覺得不忍心。

藤林月見還是沒回答，他依然一瞬不瞬地看著夏知書，也許那是挽留的意思？葉盼南看不出來，他實在不大敢跟藤林的眼神對上，總覺得陰冷又毛骨悚然。

但即使如此，他依然側身擋在兩人之間。儘管不知道究竟發生了什麼事，一個兩人看起來都蒼白瘦弱得像要死了，總之不能再讓夏知書被藤林月見帶走了。

「我會寫信給你。」夏知書悠悠地又說了一句，雖然每個字都與道別無關，但每一個音節都是道別。

藤林月見似乎顫抖了下。

農家裡只有一對老夫妻，年紀都很大了，奶奶的腰佝僂得甚至直不起來，送了葉盼南跟夏知書一堆自己做的醃漬品，幫著堆到租來的車上，大概也是另一種對夏知書的保護吧。葉盼南是非常感謝的。

直到夏知書坐上副駕駛座，藤林月見都沒有開口說一句話，只是眼眶隱隱泛紅，葉盼南不確定對方是不是哭了。

他跟老夫婦道了別，剛打開駕駛座的門，就聽見身後傳來老人驚恐的叫聲。葉盼南連忙回頭看去，生怕藤林月見對好心的老夫婦做了什麼。

入眼的，是一大片腥紅。

葉盼南愣住，不敢相信自己看見了什麼。

一把鋒利的雕刻刀哐噹落在鋪了石板的地上，藤林月見站姿挺拔，周身圍繞一層淡淡的血霧，仔細看出血處是他的頸子，好像割到了大動脈，還有鮮血正往外噴，而藤林月見像完全感受不到疼痛，也沒有失血的暈眩，就那樣石像般站在原地，死死地看著夏知書的方向。

「快叫救護車！」葉盼南慘叫起來，哆嗦地摸索自己口袋裡的手機，但過度的驚愕讓他手指抖得完全拿不住東西，手機就這樣從他指尖滑開了好幾次。

兩個老人也是嚇到完全反應不過來，跌坐在地上臉色青白，張著嘴連尖叫都發不出來，三個人眼睛都盯著藤林月見完全轉不開，看著他脖子上的血繼續漫流，直挺挺的身姿開始崩潰軟倒……

大概活不成了……這麼偏遠的地方，救護車不知道要多久才能過來……葉盼南僵直的腦子跑馬燈一樣迴盪著這個想法，他放棄掏手機了，這個當下他連急救要打 110 還是 119

都想不起來，只能愣愣地看著藤林月見最終跌坐在地上的血泊中，上半身卻依然挺拔，目光也仍定在夏知書所在的位置。

那個男人彷彿褪了色，整個人灰白灰白的，卻一直固執地等待夏知書回頭看自己。

突然，遠處傳來救護車的警報聲，葉盼南幾乎跳起來——沒跳成功是因為他還腿軟，差點摔成狗吃屎。

那對老夫妻也激動起來，身子還很硬朗的老先生衝出前門，對著遠處已經看到車體形狀的救護車猛揮手，老太太也在葉盼南的攙扶下跑到門外揮手。

大概只有藤林月見臉色比死了還難看，雙眸充血感覺眼球都快瞪出眼眶了，發出葉盼南看到他之後第一個聲音：「小蟬……」

因為受傷的關係，聲音很微弱，像是用盡了剩餘的生命才吐出來的兩個音節，不是日文，是中文。

車子裡的夏知書當然聽不見，就算聽見了應該也不會回應吧？葉盼南看著眼神失去光彩的男人，被衝進庭院中的救護車用最快的速度帶走，離開前已經幾乎失去意識了。

一直到坐上回國的飛機，葉盼南才終於緩過神開口跟夏知書說話：「沒想到會有救護車過來。」

夏知書本來就很嬌小，現在因為瘦，顯得更小了，簡直像要被淹沒在層層衣物中。

他原本在看窗外，飛機剛起飛，景色一點點拉遠，從棋盤變成小點最後只剩下一片雲海。雙頰凹陷的臉上漸漸浮現出笑容。

聞言轉頭看向葉盼南，「是我叫的。」

葉盼南直覺認為是在藤林月見割喉後叫的，忍不住疑惑：「可是……救護車怎麼可能來得這麼快？」

「我是在月見到的時候就打電話了。」夏知書回應得漫不經心，看葉盼南一臉迷惑，笑彎眼繼續道：「他是來挽留我的，如果沒拿刀捅我，就一定會拿刀捅自己，不管怎樣先叫救護車總沒錯。」

這段話聽得葉盼南控制不住打個寒顫，頭一次理解到藤林月見就是這樣的人，偏執又極端。

他本來以為藤林月見不死也半殘，回臺灣半年後輾轉從朋友那邊打聽到，那傢伙恢復得很好，雖然急救過程中一度心跳停止，但最後還是搶救過來，養了兩三個月就繼續活蹦亂跳開始寫作了。

夏知書也是從那時候起躲著藤林月見，而他曾經失聯的五個月應該就是跟藤林在一起，只是到底發生了什麼事情，葉盼南不敢問，夏知書也從沒有明說過，就繼續這樣深埋下去了。

這也是為什麼一開始葉盼南並不贊成夏知書接下《夏蟲語冰》這本的翻譯工作。他實在不敢讓這兩人再見到面，即便夏知書三年前搬家的新地址除了葉盼南以外，連他阿姨、姨丈都不知道，徹底跟過去所有人都斷了聯繫，葉盼南還是擔心藤林月見哪天會突然出現在巷子口，用那種陰冷的目光，直直地看著人。

只不過，三年確實是一段不短的時間，在翻開《夏蟲語冰》之前，葉盼南其實已經幾乎忘掉當年的事情，大概也是因為衝擊太強烈，人為了保持身心靈平衡，會自動遺忘掉一

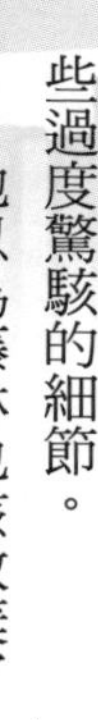

些過度驚駭的細節。

他以為藤林也該放棄了，所以先前才會看在潘寧世的面子上開口問一問夏知書的意願，後面又被夏知書說服，任由對方簽下合約接下這個案子。

葉盼南現在就很後悔，真的恨不得回到半個月前去揍自己兩拳。

「書裡還寫了什麼？」這下換夏知書好奇了，他半夜翻譯的那幾千字雖然也有不少他與藤林月見小時候相處的回憶，但多半還是圍繞著連環殺人案件這個故事主軸。若非如此，他也沒辦法穩定下心情好好完成工作。

「他後面……寫了一段劇情……」葉盼南語氣躊躇，用力抹了好幾次臉，過了會兒才勉強繼續：「我猜應該是那五個月的事情。」

夏知書先是愣了下，接著突然笑出來，然後抓過還有兩根菸的菸盒，拖著毛毯往廚房走過去，用瓦斯爐點上了菸，狠狠地深深地吸了一口，好幾秒後才一點點把淡色的煙霧吐出去。

「第幾章？」

「第九章。」

夏知書點點頭，很快抽完一根菸，扔進洗手槽中，把最後一根點上了，才走回電腦前，將桌上的書稿一頁一頁緩緩地翻到第九章。

他讀得很慢，臉上表情也很平靜，抽著菸時不時把菸灰撣進一旁的馬克杯裡，每次都會發出細微的嗤嗤聲，裡頭應該有還沒喝完的飲料，最後抽完的菸屁股也扔進去了。

第九章的內容嚴格說起來很平淡，全部從竹間卯的視角講述，在詭譎血腥的案件中，宛如杯清甜的蘇打汽水，不經意的沁入人腦子裡，深深記住了年輕人之間的純真情誼。

老實說，葉盼南也不知道自己可以跟夏知書說什麼，心裡又很煩悶，乾脆開始整理起亂糟糟的起居室。

約莫一萬字的內容，夏知書花了快一小時才讀完。

「你覺得，如果我告訴香蕉弟弟，這次的案子我願意付違約金終止，他會不會急到哭出來？」夏知書撐著臉頰，側頭看正把日常用品整齊收納在抽屜裡的葉盼南問。

男人有條不紊的手抖了下，大概是感同身受吧，但回答的語氣卻很堅定：「他哭總比你哭好，我聽說他們打算在國際書展邀請藤林月見來辦簽書會，你很有可能會被那個傢伙堵到。」

「我有點捨不得啊……」夏知書輕輕嘆口氣，最後還是露出一抹笑容，「那我打電話約他見個面吧。」

葉盼南鬆了口氣的同時，又莫名有種不安感湧現。感覺實在太矛盾，他現在沒精力去釐清，自己也該趕回出版社繼續工作了。

「那早點約，趁他現在還有點時間可以承受打擊。」說著，葉盼南抓起夏知書的手機，解鎖後替他撥了潘寧世的語音通話。

俗話說得好，早死早超生。

Sí, te quiero mucho, Mucho, mucho, mucho,
（是的，我非常愛你，非常非常愛你，）
Tanto como entonces, Siempre hasta morir.
（如同那時，直到我死去。）

男聲輕柔哼唱著一段旋律，迴盪在略顯得空曠的房間中。

這段旋律來自於〈Te Quiero, Dijiste〉這首西班牙歌曲，清亮的男中音猶如一片雲朵，飄忽輕軟但又深情款款，一次又一次重複著相同的歌詞。

他將目光從窗外挪回屋中，窗戶貼著隔熱紙讓室內的陽光暗了幾個亮度，低調沉穩的大地色系鋪滿整個空間，家具很少，只有一張床、一張窄長的辦公桌，跟一把整套的椅子，窗臺上放著靠墊，男人側坐在其上，盯著身側震動著的手機。

音樂是他的來電鈴聲，他不知道在思索什麼，戴著手套的雙手其中一隻拿著相框，另一隻則懷念地摩挲相框中照片裡的那個人笑意盈然的嘴角，似乎並不打算接起電話。

電話掛斷後，他愣愣了下，手上摩挲的動作也停住，神情看起來有些懊惱，所幸過了一會兒電話又再次響起，這次他在掛斷前將電話接起來。

『藤林老師您好，我是臺灣梧林出版社的潘寧世，不知道是否打擾到您了？』

一個不算陌生的聲音透過話筒傳來，不會過度熱情，也不會過度生疏，是個讓人很有好感的聲音。

腦海裡浮現一個人清楚的五官，藤林月見輕輕說了聲：「沒有。」

原本是不想回答的，電話對面那個人對他還有點用處，這才勉強給了個正面回應。

他向來是個沉默寡言的人，能勾起他說話慾望的人已經不在身邊了，這幾年他愈發不愛說話。

對方已經習慣了他的脾氣，繼續熱絡道：『那太好了，我原本是不想打擾您的，但內野編輯說這件事直接找您說比較好，所以我只能冒昧了。』

「嗯。」藤林月見漫不經心地應了聲，視線再次轉向窗外。

雖然秋天了，但氣候很好，陽光耀眼落在人行道與行道樹上，葉子多數還是綠的，只有邊緣微微焦黃，流瀉出秋日的氣息。

他喜歡這個季節。

『我是想詢問老師明年二月是否有時間來參加臺北台北國際書展？您的書隔了三年終於又在臺灣出版，這次也難得有了戀愛劇情，讀者們都很期待能閱讀您的大作，都很希望可以見到您，所以我們想替老師舉辦一場簽書會，不知道您是否願意參加？』

簽書會？

藤林月見的眼神猛地一震，握著電話的手也捏緊了幾分，他盯著手上相框裡對著自己笑著的人，目光漸漸亮了起來。

「你們也會邀請蝸牛出席簽書會嗎？」

他開口詢問，因為久未說長句子，語調略為嘶啞。

『這部分可以討論，目前雖然沒有這個打算，不過如果您希望蝸牛老師出席的話，我可以去詢問對方的意願。』潘寧世回答得很快。

藤林月見露出難得的一抹淺笑，他語調溫和，不若平時的冷淡：「我希望你能邀請蝸牛當特別嘉賓，國際書展我會去的，詳細的行程你再通知我就好。」

『好的，那需要我替您訂機票嗎？還是老師您要自己訂，我們這邊再幫您報銷？』

「這部分我自己會處理，後續再讓內野跟你們聯絡。」

說著他環顧自己所處的房間，臉上的笑容又深了幾分，「請務必將蝸牛請來簽書會現場，我非常期待能看到他。」

『我一定會詢問蝸牛老師的意願的，請您放心。但是，對方是否願意參加，我無法跟您保證。』那頭，潘寧世的回答溫和有禮但滴水不漏，他沒有拍胸脯保證什麼，當然也不會預先許下什麼自己無法確定的承諾。

藤林月見臉上的笑容淡了些，眉頭微微蹙起，他心裡厭煩極了這種不確定的敷衍對話，語調又冷了下來：「無論如何，我希望蝸牛是簽書會上的特別嘉賓。」

『這部分我一定會努力轉達您的意思給蝸牛老師。』潘寧世誠惶誠恐地保證，但依舊不是藤林月見期待聽到的答案。

怒火猛起，藤林月見捏緊電話，張口正想說什麼，但很快控制住自己的情緒，連連深呼吸了幾口氣，才不情願地回答：「好吧，那就麻煩你了。我非常期待簽書會上可以見到老朋友。」

那頭的男人似乎也鬆了一口氣，又熱情地與他寒暄幾句後，才掛了電話。

隨手將電話倒扣在窗臺上，藤林月見雙手握緊相框，環顧了一圈自己的房間。只見，約莫十來坪的空間裡，放了大大小小十多個相框，最大的一個幾乎與成人一樣高，倚著正對床的那面牆靠放著。

照片裡看起來都是同一個人，從約莫七八歲開始，一直到長大成人，那張小巧且有點嬰兒肥的臉，幾乎是等比例放大，圓亮的雙眸中閃著燦爛的光芒，彷彿人生中毫無陰霾，粉色的唇角總是帶著各種笑容，有的是抿唇淺笑，有時開懷大笑，感情深刻地凝視著照片外的人，看得出來他對那個拍攝自己的人很信任，感情也非常深厚。

「小蟬……」他小心翼翼地將手中的相框放在窗檯上，起身走到那張成人身高大小的相框前，他身高很高，相框邊緣大概才到他的下巴，他蹲下身用一種虔誠的姿態仰望照片中的人。

「我好想你……真的真的很想念你……你是不是也想我了？三年了，我知道當年是我的錯，是我把你逼得離開的，是我的錯我知道……我也知道你一定在等我改好，把你接回我們的家……」

話語間，他輕輕碰了下自己被薄棉高領上衣擋住的頸子，稍稍用力就可以感受到布料下有一條猙獰的突起，那是三年前他拿刀自己割出來的傷口，因為失血過度他心跳停止了很長一段時間，醫院幾乎都要決定放棄急救了，所幸最終他醒了過來，順利出了手術室。

這道傷應該很痛的，但當年他完全感受不到一丁點疼痛，畢竟沒有任何疼痛比得上小蟬血淋淋被從自己身上割去的痛更甚，他一度以為自己活不下去，夢裡的小蟬可以永遠留在他身邊，現實裡的人卻已經離開了，連他的父母都不知道對方的下落。

他不氣小蟬離開，他氣的是自己留不住對方，一定是自己哪裡做得不夠好，他想，一定要改，為了讓小蟬回到自己身邊，他一定會讓自己像個無聊但普通的人那樣，才能永遠

將小蟬留在自己身邊。

「我們快要能夠見面了，再幾個月……你再等我幾個月，這次我們可以永遠永遠不分開，就像我們小時候約定過的一樣。」他輕輕地湊到照片前，嘴唇貼上冰涼的玻璃罩上，正對著照片中人的手背，呢喃道：「你開心嗎？」

一定會很開心的吧！畢竟，他的小蟬，現在只有他了。

潘寧世沒料到自己會在百忙之中接到夏知書的電話，對方聲音帶著笑詢問他今晚是否有時間，想約他吃個飯。

原話是這樣的：『我知道你現在很忙，不過我還是希望能跟你見一面，晚餐就在我家吃吧？地址你還記得嗎？』

記得是記得，潘寧世拿著手機偷偷摸摸鑽進無人使用的小會客室，連燈都不敢開，壓低聲音做賊一樣回答：「那個……我今天晚上實在沒有時間，也許過兩天？」

聽見他的回答，夏知書很快笑出來，『你以為我要約你打砲嗎？』

「不不不不……那個……這個……呃……」潘寧世隱密的小心思被直接戳破，尷尬得面紅耳赤，話都說不清楚了。

說起來他不該是尷尬的那個人吧？明明說好不跟合作夥伴上床的，誰知道這個規則只限制了他，卻跟夏知書無關呢？他倒是想見對方，並不是說想上床還是怎樣，他也不是十幾歲的高中生了，性愛固然重要，感情交流也很重要啊！他就是想跟夏知書做一點類似情侶之間的事情，逛逛街啦、牽牽手啦、一起窩在沙發上看電影啦之類的。

雖然感覺這些事情到最後都可能被夏知書凹成上床就是了。

但現在時間真的不夠，他已經三天沒回家了，每天就公司對面的平價旅館隨便睡幾個小時，再衝回公司繼續忙碌，要確認跟校對的稿子每天都會自主分裂繁殖，他們這次還為了藤林月見的書要做周邊收藏品，各種設計排版打樣等等，開會開不完，廠商約不完，他要盯的稿子也盯不完，一條小命就剩沒幾口氣了。

這種狀況下，他就是再想跟夏知書做點什麼，也著實心有餘而力不足。

電話那頭夏知書笑得開始打嗝，好一會兒才勉強順過氣，笑問：『潘副總編你怎麼這麼可愛？真的不是故意勾引我吃掉你嗎？』

潘寧世不知道該怎麼回答，他哪裡可愛！他可是有三十公分喔！

「我可以請問你今天為什麼想約我嗎？如果不急，我還是希望可以跟你約兩天後的晚上，我想辦法把時間排出來。」還是講正事比較安全。

聽著他試圖鎮定的緊繃語氣，夏知書也盡力擺正態度。

『這件事確實有點急，但用電話跟你說就太失禮了，所以想約你當面溝通，也順便請你吃個晚餐當作占用你時間的賠禮。』

「這樣啊……」潘寧世想，自己才不失望，兩人之間本來就是合作關係，談公事是很正常的。「是翻譯上有什麼問題嗎？」

『差不多。』夏知書回應得語焉不詳，聽得潘寧世緊張起來。

如果是工作上的事情，那……他思考了下自己桌上跟電腦裡累積的工作，迅速整裡安排了一番後回道：「我今天晚上十點之後可以去找你，晚餐就不用了，你照原本的時間用餐，不要餓到。」

『你喜歡雞湯還是排骨湯？』

「呃……我沒有特別喜歡或討厭……」

『那喝排骨湯好了。你喜歡白蘿蔔、紅蘿蔔還是番茄？』

「除了蔥跟香菜我都吃。」潘寧世也不知道自己為什麼這樣回答，只覺得心裡偷偷有點開心。

『那我燉湯等你來喝吧。』

之後夏知書又問了幾個關於口味喜好的問題後，就收線了。

潘寧世聽著電話裡的忙音聲，愣愣地傻笑了一陣子，又猛地驚醒過來，用力搓了好幾把自己臉頰，把不合時宜的笑容搓掉，免得被同事們發現端倪，才離開了會議室繼續投身到稿子的海洋中。

而此時，夏知書在收線後搖晃著雙腿，開始在電腦上搜索排骨湯的食譜，他是個沒什麼烹飪細胞的人，廚房裡齊備的調味料跟用具全部是葉盼南準備的，也都是葉盼南跟他太太在用。

夏知書這個人從來是等著人投餵的那個，他的廚藝只點亮了在泡麵裡面打一顆蛋。

不過，排骨湯能有多難？他翻了幾個食譜，回想葉盼南做飯的流程，再看看被擦得乾乾淨淨到會發亮的大同電鍋，信心十足。

把人家從修羅場中硬約過來，還要告訴對方自己打算終止合約，夏知書心裡是有點過意不去的，總該表示一點心意才是。會想燉湯，也是回憶起葉盼南說過的，這個時期很多編輯會連吃飯的時間都沒有，常常隨便吃點方便簡單的東西墊胃，葉盼南自己就曾經吃過泡到忘掉，想起來後已經過了三小時冷掉還爛掉的泡麵。

「那簡直跟廚餘沒什麼兩樣，但我還是吃了。因為沒有時間再去搞其他食物。」葉盼南當時悶了半罐啤酒，口吐濁氣、目光呆滯道：「那時候，超想喝一碗熱湯的。」

感覺，潘寧世應該也有同樣的想法吧？夏知書猜測，確定了食材後，先去看自己冰箱裡有哪些東西，白蘿蔔跟紅蘿蔔還有洋蔥都有，番茄只有水果用的聖女番茄，不知道可不可以放進湯裡？記憶中應該都是大番茄，不過他並不喜歡番茄，再不用怕壞掉，不如還是丟湯裡煮了吧？

反正燉湯後，什麼味道都會變好喝的，聖女番茄也只是甜了點，總還是番茄的應該沒問題。

至於調味料，當然是一樣不缺，全都是齊全的，葉盼南是個家務好手，調味料罐都擺放得整整齊齊，另外分裝出來的會仔細寫上標籤跟裝罐的日期，光胡椒相關的調味料就有五種，鹽巴有三種，糖也有四五種……

夏知書看著這琳瑯滿目的一堆，應該用哪種都沒差吧？

很好，那接下來只需要去買排骨就好。他家附近十分鐘距離就有一間連鎖中型超市，他記得前幾天好像還有收到折扣活動的傳單，不知道排骨有沒有特價啊？

應該不會買很多東西，拿個中型購物袋就可以吧？路過摺疊買菜車前時，夏知書略為

停頓了下，這也是葉盼南的愛用車，據說當初是跟太太一起買的，買的還是夫妻款，他之前曾經好奇想用用看，結果不知道如何把車子打開來，還把手指夾傷了。

回想起那次的經驗，夏知書一秒放棄，一個購物袋肯定夠的。

彷彿自己已經成功燉出了一鍋鮮香美味的排骨湯，夏知書雄赳赳氣昂昂地拎著購物袋出門。

遠在二十站捷運之外辦公樓中的葉盼南，猛地噴嚏了好幾聲，整個人突然哆嗦了幾下，他茫然地看著電腦裡回過來的稿子，心想自己可不能在這時候感冒了。

第六章

運動可以排解壓力，應該多多益善呀

曾經有一張梗圖是這樣的。

看起來像是神的白鬍子老頭，面前有一個大碗，旁邊有三個杯子，依次倒入不同的液體，但最後一杯錯手整個加到爆炸，大碗裡的東西全部溢出來了。

潘寧世記得自己在同事的慫恿下也玩過這張梗圖，好像有個生成器小程式還啥，他一個文科生也搞不懂這些東西，反正就圖個開心，畢竟整個辦公室的人都玩得熱火朝天，那時候他們也是在高強度的某書展準備期，也算是放鬆一下心情。

那時候他的三杯液體好像是：體貼、努力跟很多的黃色廢料。

他還記得那個同事掛著了然的壞笑，很刻意地往他的褲襠瞥了眼。兩人是同期入職的，以前一起泡過溫泉，很清楚他的天賦異稟。

為什麼會突然想起這件小事呢？潘寧世目光渙散地看著眼前的一碗湯，很大很大的一碗……應該是湯沒錯。

旁邊的廚房裡有個翻倒的大同電鍋，鍋底好像是燒焦的，糊掉的味道瀰漫在房間的空氣裡，很嗆鼻，他努力控制了才沒有打噴嚏，倒是他對面的夏知書鼻尖跟臉頰都是泛紅的，還時不時秀氣地噴嚏兩聲。

他想，如果真的有神這樣造人，夏知書的三杯材料應該是可愛、邪惡跟被廚房討厭。

最後那杯一定加爆到炸出來。

「怎麼了？」夏知書歪著腦袋，大眼睛眨了眨，興沖沖地又推了一下盛滿湯的碗，「快趁熱喝，涼了就不好喝了。」

「這碗是？」潘寧世拿著湯匙，糾結好幾分鐘還是沒能鼓起勇氣舀湯來喝，平常倒也

罷了，夏知書這麼可愛，還特別花時間幫自己燉了湯，了不起就是吃個胃藥便能解決的事情，別說一碗，一整鍋他都願意喝。

但不可以是現在。

想到被自己擠到明天的工作，還有幾樣周邊的設計稿得寄給藤林月見過目，萬一對方不喜歡就要再修改調整，已經過了的部分則要看打樣出來的效果，他就算要死了，只要不是死在這一秒，他希望可以等書展結束後再死。

「雙蘿蔔番茄排骨湯。我還有放切塊的洋蔥，聽說洋蔥炒過會更好吃，所以我特別用奶油炒過了。」夏知書一臉興奮地介紹：「我還是第一次炒洋蔥呢！炒起來真的很香，雖然不知道為什麼十幾分鐘之後鍋底就焦了，洋蔥好像也不是金黃色，但我覺得應該沒什麼問題。」

「你有剝皮嗎？」潘寧世看著湯裡一片薄膜似的東西，艱困地嚥了嚥口水問。

「剝什麼皮？我有記得把根切掉，也有記得洗過。」回答得理直氣壯。

太好了，有切掉根也洗過了……潘寧世心裡竟然油然生起一抹安心的滿足感，那至少可以肯定湯裡沒有泥土吧！

反正洋蔥皮只是口感不好，並不是不能吃，一切都沒問題……應該吧？

潘寧世端起湯碗放在鼻端嗅了嗅，刺鼻的焦味之外確實有一點若隱若現的洋蔥香氣，還有肉湯的香味，雖然湯的顏色他形容不出來，這個顏色已經超出他人生經驗的認知，但起碼不是什麼藍色綠色彩紅色，或許只是他少見多怪也說不一定。

漂浮在湯裡的白蘿蔔塊跟紅蘿蔔塊都保持著樸實的形狀，感覺撈一撈可以把它們重新

拼回完整的形狀，但無所謂，不管有沒有熟，碗裡的所有蔬菜都是可以生吃的，嚐個一兩口應該沒問題。

大概是夏知書的眼神太燦爛，臉上的笑容太熱切，潘寧世不知不覺已經把自己給說服了，公事包裡有常備的胃藥，真的不行就吞幾顆藥應該能解決大部分的問題。

至於為什麼湯裡漂浮著許多一整顆一整顆的聖女番茄，潘寧世決定不去深究，當作沒發現就好。

「謝謝你，我這幾天都只能吃一些冷掉的食物或者微波食品，沒想到還能喝到一碗熱湯。」謝意是真實的，也不是說外食吃不到湯，現在外送這麼發達，他想喝湯絕對點得到，只是在公司裡喝湯的風險太高了，萬一打翻就會垂直墮入地獄，絕對不能賭。

起碼眼前是真的新鮮、滾燙的一碗湯。

潘寧世直接湊著碗沿吹了吹，接著很捧場地喝了一大口……

要死了！真的要死了！

一瞬間潘寧世的臉扭曲起來，不敢置信又畏懼地看著咫尺間的那碗排骨湯……要死了！該怎麼說，豬應該會死不瞑目！

湯是燙的，也是新鮮的，這兩點毋庸置疑，但也因為又新鮮又燙，那種屬於豬肉的腥味更是濃厚到彷彿有一隻活生生的豬在他舌頭上跳舞，太有活力了！為什麼排骨可以吃出這種生命力來？

再來就是蔬菜的土腥味，潘寧世很難分辨出來這股味道究竟屬於白蘿蔔、紅蘿蔔還是洋蔥，那是一種蔬菜剛出土的味道，混合著一種苦澀的焦糊味，委婉的說是味道有層次又

複雜，講難聽一點就是一碗應該是燉過的湯，不知道為什麼每一種食材好像都是原生狀態的，各自的味道互不相容又彼此干擾。

更別提調味了，潘寧世竟然完全喝不出來這鍋湯到底是酸甜苦辣鹹哪一種味道，好像全部的味道都有一點，又好像混合成一種他完全沒嘗過的味道，搭配著食材過於活生生的滋味，他好像能明白為什麼這碗湯的顏色自己從未見過……

潘寧世麻木地又啜了一大口湯，他想反正自己已經喝了第一口，後面多喝幾口也沒差了，不管怎麼說這碗湯起碼是熱的。

排骨，沒熟。但還有大概半公分可以啃，還滿嫩的。

蘿蔔們，沒爛。但蘿蔔本來就可以生吃完全沒問題，就是太大塊很難咬，白蘿蔔有點太辣。

洋蔥外面糊掉了，但裡面很神奇的完全是生的……為什麼？大同電鍋應該至少能讓洋蔥軟掉吧？潘寧世嚼著洋蔥疑惑，順便吐掉一整塊完全咬不爛的洋蔥皮。

「好喝嗎？」夏知書雙眼亮晶晶地問，臉頰都是紅撲撲的，可愛到潘寧世差點說出「再來一碗」。

還好這鍋湯不多，依照夏知書的說法，原本他是煮了一大鍋的，想說還可以請葉盼南夫妻來嚐嚐自己的手藝，畢竟平日裡經常麻煩兩位朋友投餵自己，家裡的食材跟調味料都是那對夫妻準備的。

但不知道為什麼，明明用的是電鍋不需要顧火，等到他發現的時候，鍋裡的湯就剩三分之一了，連食材都露出了大半。

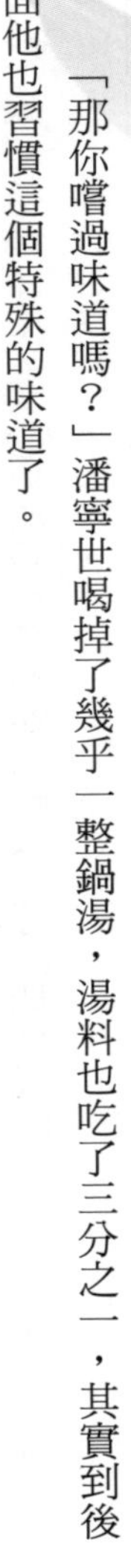

「那你嚐過味道嗎？」潘寧世喝掉了幾乎一整鍋湯，湯料也吃了三分之一，其實到後面他也習慣這個特殊的味道了。

「沒有，我看剩的湯不多了，就沒試喝。」夏知書有點可惜地聳聳肩。

他那鍋湯剛出鍋的時候是滿漂亮的奶白色混了一層亮晶晶的油光，感覺應該是挺成功了。但後來他加了一些調味料，顏色就變得有點陌生，本來想試試味道的，但剛好潘寧世按響了門鈴，他也就忘記這件事。

這應該算好事吧？潘寧世慶幸，自己胃痛總比夏知書胃痛好，翻譯在眼前這種時候可是很寶貴的，萬一生病沒辦法工作，他就真的連努力都沒用了，巧婦難為無米之炊啊！

「對了，你今天為什麼突然約我？」為了避免夏知書心血來潮品嘗自己做出來的湯，潘寧世連忙提起正事。

「啊，這件事情……我有點難以啟齒……」夏知書自認為不是什麼優柔寡斷的人，現在的時間點再拖延下去只會讓傷害變大，他知道自己必須爽快的終止合作，可是一想到潘寧世會多崩潰，就又有點不忍心了。

「沒關係，那我說說我這邊的事情吧？其實下午掛電話後我也想到有件事得跟你商量，是關於國際書展跟藤林老師的。」潘寧世向來很善解人意，先談誰的事情都可以。

「跟月見有關？」夏知書心下一突，臉上的笑容淡了幾分。

「對，我們出版社已經跟藤林老師提出邀約，希望他能來參加國際書展並辦一場簽書會，下午聯絡過後老師同意參加，但提出了一個要求……」

「他希望我能出席對吧？」夏知書淡淡地打斷潘寧世，接過話來：「他該不會說如果

我沒出現他就不出席這種話吧？」

「這倒是沒有……」潘寧世摸摸鼻子，雖然電話中他一度聽出藤林月見的情緒不穩，似乎已經生氣了，但沒想到對方最後還是妥協了，也算是意外之喜吧？

「沒有？」夏知書挑眉，突然笑了聲：「想不到過了三年，他這個人的脾氣好了不少。」接著，他似笑非笑的看著還在喝湯的潘寧世，對方嘴裡咬著一塊中間幾乎沒熟的排骨，小心翼翼啃周邊勉強能吃的肉。

「那你答應了？」

愣了愣，潘寧世吐出帶著生肉的骨頭，連連搖頭，「當然沒有，我還沒詢問過你的意思，而且你不是說過他是你前男友嗎？我不知道你們為什麼分手的，但我想很多人並不願意再跟前任有什麼交集，你甚至三年都不接他的書稿不是嗎？」

出乎意料的回答，夏知書也愣了，他眨眨眼，笑容很快燦爛起來。

「沒想到你還記得我說過的話，是因為打擊太大了嗎？畢竟，我們就是因為他才當不成砲友的。」

並不是很想回憶起這件事，潘寧世苦著臉哈哈乾笑，隨即正色道：「總之，在確認你的意願之前，我沒有給他確切的回答，只說會試著邀請你。你要是不想出席就不出席，翻譯原本也不用出席這種活動的，多數人都更喜歡躲在後面做自己的事情就好。」

「我不出席，萬一藤林月見也拒絕出席，導致活動臨時開天窗，怎麼辦？」夏知書問，可謂一刀斃命。

潘寧世整張臉都垮下來了，他期期艾艾回答：「應該……不至於吧？藤林老師都特別

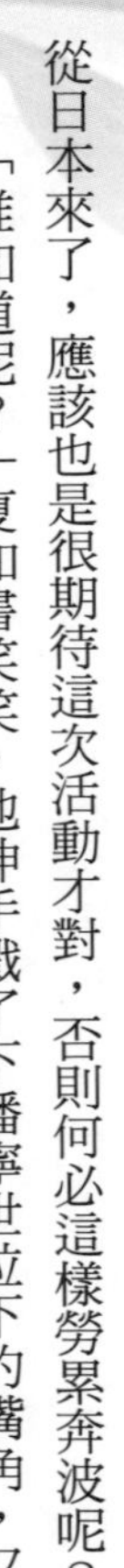

從日本來了，應該也是很期待這次活動才對，否則何必這樣勞累奔波呢？」

「誰知道呢？」夏知書笑笑，他伸手戳了下潘寧世拉下的嘴角，又捏了捏男人的臉頰，「沒事，我願意參加活動，你明天就打電話跟月見說吧，他一定會很高興的。」

「真的嗎？」潘寧世一把握住在自己臉上亂來的手，表情沒多開心，反而很糾結，「你……有沒有勉強自己啊？千萬不要，安撫藤林老師是我的責任，讓活動順利進行或者想辦法補救也是我職責所在，你沒必要為了這件事委屈自己。」

雖然不知道這對前戀人因何分手，但潘寧世總覺得應該結束得滿慘烈的，才會演變成老死不相往來，完全消失在對方生活圈裡的結果。

下午跟藤林月見聯絡的時候，潘寧世是刻意不給承諾的，否則依照慣例他應該回答自己會想辦法說服蝸牛老師參加活動，一定不會讓藤林老師失望諸如此類。

可能，也是因為他有點私心吧？並不希望讓夏知書感到困擾，也不想他因為藤林月見而討厭起自己。

「真的啊，我會去參加活動的。」夏知書肯定地點點頭，他搔了搔握著自己的潘寧世的掌心，男人的手真的很大又很厚實，手指修長有力，右手中指的第一第二指節中間，有個現在很多人都沒有的明顯筆繭。「你開心嗎？」

潘寧世猶豫地點點頭，開心當然是開心的，畢竟身為編輯，他還是希望能盡量滿足作者所有的合理要求，雖然作者藉機會跟失聯的前任見面，到底算不算合理要求還有待商榷就是了。

「你一定不要勉強。」最終，潘寧世仍不放心的又強調一次：「就算沒有你出席也無

所謂的，我認為藤林老師不至於因此讓活動開天窗。」

誰知道呢？夏知書在心裡暗暗嘆息，卻也不想將藤林月見的偏執告訴潘寧世，就算說了，沒經歷過的人又怎麼可能相信他能做出那麼多超過一般人想像的極端行為？

「那，換你了。想跟我說什麼？」

解決了自己的事情，現在就要來解決夏知書的事情了。

被這麼一問，夏知書先是愣了下，緊接著露出一抹不懷好意的笑容，舔了舔嘴唇，整個人突然貼近潘寧世，差點就要坐到對方大腿上了。

潘寧世臉色爆紅，像是突然理解了什麼，慌亂的連連擺手，「不不不，說好了今天沒有要上床的！我、我我我……那個……咳咳咳！」

「你要這樣想，這只是一個運動，而運動可以排解壓力，應該多多益善呀。」說著，夏知書伸手在潘寧世的褲襠用力搓了幾下，男人今天穿的是較為寬鬆的褲子，依然很快就浮出一條明顯的鼓脹痕跡，繃得緊緊的。

「你……哪有這樣的！」潘寧世慌亂地抓住夏知書作亂的手，對方乾脆跨坐到他大腿上，含住他的耳垂啜了口。

「飽暖思淫慾，一刻值千金。」

滾燙的話語吹入耳廓中，讓潘寧世腦子都發燙了。他知道自己該拒絕的，但好像……咬咬牙，他鬆開束縛夏知書的手，妥協了：「就一次，最多不可以超過兩次，我明天早上八點要準時到辦公室。」

現在時刻，十二點二十三分。

手機在桌上發出震動的嗡嗡聲，直響到掛斷後不一會兒又再次響起來，再次響到掛斷，連續數次都沒能引起旁邊兩個正在糾纏親吻的人的注意，喘息、呻吟還有接吻時的水聲充斥寬敞的起居室，身高差異極大的兩具肉體交纏在一起，高壯的那個把嬌小的人壓在牆面上，又粗又長的肉莖浮突著青筋，濕淋淋地直戳入兩片豐腴臀瓣中。

夏知書一隻腿被抬起來架在男人線條流暢的臂彎中，另一隻腳艱難地點著地，腳趾繃得直直的，幾乎要抽筋了似的。

「等、等一下……我、我踩不到地了……」

三十公分的差距讓他像個娃娃一樣被男人抱著把玩，泛紅的小臉上滿是生理性淚水，眼神中有期待也有緊張，軟綿綿地用手摟著男的脖子試圖穩定自己的姿勢。

與其說是求饒，不如說是引誘。

潘寧世眼神微暗，心頭癢癢的，猛地湊上前吻住對方的唇，含糊道：「那我把你另一隻腿也抬起來吧？」

夏知書聞言瑟縮了下，還不等他有反應，繃直的那條腿也被男人撈起來，穩穩地跨在臂彎中，而潘寧世那雙大手也順勢托住了夏知書的臀部，往前一擠肉莖又深入了幾分。

「啊啊——」夏知書被這猛然一頂戳中了前列腺，哆嗦著尖叫出來，摟著男人脖子的手慌亂地緊了緊，含淚的雙眸目光微微渙散。

粗度長度都極為驚人的陰莖在他體內凶狠地連連戳頂，被肏到合不攏的後穴邊緣隨著

抽出插入溢出大量的汁水，很快在穴口被拍打出一圈白沫。夏知書被肏到腳趾蜷縮，揚著纖細的頸子，困難地呻吟喘氣。

「好粗……啊……慢一……唔唔唔——」

抓著兩團臀肉凶狠肏幹的高壯男人渾然不將他的哀求當一回事，把人死死抵在牆上，腰腹因為用力每一塊肌肉都繃出明顯的線條，看起來就充滿了力量感，現在全部用在嬌小的男人身上。

粗碩的肉棒如同打樁一樣撞入柔軟的後穴中，用不了幾十下就把人肏得又哭又叫渾身顫抖，即使夏知書身經百戰，跟潘寧世也不是第一次上床了，還是沒辦法控制住，指甲難受地在肌肉緊繃的肩胛上抓出好幾道紅痕。

他現在被人直接抱在懷裡，後背靠著的水泥牆從原本的冰涼現在已經跟他的體溫一樣滾燙了，雙腿淩空踩不到地面的失重感，讓原本的快感更加強烈尖銳，毫不客氣地肆虐在他的每一條神經上。

不久前還是處男的潘寧世現在沒了平時裡溫吞嚴肅的模樣，溫和的雙眼現在宛如一隻潛伏在暗處的野獸，藏不住興奮與捕抓到獵物的滿足感。他輕易就能將夏知書整個人舉起，逼得對方不得不拚命攀纏在他身上，然後被他按著猛幹到顫抖痙攣，每操入一下，懷裡纖細的身軀就顫抖不停，連帶著後穴也跟著收縮，爽得潘寧世更加粗暴。

「來，抱好我，我要肏你的結腸。」

潘寧世把懷裡的人顛了顛，夏知書抖了下發出細弱的悶哼，早就被操到脫力的手根本沒辦法再抱得更緊，軟軟地倒在男人肩膀上輕輕地哭吟。

「不行……現在不可以進去……我、我會太爽……啊啊——」

因為高潮而緊縮的腸肉被蠻橫強硬地操開，直接頂穿了結腸口，把雪白平坦的肚子戳出能看出男人陰莖形狀的突起，隨著大力的操幹起起伏伏。空氣裡都是黏膩又濕漉漉的肉體摩擦拍打聲，以及男人低啞的嘶吼和另一個人的哭喊，情慾的氣味濃烈到令人眩暈。

「抱歉，我忍不住。」潘寧世含住夏知書的耳垂，用牙齒磨了磨，笑道：「而且你也很喜歡不是嗎？」

回應他的是夏知書攀得更緊的雙臂，腳趾因為快感蜷縮又張開，抖得像要抽筋了一樣，他看起來想掙扎又捨不得，一口細牙像撒嬌又像求饒，在男人脆弱的頸側連啃了好幾口。潘寧世被咬得重重喘氣，抽插的動作更快也更粗暴，被撐到極致的穴口哆嗦著討好，但沒有用，男人每一次都將龜頭抽到只剩半個還在他體內，接著一口氣撞入直到根部，圓碩的龜頭一次一次擦過被頂腫的前列腺，把懷裡的人幹得哭喊不已，劇烈痙攣到差點要摔出他的懷抱。

「啊啊啊——慢一點……拜託慢一點……太深了，好深……」

短時間內連續高潮，夏知書神情渙散不知所措，本能地瘋狂扭動掙扎，他需要一點喘息的時間，超出承受的快感在神經末梢留下針扎一般的刺麻，乍看之下純真的小臉滿是淚水，迸發出讓人心驚的淫靡性感。

他半仰著頭從喉嚨深處發出沉悶不成調的甜膩哀號，從內到外都在痙攣，死死咬著戳在自己肚子裡的粗長陰莖，在肚皮上鼓出一個更加顯眼的形狀。

男人被他收緊的腸肉咬得悶哼，依然無視於他的崩潰哭泣，胯部繼續又快又狠地擺

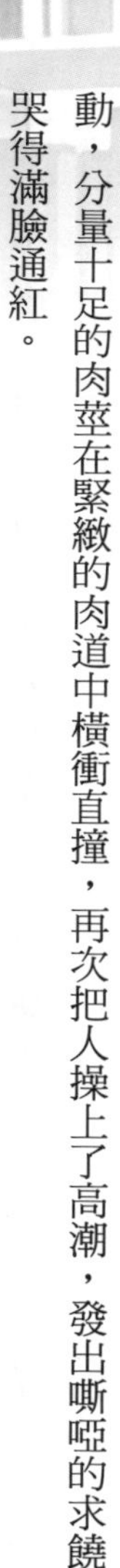

動，分量十足的肉莖在緊緻的肉道中橫衝直撞，再次把人操上了高潮，發出嘶啞的求饒，哭得滿臉通紅。

太舒服了，那種被吸吮擠壓的快感，又柔軟又狹窄，還溫暖濕潤，懷裡的人像一隻小雛鳥，溫熱著發著抖，簡直像他的心跳，潘寧世將人摟得更緊，恨不得直接溶進自己的身體裡。

又瘋狂地頂動數十下，男人喉間發出滿足的低吼，龜頭用堪稱粗暴的速度一下戳進更深的地方，夏知書本能地往上躲，可惜完全掙脫不了，反而被男人抓著腰往下按，好像要被戳穿了似的。

滾燙的精液大量地灌澆在紅腫的肉壁上，夏知書張著嘴發不出聲音來，他好像一度暈厥過去，但又很快清醒過來，模糊失焦的視線裡連近在咫尺的男人面容都看不清楚。

「好脹……好燙……」他呢喃著，無意識地用臉頰磨蹭男人繃緊的肩膀，一副可憐兮兮的模樣。

「乖，再一下就好，你都吃進去了，很棒。」潘寧世把人抵在牆上，哄孩子一樣搖了搖，下身的動作卻跟嘴上的溫柔完全不同，稍稍抽出一點粗硬的陰莖後，又一點一點往柔軟的肚子裡插，硬生生把肚皮再次撐起一個顯眼的鼓起。

夏知書整個人都被健碩厚實的胸膛包裹著，他微微翻著白眼感受肚子裡的熱度與折磨人的堅挺肉莖，男人好像恨不得連囊袋都塞進他身體裡，非常過分。

「滿了……太多了……太多了……」他連說話的力氣都沒有了。

男人輕笑了聲低頭在他柔軟的髮頂上親了親，問道：「還有沒有力氣再來一次？」

神清氣爽。

夏知書抱著電腦窩在沙發上，就算螢幕上的劇情正好是蟬衣在學校裡遇到霸凌事件，竹間卯伸出援手幫助了他，兩人感情急速升溫，都沒能影響到他的好心情。

儘管當年他實際上不算被霸凌。

原本阿姨及姨丈是想讓他去上國際學校的，一邊學習日文，畢竟夏知書短短的十年人生都使用中文，阿姨姨丈雖然是日本人，但中文都很流利，溝通上完全沒有問題。

但藤林月見那時候卻提出異議，至今夏知書都不理解為什麼這個冷淡的表哥會強烈要求自己轉入他就讀的學校，他可是那所學校當時唯一的外國學生，日文程度只有「你好、謝謝、我不會日文」。

藤林月見也並不會說中文，所以在被領養到開學的那兩個月，夏知書雖然跟他住在同一個屋簷下，卻連比手畫腳的溝通次數都很少，只要阿姨、姨丈不在，兩人就只能相對無語，無法交流。

在這個前提下，學校同學並不知道怎麼跟夏知書相處，唯一能做的就是不去過度打擾這個外國來的轉學生，很多時候與其說被霸凌或孤立，不如說是溝通不了所以彼此認知有強烈落差，導致夏知書過得很辛苦。

後來，藤林月見確實是以學長的身分出面教訓了班上同學，但對夏知書來說卻是另一種啞巴吃黃蓮的悲劇。

那是第二學期期末，夏知書跟班上同學也相處了接近三個月，處在全日文環境中，他異常刻苦地學習語言，不要用太難的詞彙，已經能做到基礎溝通無障礙，只要再給他一點時間，融入班上肯定不成問題。

他很開心，期待起交到第一個新朋友。

誰知道藤林會在這時候冒出頭，強勢介入夏知書的交友圈，一口氣把好不容易建起來還很脆弱的試探觸角，全部斷得一乾二淨。

同學都知道夏知書有個不好惹的表哥，而且好像還跟表哥告狀說自己被欺負。中學年紀的孩子臉皮薄、自尊心強，一方便覺得自己觀望新同學整個學期的態度好像真的有點過分，所以面子上過不去；另一方面又覺得自己根本沒做什麼，怎麼就被告狀成了霸凌者，情緒上異常委屈。

兩面夾擊下，夏知書真的被孤立了。

如同書裡所寫的，蟬衣身邊只剩下竹間卯，兩個孩子跌跌撞撞地面對這個對他們來說，太過殘酷冷漠的世界。他們不被世界裡解，被誤會、被孤立，像海洋上的孤島遇上了一隻孤單的海鷗，相依為命。

「你知道嗎？人是高度社會化的群居動物。」葉盼南的聲音從電話那頭傳來。

剛翻譯完霸凌那段，他的電話就打來了，順便聽了夏知書這邊的視角，白眼翻到差點抽筋。

「我知道啊。」存好檔，夏知書把電腦放到一旁，整個人窩進了沙發與靠背、扶手間的空間。

「就算是藤林月見那個孤僻的人，他也是需要社交的。他無法真的把自己關在屬於自己的世界中，他的觸手依然在尋找自己與世界的接點。」

「有點克蘇魯的味道。」

夏知書被好友的形容逗笑了，腦子裡直接構建出一隻有著藤林臉的章魚，八隻觸手無處安放顯得很無辜，最後把自己緊緊的裹成一個球。

「你是被他選擇的那個接點。」

「說點我不知道的事情。」夏知書撇撇唇，他並不是很想去解析藤林月見的行為，曾經他試過，最後的結果並不大好，他是個受教的人，絕對不會在同樣的事情上一錯再錯。

「你為什麼沒有推掉工作。」這才是葉盼南來電的目的。

昨天，他半夜打了二十多通電話給夏知書想確定譯稿的去留，可惜完全沒人接聽。葉盼南頓時有很不好的預感，害他整個晚上睡不著，乾脆回公司去加班了。

凌晨大概四點的時候，他收到夏知書的訊息，告訴他這次的案子繼續，他沒有退譯。

葉盼南差點沒當場氣死，他衝進廁所隔間，也不管時間合不合適就把語音打過去，對著夏知書嘮叨了半小時，才聽到對方壓低聲音懶洋洋地回答：「你白天再打給我，我會好好跟你解釋的。潘寧世還在睡覺，你不要吵到他，先這樣。」

睡個屁！

葉盼南瞪著熬夜發紅的眼睛，咬著臉頰肉，氣得一時腿軟沒能從馬桶上站起來。

他擔心得一晚上沒睡在加班，潘寧世竟然在夏知書家睡覺？結合先前沒人接電話這個線索，合理懷疑這兩人應該又上床了。

但他又能怎麼辦？也只能白天再打電話了，也就是現在這一通。

「因為我發現沒必要了。」夏知書愜意地晃著腳丫說道。

「什麼意思？」

「我昨天看到潘寧世，聽他提到國際書展邀請了月見來參加後，突然想通了某件事情。你說，為什麼月見會選梧林這間小出版社？他的書有很多大出版社在爭取，你家不就出了好幾本嗎？」

「我也很不能理解，為什麼最後爭取到的會是梧林。」這件事在圈子裡還引發了一陣討論，大家最後只能猜測，大概是因為潘寧世這人特別誠懇？

「因為梧林夠小。」夏知書打個哈欠，聲音冷淡：「他們很小，一定會想盡辦法讓這套書可以在最短的時間內成功出版，在月見面前也比其他規模大的出版社弱勢很多，肯定會盡全力達成月見的要求。」

這算是藤林月見常用的手段吧？製造一個看起來沒有其他選擇的狀況，最終達到最利於自己的結果。

藤林月見只讓蝸牛翻譯自己的書，這算是業界裡眾所周知的。梧林因為本身規模的問題，不大可能把出版日期壓太久，一定會想辦法連絡上消失了三年的蝸牛。

「但其他出版社也一樣會想辦法連絡你啊！」葉盼南反駁。

「對，但是，其他人不會這麼積極，他現在應該非常想早點知道我的消息。另外就是……」夏知書頓了下，嘆息：「他知道潘寧世是我的菜，只要我跟潘寧世見到面，答應接下稿子的可能性就很高，這也算是他隱晦的示好吧……」

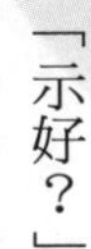

「示好？」

「小蟬你看，我改了。我把符合你喜好的人送到你面前，在我不知道的地方讓你們相處，我跟三年前不一樣了。」夏知書的語氣淡漠得彷彿 AI 合成的聲音，聽得葉盼南猛打了個寒顫。

「但這跟你沒退譯又有什麼關係？」

「我猜，月見應該已經找到我家在哪裡了。」清亮的聲音漫不經心，甚至還笑出來，「他在知道我接下稿子後，高機率已經來臺灣，這陣子可能都在跟蹤潘寧世吧，他知道我們會見面，他可以找到我在哪裡。」

「不要亂講話！」葉盼南聲音嘶啞，他忍不住又想起那鮮血淋漓的一幕，藤林月見應該是真的幹得出這種事。

「所以我退譯已經沒有意義了。原本我們是希望別跟他有更深入的交流，降低見面的可能性，但事到如今還不如好好完成這份工作，他對梧林提要求，希望我能在他的簽書會上當嘉賓。往好的方面想，至少在那之前，他不會打擾我的生活。」

畢竟重逢是一件大事，必須要有儀式感不是嗎？

有句成語叫做「樂極生悲」，很好地概括了潘寧世過去十六小時經歷的一切。

首先，他應邀去赴了夏知書的約，他對天發誓！自己真的沒想要做愛的，一丁點這部

分的想法都沒有，會赴約也只是擔心夏知書工作上出了什麼問題，同時也可能有點想看看對方。

潘寧世其實對自己的心意很模糊，他感覺自己偶爾會想念起夏知書，不是床上那種清純中揉合強烈性魅力的模樣，而是他們在討論到書、討論到一些瑣碎的小事時，對方的雙眼彷彿會發光，亮晶晶的充滿熱切，可愛到潘寧世回想起來都覺得心頭悸動。

所以即使排出時間費了一點工夫，他還是努力在昨晚十點按響了夏知書的門鈴。

然後他喝了一碗……不對，是大半鍋的湯，人一生嚐得到嚐不到的滋味都嚐過了，他感覺自己的生命彷彿獲得昇華，如果在修仙世界裡，他應該可以突破階層。

再然後，潘寧世知道夏知書沒跟自己說實話，因為稿子很急，夏知書自己最近應該也都犧牲了不少睡眠時間。蝸牛在業界的評價很好，稿子品質好，校潤時間少，交稿還特別準時，甚至會提前兩三天交稿，要有這麼好的口碑，他顯然不是那種會在忙碌中抽空就為了打一砲的人。

但夏知書很顯然不願意多說，潘寧世雖然不是個多細心體貼的人，卻也不至於白目到硬要追問到底，再說夏知書他真的……超級會……是個會喘氣的男人就抵擋不了啊！潘寧世真的試圖抵抗過了。

他們做了兩次，大概在半夜兩點多、三點左右結束，洗澡的時候潘寧世才覺得自己累得快暈厥了，他本來這幾天就睡很少，猛然一下做了這麼長時間又劇烈的運動，離開浴室的時候雙腿跟兩隻手臂都在發抖。

入睡前，他隱隱感覺自己的胃有點不舒服，應該是那鍋湯……不不不，也可能是因為他最近吃得亂七八糟，時間又不固定，突然放鬆了導致身體反彈也有可能。

所以他吞了三片胃藥，幾乎是一上床就昏死過去。

潘寧世不知道自己到底睡了多久，但他是被痛醒的，那種痛到每一根神經都同時抽起來的感覺，他完全忍不住痛喊出聲，原本睡在他身邊的人被吵醒，揉著眼睛愣愣地歪頭看他，在發現他臉色慘白一頭冷汗後，瞬間就清醒了過來，什麼也沒多問直接叫了救護車。

也算是盛況空前吧……救護車到達時剛好是大家準備出門上班上課的高峰期，潘寧世身材高大，看起來就很不好搬運，他咬著牙勉強自己下床，然後就倒在地上痛幾乎滾落男兒淚。

最後是用直立式的擔架將他推進救護車，下樓的時候電梯裡原本有一對母女跟兩個小學高年級的男孩，讓出電梯時也直勾勾地盯著他看，潘寧世好像還聽見小女生跟媽媽分享：「叔叔好可憐，被蟲咬了好多包喔。」

媽媽立刻壓低聲音訓斥：「噓！不要亂說話！」

叔叔要駕鶴西歸了，小朋友觀察力不要這麼好……潘寧世很痛的同時也很羞恥，只能假裝自己痛暈過去，避免接觸更多殘酷的現實社會。

夏知書陪著他去了醫院，忙前忙後為他處理瑣事，最後站在急診的簡易病床邊揉了揉他的頭。

「醫生說可能是食物中毒，還好不是闌尾炎或者更嚴重的問題，你吊個點滴吃點藥，觀察一下沒問題應該今天就可以回家了。」

「謝謝你陪我……」疼痛已經獲得緩解，但潘寧世也被折磨得有氣無力，臉色還是很

難看，慘白中透著青。

「你需要聯絡朋友或者家人嗎？」夏知書將他的手機遞過去，「剛剛有好幾通語音通話打過來，但我不方便接，你要不要回一下？」

看了一眼時間，上午十點半，潘寧世差點從床上跳起來，上班遲到了！他八點有個會議啊！

顧不得跟夏知書多說，他點開語音通話紀錄，果然來電的是公司同事，其中夾雜著幾通盧淵然的來電，應該是同事找不到他所以打去問盧淵然，才有了這幾通電話。

回撥過去告訴同事自己現在在急診室吊點滴，下午應該可以進公司，不過為了避免其他意外，兩人商量過後決定請盧淵然將他工作用的筆記型電腦帶過來，讓他可以利用時間多處理一些工作。

夏知書全程就在旁邊安靜地聽著，直到他掛了電話才開口道：「你身體還沒養好，不要讓自己太累了，免得身體狀況又惡化。你之後吃東西要更小心，食物中毒也是很嚴重的，不要輕忽大意。」

潘寧世赧然笑笑，雖然被念了幾句，但心情卻很好。

「你也回去休息吧，藤林老師的書還要麻煩你，不能耽誤你太多時間。」

昨晚夏知書也睡得很晚，早上還被他嚇了一跳吵醒，應該根本沒睡好，潘寧世並不想太過麻煩他。

「我剛聽你說有個朋友會過來陪你，我等他過來後再離開。總不能把你一個病人留在急診室，太可憐了。」夏知書又摸了摸潘寧世的頭，在一旁的折疊椅上坐下，「你睡一下，止痛藥下去應該會很愛睏，我離開前會跟你說的。」

確實有種疲倦感，潘寧世點點頭也沒多推託，迷迷糊糊又睡了過去，直到再次被人輕輕拍著肩膀叫醒。

他惺忪地睜開眼，夏知書帶著溫柔笑容的臉龐離他很近，幾乎就要吻上來似的……真可愛……簡直像夢一樣……

「潘寧世，我要離開了。」夏知書語調輕緩，柔軟的掌心摩挲過他冒出青澀鬍碴的下顎，「你看起來比之前好多了，要好好休息知道嗎？等你出院了，我再燉一鍋雞湯給你補充營養。」

潘寧世莫名一個哆嗦，很想告訴夏知書不要麻煩，最近大家都這麼忙，這幾個月大概也沒機會再去他家喝湯了。可同時又覺得有些竊喜，被人關懷的感覺真的很好，一碗湯能嚴重到哪裡去呢？

最後他點點頭，再次跟夏知書道謝，並交代他路上小心，才依依不捨地目送嬌小的身軀離開。

「是怎樣？人都不見了，你還打算看多久？」盧淵然陰陽怪氣的聲音從旁邊傳來，順手將床簾拉上了。

「淵然，你來啦。」潘寧世一臉慘淡地跟好友打招呼，他現在全身痠軟，連撐起自己都很難。偏偏現在突然想上廁所，靠自己下床顯然有困難，只能跟好友求助了。

「快來幫我下床，我很急！」

聽了他的需求後，盧淵然給他一個白眼，碎念道：「你是不是故意的？之前那個小個

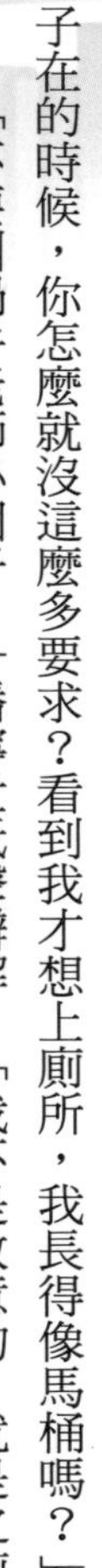

子在的時候，你怎麼就沒這麼多要求？看到我才想上廁所，我長得像馬桶嗎？」

「不要叫蝸牛老師小個子。」潘寧世低聲辯解：「我不是故意的，就是之前睡著了所以沒感覺嘛！拜託快點扶我下去，我要忍不住了！」

要知道他一醒來就進醫院，又掛著點滴，膀胱已經很努力了。

盧淵然斷然拒絕，要知道潘寧世是個身高一百九，渾身肌肉的精壯男人，這種人的體重可不是開玩笑的，跟鐵塊沒什麼兩樣。盧淵然雖然也鍛鍊身體，但無論肌肉量還是身高都遠遠比不上潘寧世，他有辦法把人扶下床才奇怪。

「我去拿尿壺來給你用。」

最後總算有驚無險地上完了廁所，盧淵然整理完後在夏知書先前坐的那張椅子坐下，發出吱嘎一聲。

他雙手環胸，翹著二郎腿，神色厭煩地看著半坐起身，正在等電腦開機的潘寧世。

「你喜歡的怎麼都是那種款式的？」

「哪種款式？」潘寧世沒聽懂，他的專注力已經投注在工作上了，困惑地從螢幕後面露出疑惑的一瞥。

「剛剛那個小個子的款式。又瘦又矮，看起來像未成年……你這傢伙的性癖挺危險啊。」盧淵然撇撇嘴調侃。

「就說不要叫蝸牛老師小個子了，你以前不是很喜歡他嗎？」潘寧世不解，他還是頭一次從盧淵然嘴裡聽見這麼有攻擊性的用詞。

「有嗎？我不記得。」盧淵然在椅子上伸了個懶腰，「你昨天不會在他家過夜吧？之前不是才說他不跟合作對象當砲友嗎？」

「我們不是砲友。」潘寧世白好友一眼，神態掩藏不住心虛。「我就是去找他談工作，然後喝了一碗湯。時間太晚了，他就讓我留宿一晚而已，誰知道會碰上食物中毒？」

「潘寧世，你把我當瞎子嗎？」盧淵然乾脆動手往潘寧世頸側用力抹了把，「這些痕跡不是咬的就是親出來的，你敢說昨天晚上沒打砲？」

不敢……潘寧世脹紅臉，半天說不出一個字。

「說吧，到底怎麼回事？」盧淵然趁勝追擊，再次倒回椅子上，環胸看著期期艾艾的潘寧世。

「什麼怎麼回事？我剛也說了，就是去蝸牛老師家談工作，他幫我燉了一鍋排骨湯，喝完湯時間太晚，所以留宿……」看好友對自己翻白眼，潘寧世摸摸鼻子補充：「喝完湯後，我們做了兩場運動，畢竟最近都沒時間上健身房嘛，盛情難卻。」

「精蟲上腦吧。」盧淵然撇唇，緊接著神色嚴肅起來，「說真的，你對那個小……」被瞪了一眼，他只得悻悻然改口：「蝸牛老師可以了吧？你到底對他什麼想法？我跟你認識這麼多年，每次你被拒絕後，都很爽快離開絕不糾纏，哪像你這次，別人隨便招招手，你就湊過去了。」

「他沒有對我招手，我也沒有湊過去。」潘寧世闔上電腦，因為身體不舒服，他的情緒也跟著失去了原本的穩定，顯得煩燥。「我是去跟他談工作的，雖然我們後來確實上了床，但那是意外。我跟他只是單純的工作夥伴而已。」

「鬼才相信。」盧淵然完全不給面子，他也很不爽，雖然知道不應該影響病人的心

情，但還是控制不住，脫口而出：「這不是第一次，你上次跟他約去脫衣舞俱樂部看表演，不是也在後臺來了一砲？我之前就跟你說了，蝸牛這人是個海王，你這個小處男根本是被玩弄了！」

「我沒有跟他在後臺幹麼！」潘寧世脹紅臉心虛地辯解：「而且我不是處男了！」

「我剛也說了，我又不是瞎子。你那次跟他約完後兩天，我們不是又一起喝酒？脖子上都是吻痕，背上還有抓痕，不然你說說看，什麼狀況可以造成那些痕跡？」盧淵然忍不住又伸手在潘寧世頸側抹了一把，那些痕跡怎麼看都很礙眼，完全可以反推昨晚的戰況有多激烈。

被問得沒辦法，潘寧世垮著肩，忿忿道：「早知道就不要答應跟你出去喝酒了……」

「不說跟我喝酒這件事，你今天突然失聯，公司完全找不到你，這件事也是頭一回吧？你說，跟蝸牛扯上關係後，你整個人都變得快不像你了！你還記得幾年前，你急性闌尾炎送醫，推進手術室前都還在打電話聯絡印刷廠，最後是總編把你的電話搶走的！結果今天呢？」

聽聞好友的質問，潘寧世摸摸鼻子，低頭不敢回話了。

「我覺得你要好好調整自己的心態，既然決定跟蝸牛維持單純的合作夥伴關係，那就要貫徹到底才對。」似乎也發現自己的態度有些過於激動，盧淵然深呼吸了幾口，穩定情緒，「抱歉，我好像有點說得太過分了。」

「也還好啦……」潘寧世是個聽勸的人，他也知道好友是為自己好。也確實，面對夏知書的時候，他的行為常常是不受控制的。

到底是為什麼呢？

重重嘆口氣，盧淵然又看了眼那一片咬痕跟吻痕，心裡塞得很難過。

「你還記得我們是怎麼熟起來的嗎？」他起身觀察著點滴的狀況，好像是隨意開口問了句。

「記得啊，也算是不打不相識吧。」潘寧世回想起當年，笑了起來，「我知道你是為我好，我會再好好想想的。」

得到他的承諾，盧淵然心情瞬間好了很多，轉身指了指筆記型電腦，「那首先，你把今天早上的工作完成吧！要是讓大家知道你昨晚跑去快樂了，他們一定會想套你麻袋。」

「拜託，幫我保密吧！我是病人，不應該獲得一些同情嗎？」潘寧世雙手合十，表情誇張地哀求。

盧淵然笑出來，乾脆伸手在潘寧世脖子上一通亂捏，把人捏得慘叫，搞到護理師以為出了什麼意外，拉開床簾衝進來，發現是誤會後把兩人教訓了一頓。

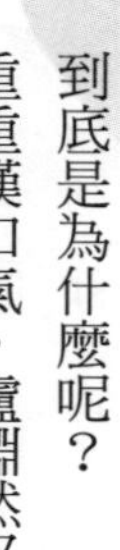

靠藥物幫忙以及毅力，即使醫生覺得可以再多觀察一天，潘寧世依然在下午出院，被盧淵然帶回出版社，繼續投入工作中，再次忙到好幾天沒能回家。

一開始還穿著襯衫西裝褲，到後面都隨便套件T恤牛仔褲，臉色蒼白中透著蠟黃，灌掉了好幾盒濃茶。

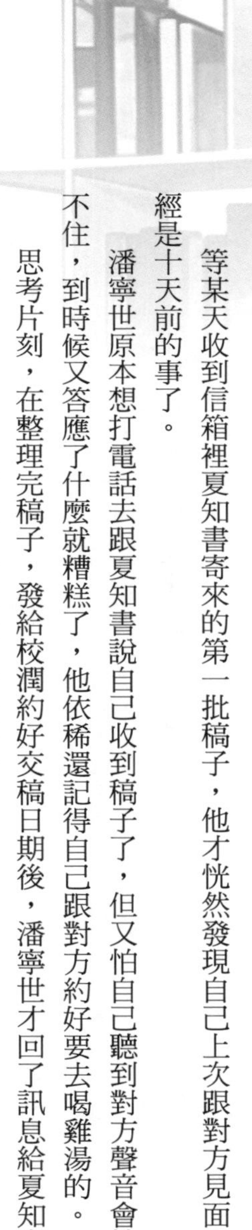

等某天收到信箱裡夏知書寄來的第一批稿子，他才恍然發現自己上次跟對方見面，已經是十天前的事了。

潘寧世原本想打電話去跟夏知書說自己收到稿子了，但又怕自己聽到對方聲音會控制不住，到時候又答應了什麼就糟糕了，他依稀還記得自己跟對方約好要去喝雞湯的。

思考片刻，在整理完稿子，發給校潤約好交稿日期後，潘寧世才回了訊息給夏知書，說自己收到稿子了，謝謝他，並期待下一份稿子。

夏知書很久都沒有回訊息，不知道是睡著了還是不滿自己竟然只回了冷冰冰的訊息？潘寧世難得在堆積如山的工作中恍神，他拿著手機發了好幾分鐘呆，直到手機突然震了震，是有人傳訊息來了。

眼神一亮，潘寧世強忍著不讓自己看起來太興奮，故作鎮定地點開訊息，等看清楚是誰發的訊息後，整個人一瞬間彷彿死掉了三秒鐘。

——有空嗎？

潘寧世看著對方的暱稱，再瞥了眼自己亂糟糟的桌面，上面有幾個廠商送來的樣品，他還在思考要選擇哪種方案，鏤空的金屬窗櫺很漂亮，但價格也美麗到凡夫俗子可遠觀不可褻玩的地步。

稍稍思考片刻，他回：你要約今晚嗎？今晚我可以抽兩小時空出來。

——約，就約你公司對面那間義大利餐廳，我先訂位。

對方的作風一貫乾脆俐落，就連透過文字都能感受到那種強勢。

幾乎每次都會約那間義大利麵，導致潘寧世現在很不喜歡在對面吃飯，因為總會回想起和對方的會面，壓力就莫名增加很多，搞得他胃抽抽地痛。

倒也不是討厭和對方見面，就是怎麼說……有種從靈魂深處浮現出來的緊張，大概是從小被教訓留下的生理習慣吧？

回了一句：ＯＫ，晚上八點見？

那頭沒再回應，表示這個時間沒問題，到時候見面即可。

鬆了口氣，潘寧世把介面轉回首頁，夏知書還是沒回應他，心底有股說不出的悵然，正想著要不要打電話去問問，又擔心萬一對方正在睡怎麼辦？糾結了快半小時，工作進度被大大拖延，搞得同事都注意到了異常，過來問了兩聲被他苦笑著敷衍過去，就在他打算振作起來好好工作時，手機抓緊時間震動了。

潘寧世連忙點開來看，是夏知書回應了！

——收到就好，你辛苦啦！

隨後是一隻可愛的倉鼠貼圖，歪著腦袋眼神無辜，看得潘寧世心臟都要化掉了。

——你身體好點了沒？再忙也不能忘記休息跟好好吃飯喔？改天有空來我家喝雞湯吧？你什麼時候方便？

胃莫名抽搐了一下，但潘寧世也沒有在意，他覺得應該是晚上的餐聚讓自己精神緊張，肯定不是雞湯有什麼問題。

勉強回了一句：我這個月可能沒辦法，下個月三號你有空嗎？

這個月才過去一半，要不是真的抽不出時間，他是想早點見到夏知書的。

上次在醫院裡盧淵然問他，究竟對夏知書什麼感覺，他試圖去思考，然而工作真的太

忙碌，他每天睜開眼睛就立刻埋頭進各種工作中，開會、校稿、聯繫廠商、印刷廠、跟行銷溝通活動企劃等等，有時候他還挺慶幸自己做的是翻譯推理小說，如果是走輕小說、言情之類的領域，現在的工作量起碼要再增加三成吧？

當然啦，最慶幸的是他不是雜誌編輯。剛入行那時候他幹過雜誌編輯，有時候為了趕死線，睜著眼睛都能睡上幾分鐘，感覺靈魂都被洗滌了。

所以，他對夏知書到底是什麼感覺呢？他盯著手中的電話，等待著對面回來訊息，大概才不到三分鐘，卻有如過了幾小時，讓他抓耳撓腮，一邊思考著自己回的訊息是不是哪裡不對？是不是太冷漠？會不會讓夏知書覺得自己被冷落了？

可是，他們只是合作夥伴關係啊……他跟其他翻譯的聯繫也沒這麼多，通常在發稿的時候聯絡最多，要定譯稿、要約日期、要談一些細項，後面就是放牛吃草了。

他從來都是把交稿時間訂早一些，給翻譯兩週的緩衝，很多翻譯都是長期合作的關係，他又是個社恐，除了三節跟年末問候外，對方交稿後沒有大問題也是不聯繫的。一切公事公辦，沒什麼私交。

說起來，為什麼夏知書還沒回訊息？

「潘哥？」羅芯虞滑著椅子靠近了些，用手上的筆點了點潘寧世的桌面，「有什麼問題嗎？我看你發呆好久了。」

兩人間的距離有些太近，潘寧世甚至可以感受到女性帶著香氣的呼吸吹拂過自己的手臂，他下意識退開了些。

羅芯虞好像有點不高興，她嘛了下嘴，但沒多說什麼，睜著描化得異常明豔的雙眼，直勾勾盯著他等回應。

潘寧世是真有點不知道怎麼跟羅芯虞相處，與性別性向無關，單純是針對個人的。羅芯虞在辦公室裡有些格格不入，相較於其他人忙碌下的樸素甚至有個別不修邊幅，她精緻得簡直像一幅畫。

即使是現在，她也依然穿著連潘寧世這個直男味濃厚的 Gay 都知道牌子的小洋裝，短短的及膝包臀裙，是一種很柔和但幹練的藍色，穿著黑色絲襪襯得一雙腿又直又細又長，腳上蹬著復古風格的小高跟鞋，看起來也是有牌子的。

更不提那張精心描繪的妝容。

原本吧，潘寧世不知道羅芯虞有化妝，但有一次他突然好奇問了句：「妳嘴唇怎麼油亮亮的？要不要擦一下？」

辦公室在那瞬間陷入可怕的沉默，一根針掉地上都能震耳欲聾的安靜。

羅芯虞臉色一僵後抓起化妝包幾乎踢翻椅子跑了，潘寧世還茫然無知，正準備打電話給一個拖了三週稿的翻譯催稿。他真的以為小女生只是吃完東西沒擦乾淨嘴巴，被自己點出來後覺得丟臉，還有點愧疚，想說下午請對方喝個奶茶吃雞排呢。

當然，最後奶茶跟雞排是請了，他也終於在另一個女同事嘴裡得知，羅芯虞嘴上那是唇釉，本來就亮晶晶粉嫩嫩的，人家是刻意化妝的，才不是什麼沒擦嘴。

那次之後羅芯虞的唇彩就沒再油亮亮的，而是換了一種特別自然的粉嫩風格——這當然也不是潘寧世自己發現的，是同事偷偷跟他說的。

不過，為什麼要告訴他這種事情？潘副總編百思不得其解，他沒有很在意小女生有沒

有化妝，他更在意為什麼六校後，羅芯虞手上的稿子還有明顯的 BUG。

「潘哥？」大概是潘寧世沉默的時間太長了，羅芯虞又叫了一聲。

「嗯？沒什麼，我在等蝸牛老師回訊息。」潘寧世又退了退拉出得體的距離，順口問：「妳現在工作狀況如何？這次一定要小心校稿，不要像上次一樣，記得做表格避免出現 BUG。」

羅芯虞漂亮的臉蛋直接垮下來，悶悶地應了句：「抱歉，我會小心的。」便縮回自己的小格子裡。

潘寧世完全沒注意到辦公室裡偷聽他們這邊動靜的同事們露出的微妙表情，他用一半的精力去注意夏知書到底回沒回訊息，另一半精力繼續埋頭苦幹，可惜直到八點約好餐聚的時間為止，都沒再收到夏知書的訊息。

第七章

不管你是不是別人魚塘裡的魚，反正你肯定會是最大的魚

準時推開對面義大利餐廳的大門，服務生一看到是他就露出了笑容，「潘先生好久不見，潘小姐已經在老位子等你了。」

他點頭致謝，熟門熟路地走向一個靠裡面的角落位置。在這種寸土寸金的都會區，又是辦公商業區，店面都不大，座位之間靠得很近，唯有這個角落位置稍稍有點遮蔽，代價就是空間更狹窄。

潘寧世這個身高一百九的人幾乎是蜷縮進椅子裡，兩條大腿直接抵在桌面下方，完全伸展不開來。

餐桌另一邊坐著個妝容精緻、打扮幹練的女性，她盤著長髮，一身女士西裝，塗著鮮紅荳蔻的手指拿著菜單正在看。在潘寧世坐下後，漫不經心地睨了他一眼。

「你看起來像剛從冰櫃裡爬出來。」潘靄明評價道。

潘寧世只能陪笑，端起檸檬水先灌了半杯。

「你要吃什麼？」潘靄明已經看完了菜單，隨手遞給對面的弟弟，「我覺得黑松茸菌菇燉飯不錯，搭配套餐應該夠你吃飽。」

「那就選這個吧。」潘寧世接過菜單，敷衍地翻了幾頁就闔上了，他很習慣自己姊姊的強勢，既然對方已經做了決定，他沒什麼好抵抗的。

潘靄明面無表情地點點頭，招來了服務生：「一份黑松茸菌菇燉飯，少鹽少油，米粒燉爛一點。加B套餐，羅宋湯跟三色沙拉，甜點要烤布蕾。另一份要菠菜起司餃，加C套餐，羅宋湯跟燻鮭魚沙拉，飲料要皇家咖啡，點心換成提拉米蘇。」

「好的，請兩位稍等片刻。」

等服務生走遠，潘靄明又開口：「你這次要忙到什麼時候？」

「跟往年一樣，大概到二月下旬。」潘寧世規規矩矩像個回答老師問題的小學生，雙手乖乖地放在餐桌上。

「喔。」潘靄明點點頭，經過描繪顯得分明凌厲的眼，上下掃了弟弟一圈後，突然笑了下，「我聽阿淵說，你最近好像發生了一些有趣的事情？」

「有趣的事情？」潘寧世心下警鈴大作，但人卻完全狀況外。他沒感覺自己最近身邊發生過什麼有趣的事情，倒是有個譯者突然急病，手上的稿子只完成了三分之一，他焦頭爛額地找人救援，差點就要卡到檔期了。

但這種事也並不少見，沒理由引起他姊姊的關注吧？

面對弟弟赤裸裸的茫然，潘靄明習以為常，她端起檸檬水啜了口，慢悠悠道：「據說你終於不再是處男了。」

潘寧世瞪大眼，慌亂地扭頭確定服務生的位置，臉一下從耳垂紅到脖子，瞪著潘靄明用氣音羞憤道：「這邊是餐廳妳怎麼可以拿出來講！」

饒有興致地看著又羞又氣的弟弟，潘靄明做出個安撫的手勢，「我只是關心你，畢竟你從高中開始就……姊姊應該要幫你好好慶祝一下才對。」

潘寧世猛翻一下白眼，他相信才有鬼。

關心是有一點，更多的其實是潘靄明的控制欲。

怎麼說呢，他這個姊姊漂亮、聰明、性格好又幹練，可以說是潘寧世這輩子見過最優秀的人之一。但，凡事不會只有一面，光與陰影是並存的，潘靄明過度優秀源自於她的自律，那種接近強迫症的恐怖自控力，並且不單單只針對自己，還擴散出去要求身邊的親人好友。

潘寧世是潘靄明最親近的弟弟，兩人才差了一歲，一個年頭一個年尾，本來上學應該會差一學年的，但在潘靄明的強烈要求下，潘寧世提早入學，從此開始了他水深火熱的學生生涯。

有個永遠年級第一名的姊姊是種什麼感覺？潘寧世其實無感，也不知道父母是不是把所有的積極向上和進取心全遺傳給了潘靄明，潘寧世這人從小就散散漫慢的，為人得過且過。但他可以無所謂姊姊的成績如何，潘靄明卻不能無視自己弟弟的成績。

於是在上大學前，潘寧世的成績一直維持在他姊給出的標準範圍裡，但凡有退步的跡象，就有人會用鐵血手段鞭策他繼續向前拚搏。

兩個人大概是馬與馬夫的關係吧？

潘寧世很冷靜地分析自己與姊姊之間的關係。當然，這個結論他不敢說，可預見被知道的話，他這匹馬會遭受馬夫更加慘無人道的對待。

這也是為什麼每次一起吃飯，潘寧世就覺得很有壓力，更糟糕的是即使兩人都很忙，潘靄明最多兩個月就要約弟弟吃一次飯，潘寧世包裡的胃藥幾乎是為了這種時候準備的。

「沒什麼好慶祝的！」潘寧世表達出強烈的拒絕，他可太害怕潘靄明會藉機做點什麼讓他胃痛的事情來。「盧淵然幹麼跟妳說這種事情！」

「他打電話告訴我你前陣子食物中毒送急診了，然後順嘴提了下這件事。」潘靄明答得隨意，潘寧世幾乎心梗。

這種事是能順口提的嗎？

「他還說了什麼？」總覺得沒這麼簡單，潘寧世回想起好友對夏知書的排斥，隱隱感覺不安。

「喔，還說你被當成魚塘裡的魚了。」潘靄明說著笑了笑，她五官明媚大氣，這一笑卻看著讓人莫名畏縮。

起碼潘寧世的小心臟都縮起來了。

「那是他的偏見，蝸牛老師才不是這樣的人，我們本來也就只是約個砲而已……」他小聲辯解，儘管後面幾次都跟約砲無關，他自己也搞不清楚到底兩人之間算什麼。

「喔。」潘靄明擺擺手，「我不是很介意你是不是別人魚塘裡的魚，反正你肯定會是那隻最大的魚，短時間內應該沒什麼競爭對手。」

這話說的，潘寧世發現自己無言以對，這到底是捧他還是損他？

「倒是阿淵沒有明說的事情我比較介意。」潘靄明又啜了口檸檬水，也不知道她的唇妝怎麼化的，玻璃杯沿完全沒有蹭到一丁點豔麗的紅色唇彩。

潘寧世不敢隨便開口回應，他的水已經喝乾了，正下意識地轉動空的玻璃杯。

「你是不是喜歡上那個蝸牛老師了？」潘靄明笑得像隻狼外婆，「不是那種肉體的喜歡，而是戀愛的喜歡。」

怎樣算喜歡，怎樣算不喜歡？潘寧世無法回答。

令他意外的是，潘靄明難得的沒有追擊，身為風口行業上市上櫃公司的亞洲區CEO，她的時間不比弟弟多，更何況潘寧世對感情遲鈍的問題並非一兩天，她這個做姊姊

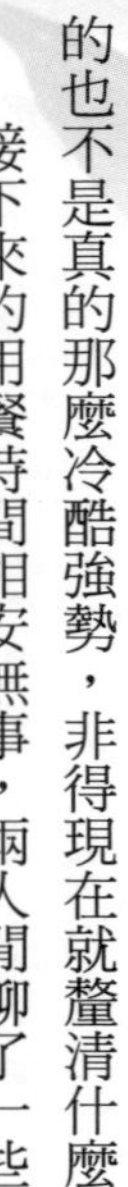

的也不是真的那麼冷酷強勢，非得現在就釐清什麼。

接下來的用餐時間相安無事，兩人閒聊了一些近日大小事，潘靄明著重了解了潘寧世食物中毒的前因後果。

「你說，蝸牛老師燉的那鍋湯，是一種你沒見過的顏色？」潘靄明看著弟弟毫無所覺地點頭，神色莫辨。「喝下去感覺如何？」

「味道很豐富，非常有層次感，是我第一次嘗到的味道。」潘寧世回答得很真誠，甚至有些竊喜。

「這樣……」潘靄明放下叉子，斟酌著要怎麼繼續這個話題，要不要提醒一下弟弟，食物中毒的主因很可能就是這鍋豐富有層次的湯？「蝸牛老師沒嘗過味道嗎？」

「他本來要嘗的，但我打斷了他。」

「你沒分主人一碗湯喝？畢竟是他忙碌的成果，總該嘗一嘗成功的果實。」

「那鍋湯不多，蝸牛老師捨不得自己喝。」

潘寧世回答得那麼坦然又理所當然，潘靄明深深感覺自己是不是太過強勢，把弟弟養成個腦子不轉彎的笨蛋？

「下回的雞湯……」潘靄明點上皇家咖啡湯匙上浸泡了白蘭地的方糖，在藍色的火光間露出淺笑，「你記得跟他一起分，俗話說得好，食物跟人分享過後，會更加美味。」

潘寧世在那艷麗無疇的笑容中抖了抖，不是很甘願但又無法抵抗地點點頭，回道：「我知道了。」

食物中毒到底是不是因為那鍋排骨湯，目前已經不可考。所幸，還有一鍋雞湯能在未來當作排異數據參照，潘靄明會靜靜期待的。反正也就下個月的事情。

很快用完餐，今天輪到潘寧世請客，他付完錢回來主動替潘靄明拎起了沉重的公事包，問道：「姊夫來接妳還是叫車回去？」

「喔，我忘了跟你說這件事。」潘靄明像是才想起什麼，輕描淡寫道：「我跟那個男人離婚了。」

「又離婚了？」潘寧世倒抽一口涼氣，不可置信，「這是第三個了吧？這次有超過半年嗎？」

「有規定人一生中只能離幾次婚嗎？」潘靄明不解：「合則來不合則去，何必彼此遷就折磨？」

「遷就……夫妻之間本來就是需要一點磨合的，有這麼折磨嗎？」潘寧世張口結舌，他不懂自己喜不喜歡夏知書，也不懂姊姊為什麼可以把婚姻關係看得得比鴻毛還要輕。

「我們交往的時候已經磨合過了，結婚後還要再磨合一次，我覺得很沒有效率。」夜風有點涼，潘靄明套上薄外套，拿出手機叫車。「另外，我這是第四次離婚，你忘記算我在阿拉斯加那一次。」

「我根本不知道什麼阿拉斯加那一次……」潘寧世頭痛得揉揉太陽穴，「那妳為什麼還要結婚？可以不結婚的。」

聞言，潘靄明噗哧笑出來，側身親暱地拍了拍弟弟的臉頰，雖然已經是中年男子，但在她眼裡還是很可愛的。

「你覺得婚姻很神聖，我覺得婚姻只是一個階段。這個階段我踩上去了不喜歡，那我就走下來換個階段待著，反正每次我都有簽婚前協議，沒有被分走什麼財產，沒孩子也沒有贍養費，你不用擔心。」

這到底該說是豁達還是隨興還是根本在亂來？潘寧世很難下評論，現實上他也沒資格對自己的馬夫提出任何質疑。

「那妳為什麼結婚呢？」離開餐廳，陪姊姊在路邊等車時，潘寧世仍然忍不住又問了一次：「妳能這麼果斷的選擇分開，代表一開始這個選項就在最前面吧？」

「離婚不應該是結婚的考慮選項之一嗎？」潘靄明側頭好奇，「你還記得，國中的時候你考慮了三個月後，告訴我你想養倉鼠這件事嗎？」

潘寧世思索了片刻，才在那久遠的記憶碎片裡挖出這件事來，遲疑地點點頭。

「我那時候問你，為什麼選擇養倉鼠，而不是養貓養狗？明明，論起陪伴或者玩伴來說，貓跟狗都比倉鼠更適合國中生。」

憶起往昔，潘靄明眼中流洩出一抹懷念的柔軟光芒，她仰望著又高又壯的弟弟，當年那個十二歲，又矮又白還呆呆的小男生，彷彿昨天都還在眼前。「你還記得自己是怎麼回答我的嗎？」

養寵物這件事，實際上是父母給的課題。潘寧世想要玩伴，但他又有點社恐，不喜歡跟同年齡的人相處，打籃球也寧可自己打，最多就是跟隔壁鄰居打個一對一比賽。

發覺自己兒子好像有點太孤僻，以一個小朋友來說恐怕會社會化不足，潘靄明又過度強勢聰明，在父母沒意識到問題前就幫弟弟建立了一個可以孤獨自處的象牙塔，可以說是盡責到有點過度，變相地切斷了年幼的弟弟探索周圍環境的觸角，這對人格發育不是好事。潘家父母一商量，決定來個寵物療法，不只針對潘寧世，也針對潘靄明，至於要養什麼寵物就由姊弟兩人共同決定，而潘靄明把最終決定權交給了弟弟。

突然被這麼一問，潘寧世呆愣片刻，努力思索了片刻，最終搖搖頭，「我已經忘記了，是因為倉鼠特別可愛嗎？」

講到可愛的倉鼠，就想到夏知書，他心裡微動，不自覺伸手進口袋裡摸了摸手機，對方還沒回訊息。

「你說，因為倉鼠活得很短，死得很快。這樣萬一你選錯了，只需要忍耐兩三年。」

這個回答讓潘寧世自己都驚呆了，他不可置信地看著姊姊，下意識否認：「我說過這麼糟糕的話嗎？」

「我倒不覺得有多糟糕。」潘靄明聳肩，抬手又揉了把弟弟的臉頰，中年男人熬夜多天，工作忙碌又不修邊幅，鬍子都沒刮乾淨，摸起來手心癢癢的。

「我認為你很認真地思考過各種可能，也了解自己的個性。當時養寵物是爸媽的意思，不是你的。所以你考慮到厭煩的可能性，在熱乎乎可以陪伴陪玩的茸毛寵物裡，倉鼠確實是CP值最高的。」

「所以？」潘寧世還在震驚中，但仔細想想好像也不算太意外。他幾乎都要忘記自己曾經養過兩隻倉鼠，在他的人生中占據的時間真的太短了。只是他不明白，潘靄明為什麼特別講這件事。

「我對婚姻也是一樣的，我真誠的思考過後，決定結婚。但我不認為婚姻能夠把我綁死一輩子，於是我將離婚放進了出現問題時的最優解決方案。如果你更細心點，你會發現

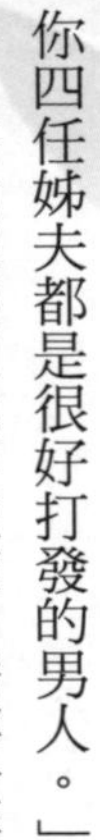

你四任姊夫都是很好打發的男人。」

要說沒發現也不正確，潘寧世恍然地想，他有發現自己的姊夫全都是溫柔到接近沒主見的男人，家境殷實、家庭環境溫馨、本身有能力但並非有野心的人，很隨遇而安……

嗯？總覺得好像跟誰很像？

他思緒中斷了下，但很快把這個奇怪的念頭揮去。

確實如潘靄明所說，他知道的三任姊夫都是很好分開的人，不會有什麼大爭執，也能給彼此留體面。本來以為這是他姊的喜好，現在看來更像是有意識的篩選。

看弟弟一臉震驚又迷惘的呆愣，潘靄明笑出聲：「我是不是不應該跟你說這件事啊？我的弟弟還沒長大呢，會不會讓你對感情更卻步了？」

「我對感情沒有卻步。」潘寧世想也不想就反駁：「我只是很謹慎。」

潘靄明無所謂地聳聳肩，「你說是就是吧，不過前提是，你得先弄清楚自己到底對那位蝸牛老師是什麼想法，不清不楚地相處下去，最後會變得很難收拾。」

語尾敬告流洩出的威嚴，讓潘寧世縮了縮肩，他也莫名開始慌亂起來，但又像無頭蒼蠅不知道問題究竟發生在哪裡。

「盧淵然幹麼跟妳說，都幾歲的人了還跟姊姊告狀……」他嘟囔，後面長長嘆了一口氣，「等我忙完再說吧。」

「哈，縮頭烏龜。」潘靄明從來不慣著自己的弟弟，她輕嗤聲，看見自己叫的車到了。「我要回去了，你繼續去忙吧。」

「喔。」潘寧世幫著打開後車門，看清楚司機的臉以及營業登記編號後，才讓潘靄明

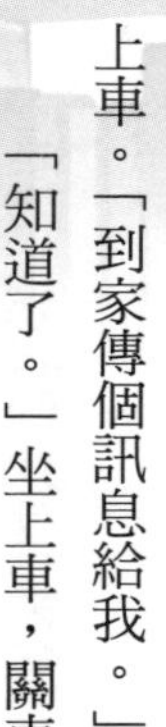

上車。「到家傳個訊息給我。」

「知道了。」坐上車，關車門前潘靄明突然問：「最近可以的話，還是記得抽空去療養院看望一下吧。她很想你。」

回應她的是潘寧世關上的車門，隔著車窗，男人把落在前額的髮往後梳，隨意擺擺手，沒有說好或不好，表情淡淡的也看不出什麼意思。

目送車子遠去，潘寧世正準備回辦公室繼續忙，手機突然震動了下，他連忙掏出來點開訊息察看。

——那就約下個月三號吧！你喜歡香菇雞湯還是蛤蠣山藥雞湯？

感覺都挺好喝的，潘寧世雖然剛吃飽，但看著手機裡的訊息，好像又有點餓了。

「我都喜歡，看你方便。」這倒不是敷衍，他真誠覺得無論哪種口味，夏知書肯定都能給他驚喜的。

——那我問問盼盼吧。三號你要過來的前兩個小時跟我說，我把材料放下去燉，這樣你來就可以喝到剛燉好的雞湯了。

潘寧世回了一個可愛的「遵命」表情，心情好到幾乎要飛起來般，早就忘記剛剛跟潘靄明討論倉鼠只能活兩三年的沉重故事了。

盧淵然總算確定了，有個男人在跟蹤潘寧世。

那是個身材瘦削，皮膚白得不健康的男人。他大約有一百八，在亞洲人裡也算是挺傲人的身高，總是一身黑色高領上衣，搭配著黑色牛仔褲，腳上是深色切爾西靴，搭配得很簡約精緻。

一開始盧淵然以為自己多想了，畢竟那個男人也沒做出什麼奇怪的舉動，只是連續幾天他都在辦公室樓下的咖啡廳，看到過那個男人。

每天都是一樣的衣著這點很引人注意，穿著打扮也不像臺灣人，起碼很少臺灣人會在這種沒有寒流的天氣穿高領。

除了一雙手跟一張臉，男人全身上下沒有再露出更多肌膚。

他的頭髮略長，在後頸綁了一個小馬尾，前面的瀏海略略遮擋住他的眼睛，氣質因此顯得很陰鬱。男人總是安靜地坐在靠窗的角落，那個角度可以看到潘寧世公司所在的辦公大樓大門，儘管隔著一條大馬路，但進進出出的人也仍然可以看得很清楚。

盧淵然會發現那個人在跟蹤潘寧世，完全是巧合。

他一個前密友手誤傳錯了一張照片給他，說是先前特別去日本參加的作者簽名會，很幸運抽中了合照機會，開心地與作者拍了照後特別要炫耀給新男友看的。

那個前密友是個日推狂熱粉絲，對日本推理作家如數家珍，但凡時間上安排得了，就會想辦法去參加作家的公開活動。

要說這人最愛的作家，很巧的又是老熟人——藤林月見。

是的，那張照片就是與藤林月見的合照。正因為藤林是個極為低調的作者，那張合照才會這麼有價值。

這個連續幾天都在咖啡廳相同位置的男人，與藤林月見長得一模一樣。

盧淵然是看過藤林月見最新那本書的，也參與過讀者之間的討論小團體，大家都在說裡面的竹間卯是藤林月見的化身，而蟬衣應該就是很久很久之前，讀者間曾流傳過的，那個藤林月見的初戀。

其實誰也沒見過傳說中的初戀，甚至藤林月見都沒有公開承認過這個傳言，但也因沒闢過謠，多數老讀者都默認有這樣一個人存在。

這本書說的應該就是藤林月見和初戀之間的故事吧？盧淵然對這個論調持不認同也不排斥的態度，就他來看，竹間卯的愛情故事太過理想化，那是一種偏激的理想化，脆弱又岌岌可危，他是看不出什麼甜美夢幻。

因此可以推斷，如果竹間卯等於藤林月見，那寫的也不是什麼初戀的故事，而是他暗戀的幻想故事。

當然，無論讀者社群裡討論得有多熱烈，藤林月見一如以往不承認也不否認，他好像根本沒把讀者們的討論當一回事。

記得潘寧世說過，國際書展有邀請藤林月見，要舉辦簽書會。藤林月見同意了，還說會自己處理交通跟食宿問題。

「藤林老師真是太體貼了。」潘寧世還這樣跟盧淵然感嘆過。

盧淵然輕輕哼笑了聲，他坐在離藤林月見不遠的一張單人座位上，開始了他第二天的觀察。

喀喀喀！喀喀喀！喀喀喀！那是敲擊玻璃的聲音，近似琉璃般通透的輕響。

青年循聲抬頭，他書桌前有一扇比常規略寬的平開窗，大片玻璃外的景物被一棵年老高大的楓樹遮擋了大半，每到秋天就會是一片濃艷的紅，視線裡宛如著火了。

楓樹臨近窗口的枝椏上攀著一個少年，他纖細嬌小的身軀籠罩在樹葉斑駁的影子中，帶著燦爛的笑容，一隻手又在窗玻璃上敲了敲。

「幹什麼？太危險了！」青年連忙拉開窗戶，正想伸手把少年從枝椏上抱下來，伸出的手卻被親膩的握住。

柔軟的手掌很溫熱，舒適的溫度從皮膚往身體蔓延，透過血管傳遍全身。青年覺得自己的體溫似乎因此升高了幾度，他有些無措地想抽回手，卻被少年緊緊握住。

「我們去賞月吧！」少年邀請，一雙黑色的眼眸璀璨如星。

賞月？青年下意識想拒絕，儘管他最近沒什麼事情需要忙碌，大學入學通知已經寄來了，他如願上了心心念念的學校與科系，租屋處也找好了，人生第一份打工也面試上了，就等下星期他搬去學校後開始。

他莫名不想跟這個像自己弟弟般的少年獨處，並不是因為討厭，而是一些他自己都搞不清楚的情緒。

「月圓了，真不跟我一起去嗎？小兔子。」少年頑皮地對他眨眨眼，粉色的嘴唇中吐出只屬於他們的暱稱。

一瞬間，青年就淪陷了。他完全忘記自己打算拒絕的想法，而是點頭同意了，還不忘記詢問：「要去哪裡賞月？」

他們住在一個寧靜的老住宅區，附近的房屋連綿一片，幾乎都是獨棟建築，還有幾棟兩三層的老式木造公寓，再外圍一點是新建的電梯公寓，雖然附近有兩三個公園，但都不是賞月的好地點。

「荻丘的山頂。」少年理所當然地回答。

雖然說是山頂，但跟名字一樣，荻丘不算太高，山頂有個自然公園跟瞭望臺，走路過去要接近一個小時，騎腳踏車過去就快得多，大概十幾二十分鐘。

確實，這是個適合賞月的地方。

青年從窗邊探出腦袋往下看，樹幹邊停了兩輛自行車，少年對他挑了下眉，動作俐落地翻下樹，在剩最後幾十公分的地方跳下去，輕盈得像乘著風一樣。

他沒有深究為什麼少年要特意爬樹來他窗邊，大概是不想驚擾已經休息的父母。於是他換上了適合活動的衣物後，也翻出窗外順著樹爬下去。

「我以為你會乖乖走大門。」少年看著他竊笑。

「我為什麼不跟著你走？」青年回問，得到了一串壓抑的歡快笑聲。

兩人騎上了自行車，夏夜的風習習吹拂帶來適度的涼爽，青年騎在少年身後，看著眼前的人柔細的髮絲被吹得飄動翻飛，好像有淺淡清爽的香氣隨風而至，在他鼻尖試探地一閃而過，斷斷續續。

整個路程他都在試圖分辨那究竟是哪裡傳來的味道？又是什麼味道？可惜一直到荻丘

半山腰，青年都還沒確定這兩個答案。

自然公園入口處有好幾個自行車停車柱，接下去只能步行了，所幸距離山上也不遠，山裡的風略有些大，比涼爽更冷了些。

啊，忘記帶件薄外套出來……青年在鎖車子的時候突然這麼想。

七月的中後旬正處於一年中最熱的時間段裡，走上山的這段路一定會流汗的，到時候再吹風，少年有可能會著涼。

「哥哥？」少年站在入口的地方招呼。

「來了。」青年連忙起身走過去，想了想後牽起了少年的手。

少年瞪大眼愣了下，隨即笑起來，用肩膀撞了撞青年的手臂，「我不是小朋友了。」

那又如何？青年的手掌握得更緊，帶著少年往上走。

從他們第一次見面至今六年了，他一直是盡責的保護者，就算他要離開家鄉去外地讀書了，最後這段日子也不能有絲毫懈怠。

兩人安靜地走著，少年也沒有說話，可是腳步很輕快，蹦蹦跳跳的。青年的心情也隨著他的腳步，撲通撲通。

「看！」少年興奮地拉著青年往前跑，視線猛然開闊，天空無邊無際地覆蓋下來。

一輪圓亮的滿月掛在天空，光暈層層疊疊往外擴散，流雲被映襯出深深淺淺的青色與紫色，疊嶂層巒般擁簇在一旁。

「小兔子你看兔子！」少年用空著的手指著月上的陰影，確實像隻搗藥的長耳朵兔。

他回頭對青年笑得燦爛，「生日快樂。」

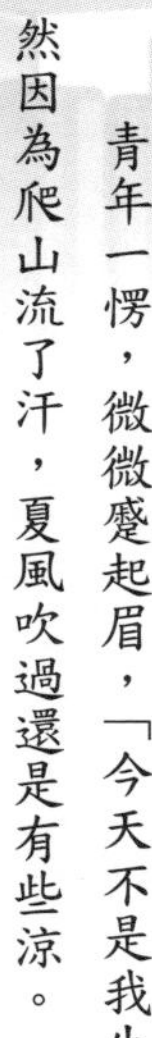

青年一愣，微微蹙起眉，「今天不是我生日。」他拉著少年走到一旁的長椅坐下，果然因為爬山流了汗，夏風吹過還是有些涼。

「我覺得今天更適合當你的生日。」

少年的心情一點都沒被影響，他拿下背包在裡面掏了掏。很快拿出一個小蛋糕跟一瓶看起來像紅酒的飲料，還有兩個塑膠高腳杯，最後是個造型簡約的小紙盒，大概巴掌大小。

小巧的蛋糕是清爽的抹茶味，青年一眼認出來是他家附近商店街麵包店賣的商品，一個日幣三百七，非常便宜所以也非常樸素。味道上不能說難吃，以價格來說甚至能說得上美味，但只要再貴上三十圓，就會變成毫無特色的味道。

「你一口、我一口，剛剛好能吃完。」少年說著摸出兩把塑膠叉子，往青年手中塞了一把，催促道：「我沒準備蠟燭，你就這樣許個願吧！」

許什麼願？

青年愣愣地看著蛋糕，確實兩人分的話一人頂多兩口，這種太過廉價的奶油跟抹茶味他也不喜歡，可不知道為什麼少年很喜歡，經常會在那間麵包店買各種小蛋糕。

他看了眼咬著叉子吞口水的少年，又看了眼平平無奇的蛋糕，明明放在背包裡，為什麼可以保持得這麼漂亮，上頭的奶油一點都沒被破壞掉呢？就是抹茶粉已經濕掉了，看起來更醜。

「我希望……」

「噓噓噓！不要說出來！願望說出來就不會實現了！」少年連忙打斷：「你偷偷在心

裡許願就好，一定什麼都能實現的！」

真的嗎？青年微微皺眉不大相信，但既然少年這麼說了……好吧。他假裝眼前有蠟燭，在心裡吹了蠟燭後閉上眼許願——那就希望，兩人能一起過明年的生日吧。

「我許好願了。」他睜開眼，就看到少年把那個小紙盒遞到眼前，看來應該就是送他的禮物了吧？

接過紙盒，打開後青年被裡頭的東西震驚了瞬間，很快他笑出來。

那是一個蟬蛻。

「我把我自己送給你了。」少年笑著說。

他叫做蟬衣，就是蟬蛻的意思。

青年只覺得心頭好像被什麼東西扎破了一個洞，汩汩流出某種甜美又黏稠的液體，順著血液漫流全身。

「為什麼來賞月？」他問話的聲音語尾嘶啞，他很努力控制了，但實在沒什麼效果。可是無所謂對吧？就算聽出他的激動，蟬衣也一定不會露出笑容跟親暱以外的情緒對吧？

「因為你是小兔子啊！以後都會陪著我對吧？」蟬衣指了指天上的月亮，又指了指自己，「這是屬於我們的生日。」

總覺得不大對勁。

潘寧世從書稿中抬起頭，眼神茫然。

這一段他看過幾次，第一次讀的時候他還不認識夏知書，那時候只是很驚訝，原來藤林月見還能寫出這麼溫情的段落。

書裡的竹間卯跟藤林筆下過往的主角沒有很大的不同，每個作者都有自己的寫作偏好跟習性，藤林除了筆調冷漠詭譎、華麗又有感染力的特色外，也偏好沒什麼情感表達的主角。甚至可以說，第一次看藤林月見的書，會很容易把主角當成反派甚至最終大 BOSS。

蒼白陰鬱、高智商但低情商，冷漠並與人群疏離，即使是大夏天，但只要主角出場，氣溫就好像突然冷了十幾度，直接從盛夏降溫到初秋，彷彿世界如何嘈雜，都影響不了他的主角。

竹間卯也是，初登場的時候，潘寧世都可以感同身受蟬衣的驚惶，在那棟寬敞卻冰涼的林間別墅裡，父母雙亡的孤兒好不容易被人領養，來不及培養感情就被直接扔下來面對冷冰冰的養兄。

換作是潘寧世，別說回話了，他覺得自己會哭出來逃走。

第二次讀時，他已經跟夏知書簽好了合約，為了整理書稿而重新閱讀了一次，看的當然還是原文。大概是隔著語言的關係，潘寧世雖然隱約感覺有點不對勁，卻也沒多想，只以為那時候自己被夏知書拒絕了，情緒受影響了才會這樣。

這是第三次，翻譯成中文後，那種不對勁的感覺就更深了。

也許是蝸牛的轉化真的太優秀，原本在他腦中沒有確切長相的兩個人，現在隱隱約約變成了藤林月見跟夏知書的臉。

是不是自己多想了？潘寧世苦惱地盯著電腦螢幕，那句「只屬於我們的生日」莫名顯得非常刺眼。

「怎麼了？表情這麼難看？」總編端著養生枸杞茶從他旁邊走過時問了句。

「沒什麼……」潘寧世苦笑著敷衍，總不能說自己把認識的人代入故事中，然後心情受到影響吧？就算蝸牛老師跟藤林月見是舊識，而且還是前男友的關係，但總不會有人把自己跟前任的故事寫進書裡吧？

感情類的書有可能，但這本可是推理小說啊！

突然想起在讀者群裡看過的討論，很多人認為這次的劇情夾雜了大量藤林月見的人生經歷，尤其是跟蟬衣的互動，看起來那麼真實，很可能是確實發生過的。

接著就有人提到了那位神祕的初戀情人。

潘寧世之前還加入過討論，那時他的想法只是希望把書做好，多了解一些作者的祕聞，某程度上能夠將故事的脈絡整理得更清晰，在文字詞句的選用上也可以更精準。

那時候他還想，藤林月見看起來不像是會談戀愛的人，有一種什麼感情都不放在心上的冷漠，跟筆下的主角極其類似。

這段劇情也被拿出來反覆討論過，在書中這裡是竹間卯跟蟬衣情感產生變化的關鍵節點。原本兩人只是兄弟親情，也許稍稍超越了親情，但兩人的互動跟對彼此的想法，卻並未超脫家人的範疇。

也許他們過度親密，甚至有些生命共同體的感覺。竹間卯在蟬衣被霸凌的時候出面幫助了對方，之後兩人成了彼此的唯一，他們吃穿睡都在一起，一塊兒玩、一塊兒笑鬧，面

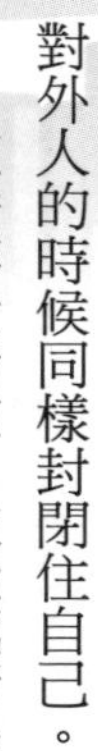

對外人的時候同樣封閉住自己。

在潘寧世看來，這段感情是很扭曲的，他也經常會從中看出一些很難言述的彆扭。硬要說的話，就像是把一棵原本健康成長的樹種在盆栽裡，用鐵絲去限制它的成長跟形狀，硬生生變成某個人心目中的模樣。更重要的是，蟬衣的言行舉止給潘寧世太強烈的熟悉感，彷彿看著夏知書在故事裡行動。

在這之後，竹間卯發現自己對蟬衣的心意，他不再將對方看做單純的家人，而是希望兩人間有更加親密的關係。這個認知讓竹間卯無所適從，於是離家後就斷絕跟家裡的一切聯繫。

這個故事的悲劇也是從這一刻開始的。

平心而論，潘寧世可以理解為什麼這本書的討論度特別高，在日本國內甚至一度上了推特的熱門話題。畢竟這種宛如偷窺知名作者人生的感覺，實在令所有人都欲罷不能。

「對了，行銷那邊有個企劃想跟你討論，明天下午三點有空開個會嗎？」總編拉開羅芯虞的椅子坐下。因為是新人，她手上的書並不多，做的也多半是後勤工作，所以還能正常時間上下班。

辦公室裡很安靜，只有電腦的嗡嗡聲、打字的喀喀聲跟紙張的摩擦聲，總編雖然刻意壓低了聲音，但還是很有存在感。

「這個時間點了還有新企劃嗎？」潘寧世苦了臉，他有時候真的很怕行銷那邊的人，不知道是公司文化還是全世界的行銷都一樣，總是會突然冒出一些想法，然後就抓他們這些忙到要吐血的編輯過去開會。

雖然最後的實際操作多半用不到編輯們，可就是有種時間被浪費的崩潰感。

總編吹了吹杯面的熱氣，笑道：「畢竟是藤林月見的書嘛。」

這倒是實話，為了這本書所有人都卯足了勁，恨不得能在國際書展上搞出一個大新聞，順便爆賣一波。

至於人手夠不夠這種問題，不在考慮與討論的範圍裡，只要人沒死，那就是即戰力。

「好吧，我知道了。」潘寧世興致不高地回答，確認沒有其他錯字或詞彙謬誤，他按了儲存。「我今天打算回去休息。」

看了眼手錶上的時間，距離傳訊息給夏知書，剛好過了一小時四十五分鐘。

「路上小心。」總編點點頭。

隨意跟同事們道了別，潘寧世抓著公事包離開了，在等電梯的時候他發了一通訊息出去：我離開辦公室了，大概半小時後到。

手機很快振動了下，倉鼠頭像回了他一個可愛的「ＯＫ」表情符號。

——你猜我煮了哪種雞湯呢？（偷笑）

幾天前，葉盼南抽空跑去夏知書家，臉色五味雜陳，開口就說：「聽說你害潘寧世食物中毒了？」

夏知書正在挖布丁吃，瞠大眼看著他好久，把布丁吞下後才慢吞吞回答：「潘寧世確

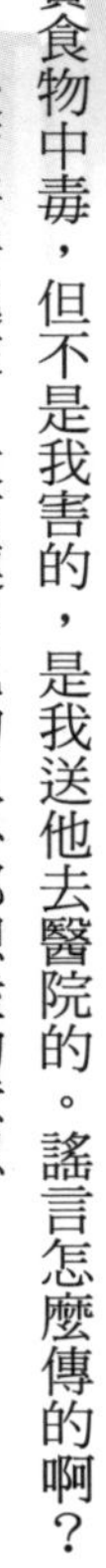

實食物中毒，但不是我害的，是我送他去醫院的。謠言怎麼傳的啊？」

後面好奇起來，大有連自己的八卦都想嗑的意思。

葉盼南把自己扔進沙發，發現桌上多了菸灰缸跟三包菸，垃圾桶裡還有抽完的兩三包菸盒，表情更糟糕了。

「你現在一天抽幾根菸？」

「半包吧，不一定。」夏知書答得坦然，但葉盼南跟他認識這麼久了，還能不知道這傢伙回答得越爽快，代表實話含量越少嗎？

他們剛認識的時候，夏知書還不會抽菸，一個白白淨淨的少年，十八歲的年紀，鮮活美好。最可怕的是，當年的樣貌二十多年後，竟然一點都沒改變，連那雙眼睛裡都還是亮晶晶的神采。

後來到底為什麼學會抽菸了呢？葉盼南一時想不起來，好像是跟藤林月見有關。三年前剛從日本逃回來時，夏知書很瘦，瘦得臉上的嬰兒肥都沒有了，手腕腳踝像皮包骨，他都不敢隨便碰，怕自己一不小心就把人弄骨折了。

那段時間夏知書的菸抽得很凶，有時候一天可以抽掉三包菸，房間裡都是煙霧繚繞的，偏偏他還不開窗，就這樣整個房間都浸泡在刺鼻的尼古丁氣味中，象牙色的牆壁用不了幾個月就被燻黃了。

後來葉盼南實在忍不住，他和他老婆接掌了夏知書的生活，一開始他比較忙，主要是他太太商維，一個看起來柔情似水，實際上雷厲風行的女子。

商維跟夏知書認識的時間也不短，自然也很清楚藤林月見惹出的事端。但她沒有過度小心翼翼地對待夏知書，而是強悍地直接侵入對方的生活中，開著一輛皮卡車，帶著油漆、簡易的家具，跟一堆生活用品，殺進了夏知書家裡，把男人嘴上的菸抽走，塞了一大罐，真的很大一罐，裝滿了大概有三公升容量玻璃罐的薄荷糖。

「如果一定要危害自己的身體，我推薦吃糖。投資報酬率比較高。」因為薄荷糖很便宜，一公斤只要兩百塊，批發的話連兩百塊都不用。而夏知書抽的這個牌子菸，一盒二十四根，要價一百五，顯而易見的不划算——對商維而言。

夏知書像被嚇傻了，他這些日子雖然吃得不錯，但因為菸實在抽太多，看起來很頹廢，還是瘦骨嶙峋的模樣，小臉蠟黃蠟黃的，顯得一雙眼睛大得有點外凸，乍看之下還挺嚇人。

他乖乖地上交所有香菸，也正好他前一批買的菸都抽得差不多了，剩下最後一包，裡面沒幾根了，被商維一把拿走不知道收到哪個角落去了，兩年多後才被挖出來重見天日。

薄荷糖倒是很好吃，剛好夏知書抽的菸也有薄荷味，某程度上也算是無痛接軌。

接下來一週，但凡材質會吸收味道的家具都被換掉了，留下來的都是木質家具。牆壁被重新粉刷過，商維抓著夏知書一起，她可不像自己的老公一樣，將夏知書當成小寶寶對待……這麼說也不對，商維教小孩的方式，注定三歲的兒子也要自己洗碗，還要每週花三天擦自己房間的地板。

等屋子煥然一新，缺漏的家具也換上好整理的新家具後，夏知書的菸癮也戒掉了，變成糖分上癮。也不知道這樣是不是比較好，反正這傢伙天生吃不胖，就是差點吃到糖尿病，這又是另一場戒斷的故事了。

等大半年後商維忙碌起來，葉盼南才成為主要的照顧者。

所以看到夏知書又開始抽菸，葉盼南挺不是滋味的。但，想到造成夏知書菸癮的原因，他又不忍心強迫好友戒菸。算了，只要別過量，抒發情緒跟緩解壓力也不是不可以。

「你到底煮了什麼東西毒害潘寧世？」沒錯，這才是葉盼南今天來的目的。「我聽說你還跟他約好要燉雞湯給他補身體？」

怕不是謀財害命。

「誰說的？」夏知書真的很好奇，他以為自己跟香蕉弟弟的交流沒多少人知道呢！沒想到竟然連告狀的人都出現了？

「還有，我沒有毒害潘寧世，那鍋排骨湯我很認真地照食譜做呢！」

「肉有熟嗎？」葉盼南眼皮一跳，立刻抓住重點。

「有熟一半。」夏知書歪著腦袋，吞了幾口布丁後補充：「中間好像沒熟，但外圈都可以吃。」

那就是沒熟啊！葉盼南無言扶額，太陽穴陣陣抽痛。

「夏知書，我跟你說過對吧？除非是煮泡麵加一顆蛋，或者是燒開水，否則不要用廚房煮任何食物，我說過對吧？」最後簡直咬牙切齒。

這當然也是一場悲劇建立起來認知。

簡單說，夏知書這人不會炸廚房，小心用火這個被動技能還是有的，但他有強烈的實驗精神。就是那種，食譜上說「鹽巴少許」，他會想：少許是多少？兩公克還是三公克？還是更少？用哪種鹽？說起來我好像看到一種很特別的鹽耶！用用看好了。啊，反正太鹹可以加水，太淡的話加鹽反而可能加太多，那還是直接加個兩湯匙吧！

完全不理解邏輯何在，葉盼南聽見夏知書的解釋時，真的差點被海水一般鹹得發苦的貢丸湯毒死。你以為他加的是鹽巴？不，他用的是商維本來打算做豆腐用的鹽滷，直接四分之一瓶下去。

所謂的加到飽和為止，絕對不只是一種修辭法。

至於為什麼會用鹽滷，這傢伙看不懂中文嗎？夏知書的解釋是：「我不小心漏看了滷，我只注意到了鹽。想說液態的鹽巴還真稀奇，那不如用用看吧？反正你們放在廚房裡的東西，肯定都可以吃。」

可以吃是可以吃，但那個用量才是決定生死的關鍵。

後來葉盼南就不敢在夏知書的廚房裡放什麼特別的調味料了，種類雖然齊全但都是常見的，也耳提面命要求夏知書不要進廚房禍害任何食物，總算相安無事了幾年。

「我沒進廚房煮東西，我用了大同電鍋。」夏知書連忙撇清，他也知道自己的廚藝不怎樣，商維跟葉盼南夫妻都中過招，他們的一雙兒女兩次逃過一劫，小女兒現在看到夏知書要靠近廚房都會緊張到哭出來，也算是非常強而有力的枷鎖了。

那個底部燒焦的電鍋出現在葉盼南視野裡，好好一個鍋子像被核彈炸過，奄奄一息又苟延殘喘，底部的焦黑明明已經洗過了，現在依然隱約可以嗅到焦臭味。

「你……到底做了什麼？」葉盼南的聲音像被掐在喉嚨裡，尖銳又虛脫，彷彿看到了什麼無法理解的事物。

「我把內鍋放進去後放了一杯水，然後把開關按下去。」說著夏知書就打算實際演示一番，被葉盼南瘋了一樣阻攔住。

「你要相信我，我真的什麼多餘的事情都沒有做。」

這也許就是一種才能吧？即便不知道原理，甚至違反常識，但某些人就是能做到某些不普通的事情。

葉盼南想，潘寧世的身體還真好，喝了那麼一鍋可以燒焦大同電鍋的湯，吃了沒熟的排骨，竟然還能跟夏知書打了砲才食物中毒送醫院，這應該算是另種層面上的門當戶對。

儘管夏知書到現在都覺得自己被冤枉了，但葉盼南跟商維這對夫妻，都篤定潘寧世是被夏氏餐品送進醫院去的。

「我覺得，你放棄燉雞湯吧。」葉盼南把大同電鍋刷好，恢復了亮晶晶的模樣，好好地放回原本所在的位置，並將調味料架檢查了一圈，發現除了醬油蠔油以外的調味料都有不同程度的減少，可見用量之大不容小覷。

潘寧世該不會沒味覺吧？葉盼南不禁懷疑。

回想起久遠的大學時代，兩人因為同個社團也聚餐過幾次。潘寧世是個吃東西很隨和的人，除了蔥跟香菜之外，他什麼都可以吃，就連燒焦的東西都能面不改色吃掉。

記得是文字燒吧？大三那次聚餐，是為了歡迎新進社員。大家都在書上看過不少次文字燒、御好燒（大阪燒）跟章魚燒之類的日式傳統食物，神往已久但臺灣那時候還沒有引進這種新鮮玩意兒，就算有也太貴了大學生吃不起。

一直到大三那年，終於在大學城附近開了一間文字燒店，於是大家約好了去嚐嚐鮮，也讓學弟們見識一下學長們的豪氣。

第一次多數人的文字燒都焦掉了，吃得苦不堪言，只有潘寧世，他好像全然沒意識到自己吃了什麼，沉默地將眼前的食物一點一點吃乾淨，不管生的熟的焦的苦的，只有蔥被挑出來了。

「為什麼？我覺得上次那鍋排骨湯我做得不錯，潘寧世也說滋味很豐富。」夏知書不滿地替自己辯解：「雖然電鍋焦底，但結果是好的。」

是個懂得使用文字的人啊！不愧是資深編輯。葉盼南感嘆，抓著夏知書的肩膀，用力搖了兩下。

「不要再嘗試了，你的專長不在這裡，放過大同電鍋。」主要是放過潘寧世跟梧林，起碼讓人順利活到國際書展結束吧？

「但是，你也說這種忙碌的時候，很希望喝到熱湯。我也希望香蕉弟弟好好的補一下身體，這次我會小心的，用更大一點的鍋子少放一點水，總可以吧？」

聽起來很合理，但仔細分析每個句子，就會發現很危險。

「你為什麼堅持要燉湯？你以前從來沒這種想法，就算我累得半死你也沒想過幫我沖泡一杯速食湯過。」這麼說起來，葉盼南竟然有點心理不平衡，這傢伙看不出來是個有了戀人就拋棄朋友的戀愛腦。

「我年紀到了嘛。」夏知書攤手，他自己也說不清楚，就是很想幫潘寧世做點什麼特別的事情。「雞湯總比排骨湯簡單吧？」

起碼生吃不容易出事這點上是比較簡單沒錯。葉盼南一言難盡地看著好友，最終放棄掙扎。

「我幫你吧，材料都先幫你準備好，到時候你按照我的步驟，將材料放到電鍋裡煮就可以。」

夏知書聞言，表情很明顯不樂意，他指著電腦，上面是花花綠綠的網頁，仔細看是一堆雞湯的圖片。

「我已經查好食譜了，頂多這幾天練習一下就行了。我也想好，聽說土雞比較有營養，也不會那麼油膩，我打聽到有賣放山雞的地方，打算去買兩三隻回來。」

「我建議你在超市買處理好的土雞肉就行。」

雖然說目前多數的雞都是殺好拔好毛掏好內臟才出售，但葉盼南不能賭，萬一夏知書找到了一家不處理或處理不乾淨的店家買雞怎麼辦？有些人就是愛買整隻沒處理過的雞回家處理啊！

「好吧。」夏知書看起來想據理力爭，但葉盼南的表情太嚴肅了，他不得不妥協：「那就更簡單了，我把雞買回來洗一洗，然後直接跟配料一起下鍋燉就好了。」

「你要買整雞還是切塊的雞？」

「當然是一整隻的比較……」

「我推薦你買切塊的雞，絕對、絕對、絕對！不准給我買整隻雞回來！」葉盼南惡狠狠地打斷夏知書的天真，可以的話他想乾脆買雞腿剁給好友燉湯就好，把材料的消耗降低到最低限度。

「好吧……既然你堅持……」夏知書撇撇唇，雖然不樂意，但他是個聽勸的人。「那又更簡單了，雞都切好了，我會用熱水川燙一下去血水，這是我剛剛在網路食譜上看到的

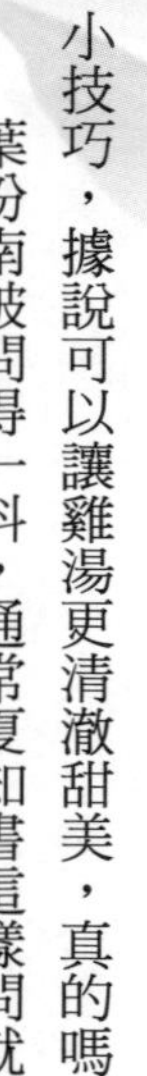

小技巧，據說可以讓雞湯更清澈甜美，真的嗎？」

葉盼南被問得一抖，通常夏知書這樣問就代表他起了好奇心，這該死的好奇心根本是通往地獄列車的車票。

「對，是真的。你就燒一鍋水，把雞肉丟下去燙五分鐘，撈出來後洗一下再跟其他配料一起下鍋燉。」等等，剛剛才學到的小技巧？葉盼南倒抽一口氣，「所以你上次那鍋排骨湯沒有先燙血水嗎？」

「排骨湯也可以這樣做嗎？」

夏知書彷彿學習到什麼很新奇的知識，眼睛都亮了幾分。

潘寧世真的沒有味覺吧？葉盼南都不知道該同情還是該驚奇，當然就算完全沒燙過就燉，也只是稍微腥一點，然而動手的是夏知書啊！怎麼可能只是「稍微」呢？

「你看，我已經可以成功燉出一鍋雞湯了！」夏知書一拍手，聲音彷彿唱歌般歡快：「我打算再放些蛤蠣、山藥、蘑菇之類的配菜，應該會非常鮮美吧？對了，我還有一盒人蔘，可以放兩隻腳下去。」

「我推薦你做簡單一點的雞湯。」葉盼南聽得都胃痛，他彷彿看到了夏知書煮出來的湯會發生什麼事情——山藥沒有熟、蛤蠣沒吐沙、蘑菇還帶土、人蔘苦到炸裂。

夏知書好奇：「什麼簡單的雞湯？香菇雞湯？但我覺得這個太平凡了，我想讓潘寧世喝一點特別的。」

何其歹毒的一個心願。

「剝皮辣椒雞湯。」葉盼南又多加了一句：「最單純那種，開一罐剝皮辣椒，放半罐

下去，你要整罐倒下去也可，加雞肉燉煮就行。用大同電鍋，外鍋放一碗半的水，按下開關讓它自己燉就行。」

「好喝嗎？」夏知書問。

「很安全。」葉盼南回答。

能喝就行了，好不好喝根本不重要！這也是葉盼南唯一能替潘寧世做的了。

「鹽要放多少？」果然繞不開這重要的問題。

「別放鹽，就這樣端上桌。」

「那好吧……」夏知書還是有點不甘情願的，但沒多反駁葉盼南什麼，畢竟論下廚，他再燉二十年湯也沒有葉盼南擅長。

這鍋葉主廚勞心勞力監工過的湯，在今天被端上了桌，擺在潘寧世面前。

那是一鍋焦糖色的湯。

滿滿的剝皮辣椒，雞肉載浮載沉，還有起碼三種菇類，跟碩大的蛤蠣——就是一般日本料理店拿來烤的那種大蛤蠣——最後還有些烏漆抹黑的塊狀物，潘寧世看不出來是什麼。如果他往下挖，就會發現湯鍋底是蜆子。

看起來很好喝，但潘寧世現在眼睛不受控制的流眼淚，被熱氣一蒸騰流得更快了，他對面的夏知書也是眼眶鼻子都紅了，好像哭了很久似的。

「來，快趁熱喝，剝皮辣椒雞湯，我還放了蔭瓜喔！」

湯勺一攪，有某些紅豔豔的東西在湯水中搖晃，可能是胡蘿蔔吧？潘寧世想，滿懷期待地接過了湯。

第八章
你有沒有興趣跟我交往？

辣！

很辣！

非常辣！

潘寧世感覺自己的舌頭要燒起來了，他拚命把湯吞下去，那股火辣辣的刺痛感隨著滾燙的湯一起往咽喉直接燒到胃裡去，最後擴散到全身，太陽穴都跟著陣陣抽痛起來。

為什麼可以這麼辣！

他努力不嗆出嘴裡的湯，免得到時候受災範圍擴張，然而在他自顧不暇的時候，他驚恐地瞥見夏知書也端了一碗湯，正準備喝……

「不要咳咳咳！」

潘寧世開口想阻止，咳嗽就跟著排山倒海而來，咳得他眼淚鼻涕狂流，額頭上也全部都是汗，眼睜睜看著事態往無可挽回的懸崖墜落。

「咳咳咳咳！」

夏知書終究還是喝了一口湯，他沒有潘寧世的危機解決能力，直接被辣得嗆出來，白皙的皮膚瞬間通紅，但凡臉上有孔竅的地方全都流出體液，咳得昏天暗地，淚水滂沱到視線都模糊的地步。

好辣！

夏知書把碗丟在桌上，想起身去冰箱拿牛奶，但他咳得太厲害了，手腳都發軟，腦袋嗡嗡響個不停，好像連眼眶都開始刺痛起來，鼻黏膜更是脆弱得彷彿要出血一般——剛剛一嗆，有些湯跑進鼻腔裡了，他現在整個腦袋都在發痛。

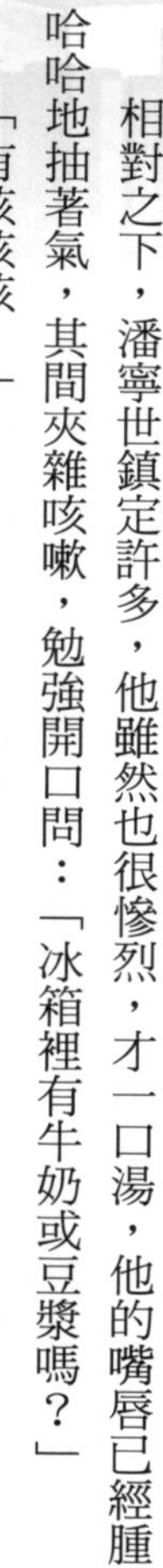

相對之下，潘寧世鎮定許多，他雖然也很慘烈，才一口湯，他的嘴唇已經腫了，嘶嘶哈哈地抽著氣，其間夾雜咳嗽，勉強開口問：「冰箱裡有牛奶或豆漿嗎？」

「有咳咳咳！」

夏知書趴在桌上渾身顫抖，滿頭汗水把蓬鬆的頭髮都沾濕了，可憐兮兮地貼在頭皮上。他咳得停不下來，也哭得停不下來，手指剛剛應該是沾到湯了，現在也很痛。

已知場內兩人，其中一人被放倒，另一位半殘，問，兩人何時能喝到牛奶或豆漿？

答案是接近十分鐘後。

雖然工作臺離冰箱很近，但這鍋湯的威力超乎預料，潘寧世手腳不自覺發抖，臉上糊滿了各種體液導致他視線受影響，一路上踢到了兩三樣家具，理論上不該有這些擋路的東西存在才對，但現在也沒有精力去詢問究竟怎麼回事了。

好不容易拿到一罐兩公升裝的牛奶，還貼心地拿來了兩個杯子，回來時夏知書依然癱在工作檯上氣若游絲，眼睛腫得跟核桃一樣。

等兩人各自灌了快一公升牛奶，幾乎要吐出來的時候，嘴裡那股辣味造成的疼痛，才終於削減了下去，只是被辣腫的部位還在發燙發痛，不知道該怎麼處理才好。

潘寧世相對比較完整一點，他顫抖著拿手機查資料，總算查到可以緩解疼痛的方法。先用肥皂水清洗疼痛的地方，再敷上冰箱裡吃剩的優格，終於從死亡線上把倉鼠老公公拯救回來。

於是當商維被找過來的時候，看到的就是一個癱在三人沙發上，眼睛跟嘴唇上敷著優格，看起來生命垂危的夏知書。還有坐在一旁單人沙發上，正持續小口小口啜飲牛奶，臉

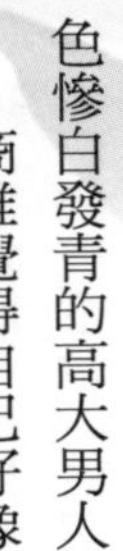

色慘白發青的高大男人。

商維覺得自己好像說什麼都不對，只好默默走到工作檯邊，看著那鍋據說是災難根源的雞湯。

顏色看起來挺好的，雖然內容物有點雜亂，不過大致上還是可以吃，就是……

蜆子是不是沒吐沙？

蔭瓜是不是放太多了？

更重要的是，那些紅色的東西該不會是——辣椒吧？

她連忙衝到冰箱前打開冷凍室，果然原本放在門邊塑膠格裡的一包辣椒已經不見了。

「你放到湯裡去煮了？」商維是個冷靜的女性，現在露出了瞠目結舌、五官扭曲的表情，「那包是泰國辣椒啊！一共有兩斤啊！」

說著她開始打噴嚏，又連忙打開窗戶開抽油煙機，忙碌了好一陣子房間裡那股灼熱的辣味才終於消散乾淨，恢復空氣芳香劑的夏日森林香氛。

現在癱在沙發上的是三個人了。

商維畢竟沒直接喝下那鍋湯，只是被辣味刺激到了，洗了洗眼睛後已經沒什麼大礙，她看著應該算自作自受的夏知書，嘆氣：「你為什麼不按照老葉給你的步驟做就好？」

一小時前她接到夏知書的求救電話，那氣若游絲的語調讓商維嚇得顧不得手邊的工作。她急忙把未完成的工作交接給助理繼續，招了輛計程車就衝過來了。

真的不怪她反應太過激烈，要知道當年是她陪著夏知書從最糟糕的狀態中走出來的，儘管醫生說患者沒有自殺的傾向，但自殘傾向卻很嚴重，很多時候生病的人不是想死，他

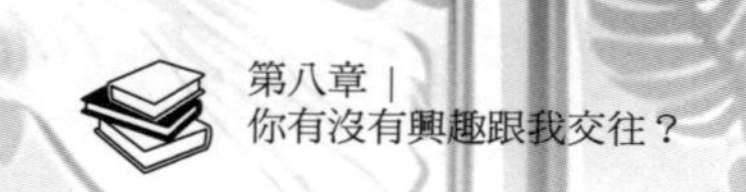

們不過是希望靠疼痛或傷害自己感受到一些安慰或平靜，只是當刀割下去的時候，你無法確定會不會發生計劃外的悲劇。

人最厲害的能力是適應力，最可怕的也是適應力。它可以幫助你走出生天，也能帶著你墜入幽谷。

總之，當商維發現源頭只是一鍋雞湯的時候，那種鬆了一口氣到眼眶發痠的感覺，也很難跟另一個人分享。

「商學姐。」潘寧世神態拘謹地打招呼，他本來就是單眼皮，現在更是腫得剩下一條線，艱難地看著商維表達善意，「謝謝妳過來幫我們。」

「不用客氣，我已經習慣幫某人擦屁股了。」商維嘆息，她從自己的包裡掏出兩罐希臘優格，將其中一罐遞給潘寧世，「你也去抹一抹吧。」

因為家裡存貨不多，先前接受優格幫助的人只有夏知書，畢竟相較起潘寧世，他的狀況更慘烈。

道了聲謝，潘寧世拿起優格拆開來，抹在自己眼睛上跟嘴唇上，不發一語，靠在沙發椅背上閉目養神。

好像，他這幾次跟夏知書見面都會出點事情？

第一次見面，進了警察局；第二次，失去了某間剛喜歡上的咖啡廳；第三次被架上舞臺跳舞；第四次進了醫院，這次是第五次……是不是應該去安太歲？但現在都十一月了，好像有點來不及了？

休息了好一會兒，期間可以聽見商維在屋子裡忙碌。

她原本似乎試圖喝一口湯確定還有沒有補救的餘地，但最後在詢問過兩人都只喝一口湯就變成現在這樣子後，果斷地放棄了。

她語帶可惜：「如果沒有這些辣椒，這鍋湯應該還挺好喝的才對。」

畢竟扣除這些加料，據夏知書所言，每個步驟都依照葉盼南教的做，連水跟雞肉的分量都嚴格遵守食譜上所寫的。

商維本來打算把這鍋湯送進廚餘桶的，但看著裡面品項漂亮的食材，雖然辣但好歹是鍋高湯，撇掉蜆子跟蛤蠣的沙子，把肉都挖出來，用壓力鍋燉爛，再用食物處理器打成泥，應該可以當成高湯塊來用。

這樣一來，辣味就可以被稀釋掉了，也省得浪費一鍋好料。

這樣說起來，夏知書這次的失敗不算太慘烈，起碼調整後可以入口。不過現在得先收冰箱裡，她暫時沒勇氣一邊流淚一邊加熱這鍋湯。

等商維收拾好，淚眼汪汪回來時，潘寧世已經洗掉優格，也正在幫夏知書抹掉眼睛跟嘴唇上的優格，精氣神看起來恢復了不少。

「等忙完了，我跟老葉請你吃頓飯吧。」商維同情地邀請，畢竟今天的雞湯危機也有他們一點點責任。

葉盼南之前就應該把電鍋帶走才對。

潘寧世拘謹地笑了笑道謝，接著就說時間太晚了，向兩人道別，腳步虛浮的離開了。

潘寧世也想多待一會兒，為了今天晚上的約會，他提前把明天上午的工作都完成了，就是想著可以晚點進公司，誰知道……計劃趕不上變化，他倒是已經恢復過來了，夏知書看起來卻依然很淒慘，眼睛腫得剩下一條縫，嘴巴嘟嘟的也是腫得合不上，更何況有商維在，潘寧世只得依依不捨的告辭。

本來以為又可以抱著夏知書睡一晚呢……就算沒有做愛也沒關係，他沒有想做的，但感受彼此的體溫和肌膚觸感還是讓他很心動。

時間還不到十二點呢……那也許……回家睡一覺也不錯？說起來，他也好幾天沒回家了……有一週嗎？

對了，明天下午還要跟行銷開會呢，唉，不知道對方又有什麼出頭了，想到就胃痛。

一邊在心裡碎念著排解沒能留宿的失望，潘寧世一邊思考要叫車還是坐捷運回去，剛好走到了先前跟夏知書來了一發的那間咖啡廳門外，眼角餘光猛然掃到一個莫名眼熟的身影，他連忙停下腳步仔細看了看。

那是個身穿黑色高領上衣的男人背影，從他的角度完全看不到對方的臉，但那個挺拔卻削瘦的背影，讓他浮現出異常的熟悉感，可惜想了半天也想不到究竟是誰，也許是自己想多了？潘寧世搔搔後腦，對自己突然的介意也感到莫名其妙。

一個背影而已……潘寧世想自己應該是太累了吧？畢竟剛剛被辣成那樣，消耗了很多體力，最近連續幾件事下來，有種體力一直補不回來的感覺，還是叫車回家比較輕鬆，好好睡一晚吧！

也因此，潘副總編沒有看到自己坐上計程車後，有一個更熟悉的人從捷運的方向走過來，與他錯身而過推開了咖啡廳的門。

「客人抱歉，我們再半小時就要打烊了……」店員一臉歉意的迎上前。

「我找朋友，等一下就走。」盧淵然指著背對著玻璃窗的那道黑衣人影。

「好的好的。」店員看了下那個已經在店裡待了幾小時的客人，隱藏著好奇退開來。

「藤林老師。」盧淵然走近後打了聲招呼。

男人轉過頭，慘白的膚色在微黃的燈光下有了一絲柔軟的溫度，他點點頭，闔起桌上的筆記本。

「你遲到了。」藤林月見說話的速度比常人要慢，有種機器人機油不夠那種摩擦窒礙的感覺。

「抱歉，離開前出了點意外。」盧淵然雙手合十道歉，拉開椅子在藤林對面坐下，「你等一下打算做什麼？」

藤林月見沒有立刻回答，他從包裡拿出了一個小小的吊墜，看起來是掛在鑰匙上或者包上的，是個御守之類的東西，四個方塊串在一起，上面各寫一個字，湊起來就是「身體健康」。

「送我的？」盧淵然調笑問。

藤林月見冷冷地睨了他一眼，「不，你拿去送給潘寧世，很多地方我沒辦法跟著，但我想知道他跟小蟬說了什麼。」

盧淵然吹了聲口哨，翻看著那小巧精緻的御守，方塊上綴著桃子，看起來應該是岡山的吉備津彥神社來的。他以前跟潘寧世一起去參拜過，那傢伙對神話故事特別有興趣，自

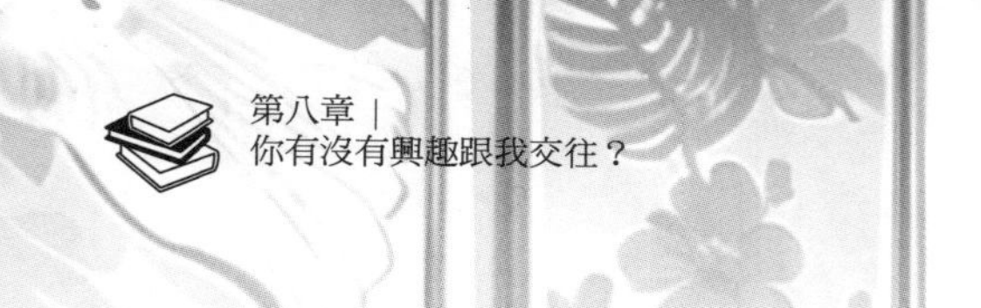

然要去看一看桃太郎的故鄉。

「你倒是已經把寧世給摸透了，這個禮物他肯定會很喜歡。」

「知己知彼，百戰不殆。」藤林月見把剩下的咖啡喝完，冷淡地盯著一臉親切笑容的男人問：「我反而覺得你比較奇怪，為什麼要幫我？」

上禮拜藤林月見依照慣例在潘寧世辦公室對面的咖啡廳觀察對方，其實跟蹤潘寧世沒什麼難處還很無聊，大概是工作關係，潘寧世的生活軌跡很固定。

這段時間潘寧世很忙，經常一進入公司就跟消失了似的，很晚出公司又很早進公司，藤林月見甚至還特別把住宿的房間改到了面對大馬路這邊的低樓層，可以更容易觀察潘寧世的出入。

但也並非全然沒有收穫。

時隔三年四個月又十三天十七小時三十六分鐘二十八秒，他終於還是找到了小蟬的住處，可惜小蟬家附近沒有適合的地點供他利用，只能偶爾來這間咖啡廳坐坐，假裝自己在等待小蟬，他們呼吸著同一片地區的空氣，也足夠令他安心滿足了。

之後盧淵然主動找上了他，端著一杯看起來就很難喝的美式黑咖啡，還有一片賣相不佳的栗子切片蛋糕，用一種令人厭煩的明朗笑容搭訕：「我能坐下嗎？」

藤林原本想拒絕，然而盧淵然比外表看起來的要討人厭，如同一隻吐著蛇信靠上來的森蚺，臉看起來毫無威脅力，卻能盤纏著把人勒到窒息骨折，完全沒辦法掙脫。

「我知道你想做什麼。」盧淵然第二句話就是這個，順便挖了一大口蛋糕塞進嘴裡，看得藤林月見噁心。

「抱歉，聽說藤林老師很討厭看到別人吃東西的樣子，看來這個情報是真的。」

藤林皺著眉斜睨男人，盧淵然還刻意咧著沾了奶油的嘴對他笑，藤林摀著嘴臉色發白，彷彿下一秒就要吐了。

盧淵然笑得更開心了，倒也沒繼續挑戰他的忍耐力，很快擦乾淨嘴巴，喝了幾口美式才接著說：「你應該需要我的幫忙，要不要跟我合作？」

到底是誰需要誰的幫忙？藤林月見在心裡冷笑，臉上卻依然毫無表情，宛如一個陶瓷娃娃，只有眼瞼半掩，遮去毫無善意的眼神。

「我也知道你。」藤林月見終於開口了，他用手指推開那片被吃過的蛋糕，跟廚餘一樣讓他不舒服，為什麼要在他的視線裡礙眼？

「你是潘寧世的好朋友，經常去他家裡喝酒。」

「看來我們都對彼此神交已久。」盧淵然的聲音很好聽，但在藤林耳中卻宛如黏膩的蛞蝓，讓人只想用東西砸扁。

「為什麼要幫我？」

「因為……」盧淵然啜了口咖啡，側頭看向那棟有潘寧世的辦公大樓，淺淺勾起唇，「你有想要的人，我也有。敵人的敵人，就是朋友。」

「願意聊聊嗎？」商維敲了敲房門，手上端著一杯熱可可，溫聲道：「喝點東西吧，

我幫你加了很多糖喔。」

房間中只開了一盞昏黃的落地燈，旁邊的懶骨頭上蜷曲著一團人影，頭髮濕漉漉的還在往下滴水，藍色的棉質睡衣肩頸處都被落下的水滴浸濕了，看起來像隻被人從水裡撈出來的小貓。

聽見商維的聲音，夏知書才把臉從臂彎裡抬起來，慢吞吞地眨了眨依然紅腫的眼睛。雖然比先前要好得多，但依然腫得像哭了三天三夜，眼白也密布著血絲。

「我不想吃東西……」夏知書勾著唇角，看起來像個笑容，其實只是個模仿笑容的弧度，比哭還難看。

「不行，你必須要吃。」商維嘆口氣，她像個大姊姊也像個媽媽，走上前強硬地把人拉起來，把熱可可塞過去，「老葉最近太忙，所以沒有注意到你的狀況……我們當初說好的，你應該要早點打電話給我。」

溫柔堅定的語氣讓夏知書沒了先前抗拒的姿態，他肉眼可見的放鬆了些，端著熱可可啜了兩口，「好甜喔……」

「我加了致死量的糖分進去，滿意嗎？」商維逗他，輕踢了踢夏知書的小腿，要他分一點地方給自己。

「盼盼會生氣，說我染指他老婆。」夏知書哼哼嘰嘰地抗議，卻還是乖乖把空位讓出來了，「早知道當初就買大一點的尺寸了。」

商維一屁股在懶骨頭上坐下，伸手摟住夏知書的肩膀。她是個身材高䠷的女性，接近一百七十公分，四肢纖細修長，可以把小個子的夏知書抱得很緊，下巴蹭在蜷曲又濕漉漉

的頭頂。

「牛奶味的。」商維嫌棄。

葉盼南什麼都好，就是挑這種洗浴用品的時候很隨便，味道什麼的基本不在意，成分也從來不看，哪種打折買哪種，還曾經不小心買到液態洗衣皂，被商維揪著耳朵念了十幾分鐘。

「我挺喜歡啊，聞起來很舒服。」

夏知書故意用自己的濕髮去蹭商維，低聲笑得開心。

「是不難聞，但你都四十歲了。」商維受不了，扯過一旁的浴巾開始幫夏知書擦頭髮，像在擦一隻黃金獵犬。

「本來說好要幫你過生日的，結果你又跑去招蜂引蝶，我女兒期待了好久要吃生日蛋糕呢，你竟然破壞了一個四歲小孩的夢想。」

夏知書輕聲笑得可開心了，大方承諾：「是我的錯，等我手上的稿子完成了，就帶蛋糕去給小安安吃。」

「那可太謝謝你了。」商維很快把手下毛毛的腦袋擦得半乾，本來應該要用吹風機的，但夏知書不喜歡，總覺得自己會被吹得乾巴巴的，所以寧可濕著等自然乾，傷腦筋的就只有商維跟葉盼南夫妻了。

一杯熱可可不多，但夏知書喝得很慢，他安靜地一點點啜飲，半小時後看起來完全沒有變少。

「多久了？」商維想，逃避也不是辦法，該問的還是要問清楚才行，不知道這次需不

需要有醫生跟藥物介入。

「沒有多久，大概才一個多月？」夏知書悶悶地回答，但他隨即得意起來：「不過這次我控制得很好，雖然吃得比較少，但我每天都有叫自己吃一點東西。」

「我知道你很棒。」商維抱著夏知書晃了晃，手中的身軀纖細嬌小，不像個成年男子，甚至比很多成年女性要來得單薄。

「所以你才煮了那些湯對吧？」

夏知書哆嗦了下，苦笑起來，「妳怎麼又猜到了？」

對於自己的廚藝，夏知書是很有自知之明的，他也不懂自己為什麼能有這麼破壞性的能力，就算完全依照食譜的步驟跟材料下去做，最後出來的食物不是看起來好像沒問題，但實際上吃下去會要人命，就是光用看的就流洩出明顯的不祥氣息，讓人無論如何都沒勇氣嘗試一口。

「我本來是想說，也許自己做點湯來喝不錯。我喜歡你們幫我燉的湯，也許我也能試試看？」

「不錯的嘗試，但你可以打電話給我。」

商維當然也回想起自己曾經吃過的可怕菜餚，跟葉盼南喝過的海水風味貢丸湯不一樣，商維遇到的是更大的挑戰。

那是一盤餅乾，據說是嚕嚕米的造型，最後膨脹成溺水的嚕嚕米，從小精靈變成暴衝的憤怒河馬，出烤箱的時候有一部分外表焦黑，內裡卻隱隱有火光的感覺，像岩漿。

最後能上桌的只有三片，夏知書很開心地你一片我一片，在場有商維跟那時候三歲的大兒子。小孩子對危機的感應能力很強，雖然不想傷害自己喜歡的小夏叔叔，但依然堅決不肯張口吃。

更別說他才剛因為喪屍風嚕嚕米爆哭了一場，堪稱人生一大噩夢。

身為成年人的商維想著，不好傷害夏知書的信心，反正只是餅乾，烤糊了頂多是苦的，還能糟糕到哪裡去？她孩子都生兩個了，還有什麼困難跨越不了？於是做好心理準備，吃了自己的那塊餅乾……

人生如果可以重來，商維一定會把那塊餅乾人道銷毀。至今她都形容不出來那到底是什麼味道，而夏知書本人也算自食其果，兩人在廚房漱口了十幾分鐘，最後靠萬能的薄荷糖拯救了他們的生命。

「我是照著食譜做的呀……」夏知書沮喪得要命，他本來以為前面都失敗那麼多次，這次總算有三片成功，還很興奮呢。

這次之後夏知書就幾乎完全不進廚房了。之所以說「幾乎」，是因為他偶爾還是會煮點東西給自己吃，葉盼南跟商維很難完全制止他的原因是，他們知道這其實是夏知書在痛苦中表達求生的意思。

儘管什麼都不想吃，但自己做的東西總該嚐嚐味道吧？邏輯就這麼簡單。

結束療程並在醫生的評估下停藥後，夏知書就沒再進過廚房，他連去煮碗泡麵打個蛋都懶，外送這麼發達，幹麼跟自己過不去呢？畢竟泡麵也不是百分百不會出意外。

「我一開始是想，老葉說過他很累很崩潰的時候，會想喝熱湯。我就回想自己好像也是，很累很累而且沒胃口的時候，喝湯真的滿不錯的。剛好那時候，我約了潘寧世見面想

談退譯的事情，剛好煮一鍋湯我跟他都可以喝，也算是賠罪，要是煮得不錯，還能在妳跟老葉面前扳回一城。」

夏知書這次的症狀不算太嚴重，就是失去食慾，晚上睡得很淺，精神略略有點亢奮，所以工作上的進度反而加快了很多。

他沒怎麼睡、沒怎麼吃，倒是都在忙碌藤林月見那本書。

可惜他湯是燉出來了，放的也都是自己想吃的東西，但當食物真的做出來後，他就完全失去了吃的興趣。

過去也有一段時間這樣，他很喜歡看著別人吃東西，特別是親近的人，這樣就好像可以假裝自己也吃了。

因為大家都在一張餐桌上，家人朋友一起吃飯不就是這樣嗎？圍坐著，分享共同的食物，那很能讓他安心。

「我不能老是麻煩你們，老葉跟妳平常照顧我很多了，最近你們都忙，我覺得我可以。而且自己做的，應該更有吃的興趣才對。」夏知書把頭靠在商維肩膀上，語氣無奈：「我真的覺得這次沒多嚴重，你看我都沒變瘦。」

商維在打開冰箱看到滿滿的牛奶、布丁、泡芙、蛋糕之類的食物時，確實也安心了不少，起碼這次夏知書還願意幫自己準備食物。吃是很重要的行為，這代表人類的求生慾望，夏知書的表現只是比較……失控一點？

「為什麼還是接了這次的稿子？」商維問。

她想過很多可能性，但都沒辦法說服自己。

是原諒了嗎？

還是時間久了想念起對方的好？

又或者是想自我挑戰？

葉盼南覺得她想太多了，那件事都過去了三年，夏知書現在恢復得很好，接下這套書也沒什麼大不了，正好代表過去已經無法再造成傷害，往事已矣。

「我原本是真覺得沒什麼大不了，就是一份工作而已，我跟月見反正不會再見面，能賣點人情也是好的。」夏知書散漫地回答，似乎真的完全沒把這件事放在心裡。

「但顯然不是，你受到很大的影響。」商維心疼地抱得更用力，「你又幹麼跟自己過不去？之前老葉不是希望你退譯嗎？他說你認為藤林月見已經找到你了，現在正等著跟你在國際書展上重逢，所以沒必要退譯了……真的嗎？」

「真的啊，我覺得沒必要了。本來是擔心月見找到我，又會做出什麼過分的事情來。但，他肯定已經找到我了，不要刺激他才是比較安全的方式。我要是真的退譯了，他會直接找上我家的，到時候會發生什麼事我也不知道。」夏知書安撫地拍拍商維的背，不忘強調：「我都想清楚了。」

「但你復發了。」商維並沒有全盤相信，她不懂日文，所以沒辦法看那本有問題的書，只能聽葉盼南轉述部分內容，幾乎是赤裸裸地把夏知書跟藤林月見的過往撕開來擺在檯面上，怎麼可能像夏知書說得這麼輕描淡寫？

「我可以的……妳看，我不是幫自己熬湯了嗎？」雖然差點兩次把潘寧世送走，但他的出發點真的是善意的。

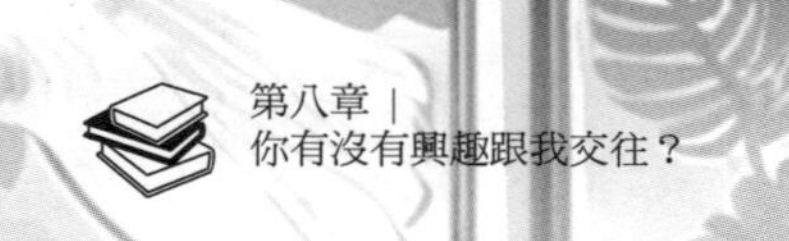

女人哼了哼，很不以為然。

「那我們來聊另外一件事吧？」

儘管如此，商維也沒有繼續在這件事情上步步進逼，總歸現在也沒有轉圜的餘地了，還不如早點做完早點解脫。

「另外一件事？」夏知書不解，側頭看了眼好友，就從那張溫柔似水的臉上見到了一種微妙的興奮？

他沒來由地抖了下。

「你為什麼把潘寧世找來家裡？」

「因為他是我的合作夥伴。」夏知書回應得理所當然。

「但你從以前就不喜歡讓人進你家。小夏，你是個領域觀念很重的人，你討厭自己的地盤被人入侵，就算是我跟老葉，也認識了好多年才終於被允許進入你的私人空間。」商維戳了戳夏知書的臉頰，「你不會真覺得自己是個隨和好相處的人吧？」

夏知書聞言一愣，下意識辯解：「那是年輕時候比較有稜有角，現在我都是個中年大叔了，邀請合作夥伴來家裡也很正常啊！我這叫成熟了。」

「是嗎？」商維笑，「你確實是成熟很多，嘴巴也硬了很多，以前的你可坦率多了。」說著捏了捏好友的臉頰。

「我才沒嘴硬……」夏知書被捏出章魚嘴，努力為自己辯解：「潘副總編是盼盼的大學學弟，他這麼信任的人，我當然也信任啊！再說了，要公開自己的身分，當然需要找個隱密性的地方。」

商維哈哈大笑起來，不再繼續往夏知書的遮羞布上戳，有些事情需要時間發酵，她靜觀其變就好。

「小夏，這次的工作結束後，我們去旅遊吧。」

「好啊，妳想去哪裡？」

「我們去沖繩玩吧？我想去浮潛，石垣島的海景還是最棒的。我們這次可以租一棟小屋，待久一點。」

「妳兒子還要上學呢！」

「所以我們把他留給老葉，就你跟我還有小安安，我們一起去流浪吧！」商維越說越興奮，舉手揮了一下，「這次你一定要跟我去浮潛，真的很美。」

「好啊，我也想試試看……」夏知書點頭應和，笑得也似乎很開心，附和道：「那就一起去吧。」

「那為了我們的旅遊，你一定要健健康康，好嗎？」

夏知書沒有回答，只是握住了商維的手，很用力很用力。

行銷真的是麻煩製造者！

開完會，已經晚上七點。潘寧世很少對人拍桌子，剛剛四個小時的會議，他卻拍了至少三次桌子，被行銷天馬行空的想法搞得很想吐血，但偏偏雙方都不肯退讓，最後妥協的

人還是他……啊，胃痛。

「潘哥。」羅芯虞跑上前，小心翼翼地扯了下潘寧世的衣襬，表情很無辜又很可憐。

「有什麼事嗎？」潘寧世身心俱疲，他現在腦子嗡嗡響，肚子很餓但又因為還在生氣所以沒食慾，面對羅芯虞就沒了往日的溫和。

「你……你生我的氣嗎？」羅芯虞眼眶泛紅，好像受了很大的委屈，輕輕咬著自己精心描繪的粉色嘴唇，多數男人這時候都會心軟。

「我為什麼要生妳的氣？」

潘寧世只覺得莫名其妙，他看了下手錶，今天的工作進度被這場會議拖延了，更別說為了配合企劃，他得先趕快聯絡藤林的編輯及藤林月見本人。

一股煩躁湧上心頭，他腳步只停了幾秒，就繼續大步往前走。

對一個社恐來說，打電話讓他非常痛苦，每一通電話都要做點心理建設，可以的話他根本就不想打電話，即使工作多年他能調適得很快，但那種本能的排斥感還是很強烈。

這也是為什麼他現在特別暴躁的原因之一。

日本人的電話禮節有多麻煩，宣傳這些人不知道嗎？他光打個腹稿都得花上半小時，更別說是這種突如其來腦中風般的想法了，他當然也希望企劃可以成功，那就需要花更多時間精力去周旋……

啊，胃真的好痛……

羅芯虞小跑步地追上來，怯生生的：「因為我被指派為訪談的負責人，這樣好像搶了你的工作一樣……對不起啊潘哥，我沒想到大家會把這份工作交到我手上。」

潘寧世狐疑地瞥了羅芯虞一眼，這份工作不給她給誰？潘副總編現在身上工作已經很多了，哪來的時間去擬訪談的題目跟流程，更別說還要跟日方來回審議採訪稿跟題綱。

行銷要是敢要求潘寧世接這份工作，潘寧世絕對當場爆炸翻桌給他們看。

「那妳要好好幹，我跟內野編輯確認過意願後，會把妳介紹給他，這次企劃就由妳直接跟日方接洽了。」

話雖如此，但等到訪談當天，潘寧世還是得出面，因為藤林月見就算答應了，也不會樂意跟完全不認識的編輯對談，得有他當緩衝才行。

「好，謝謝……」羅芯虞不知道為什麼，情緒很微妙，沒有那種獲得認可的積極興奮，總是在打量揣測潘寧世的表情跟態度，眼神中有種混合著得意與不甘心的神態。

可惜忙到焦頭爛額，現在又肚子很餓的潘副總編根本沒有精力去看懂下屬的眼神，他滿腦子都在思考等一下要如何跟日方溝通。

所幸臺灣與日本的時差才一小時，時間上還勉強不算失禮，內野編輯是個很隨和幹練的老編輯，講話溫溫和和的，有點老狐狸的圓滑狡詐，也有日本人的龜毛難搞，乍聽到這個線上訪談的企劃時，雖然沒有直接拒絕，然而字字句句都是婉拒，潘寧世花了四十分鐘也沒能讓對方鬆口，只能無奈先收線，想著接下來要長期抗戰幾天了。

總之先讓羅芯虞把訪談題目跟流程擬定好寄給對方過目，應該可以增加成功的機會。

然而將狀況傳達給羅芯虞後，小女生眼眶突然就紅了，一臉委屈的樣子，「潘哥，我以前沒接觸過訪談這塊，要做些什麼我都搞不清楚，你可以教教我嗎？」

不可以，我沒有時間！潘寧世眼前一黑，他好像能看到自己已經很緊縮的時間，又咯

啦喀啦被壓縮得更緊，讓他連喘氣都困難的場景。

他是有點工作狂，但真的沒想要在職位上死而後已。

「妳……先去資料室查過去的訪談流程跟題目，兩天後寫一份初稿給我看。有東西了，我才好告訴妳怎麼調整。」潘寧世真的沒有時間跟經歷從頭開始手把手的帶，他能做的只有告知方向讓羅芯虞自己去努力。

「可是……我怕自己做不好……」羅芯虞依然沒放棄，她滑著椅子靠近番寧世，小巧的臉仰出四十五度角，看起來確實很緊張無助。

「妳可以的。」潘寧世拍拍小女生的肩膀，順便把人推開了一點，湊太近香水味很濃，不是說不好聞，單純就是潘寧世不喜歡這個味道。「我們大家都是這樣靠自己努力起來的，實務中最好累積經驗，妳要加油。」

「可是，我才入職四個月，潘哥拜託你啦！」

宣傳真的是找麻煩啊！潘寧世被不依不饒的哀求搞得頭痛，腦子一陣嗡嗡作響。他無奈地嘆口氣，垮下了肩膀。

「如果妳沒辦法靠自己作業，那我就去跟總編說，這次的工作先交給其他人吧？」

羅芯虞像被掐住脖子的老母雞，聲音猛一下戛然而止，瞪大漂亮的眼睛不可置信地看著潘寧世。

「以後還有機會，等下次時間沒這麼緊的時候，我就可以仔細帶妳了。」潘副總編儘管為人散漫，但遇事卻很果斷，果斷到潘靄明這個雷厲風行的女強人，有時候都會被打得措手不及。

於是，羅芯虞還來不及表達意見，潘寧世已經跑去茶水間堵總編了。

「哪有人這樣！」完全超出自己的計劃，羅芯虞氣得跺腳，踩著法式復古風格小羊皮靴追上去了。

最終，工作還是留在羅芯虞手上，沒辦法，其他人都很忙，也不想再增加自己的工作量，那就誰有空誰做囉！

這次羅芯虞也學乖了，她不敢再玩什麼小心機，腳踏實地的去參考過去的資料，兩天內完成了採訪稿跟活動流程表，寄給了內野編輯。

原本以為藤林月見不會同意，畢竟他的孤僻難搞，在日本文藝圈子裡也是赫赫有名的。可以的話，藤林只想安安靜靜地躲起來寫書，他沒興趣跟任何會呼吸的生物接觸，所以他沒有養寵物，甚至沒種過多肉植物。

沒想到，出乎意料的，藤林月見回覆得很快，連內野編輯都忍不住念叨：「藤林老師竟然答應這個訪談，世界不會要毀滅了吧？」

這是場線上訪談，行銷的意思是，這次企劃可以為國際書展還有藤林這本重點書熱身，如果反饋好的話，說不定還能簽下藤林月見其他的書。

而根據內野編輯所說，藤林老師正在旅行，沒有告訴任何人他的具體位置，所以他原本也不抱希望。先不論藤林月見本來就很低調，簽書會都辦得很少，每次舉辦都像要他的命一樣。

再來就是，旅行中的藤林月見很討厭有人聯絡到他，一般來說會失聯上半個月一個月，最長一次失聯了三個月，內野編輯差點跑去警察局報失蹤案了。因此，這次竟然能順

利聯繫到藤林月見，最驚訝的人其實是內野編輯。

這點上潘寧世也很有感，當初他為了見藤林月見花費的工夫，現在回想起來都模糊了，只覺得如果再有一次，他……應該還是會去做，不然呢？越有才華的人越難搞，日本人更是難搞中的難搞，只能委屈自己了。

即使是心思不大純正的羅芯虞，到了後來也專心致意地撲在這場訪談上了，她算是見識到跟日本人接洽有多麻煩，也明白為什麼所有同事都不樂意接下這份緊急企劃。

等她成為老鳥，她一定也要把這種工作推給新人！

總之在各種不同的想法中，線上訪談的日期到了，也是在這天，潘寧世收到蝸牛的最後一批譯稿。

他本來想在訪談前把稿子粗略校對一次發給校對，但緊張的羅芯虞拿著採訪流程稿跑來找他對最後一次，著重練習日文口語。實在是小女生儘管日文系畢業，卻沒什麼實戰經驗，更別說在這種半正式的場合上說話了。

遇上工作，潘寧世就比平常都要好說話好配合，他看小女生已經緊張到滿頭汗，臉上精緻的偽素顏妝都浮粉了，自然優先安慰首度挑大梁的小朋友，很有耐性地陪她一句一句順採訪的稿子。

倒數三分鐘，內野編輯跟梧林這邊都準備好了，剩下一個黑漆漆的分割畫面，是目前還不知道旅行到世界哪個角落去的藤林。

他是個很準時的人，所以在大家枯等了接近十分鐘後，內野編輯很明顯地慌亂起來，羅芯虞更像是要過度呼吸了一樣。

「怎麼回事？能聯絡到藤林老師嗎？」小女生幾乎要哭出來，她覺得自己好不容易準備好的日文會話，一點一點從腦中崩解散落，快要記不清楚該怎麼說了。

「剛剛聯絡過了，但老師沒有接電話。」內野編輯用手帕擦著額頭，表情乍看之下還算冷靜，語氣也很平穩：「應該沒什麼大事，我再聯絡看看，也許是老師待的地方網路信號不佳。」

這也是有可能的，畢竟藤林特別喜歡往人煙罕至的深山或海島跑，哪裡人少他就往哪裡去，名下的房產除了一棟在北海道札幌市中心的公寓外，全部分散在不同的深山裡。

「我們再等等，藤林老師既然同意今天的訪談就一定會出現，要有信心。」潘寧世拍了拍羅芯虞的肩膀安撫，相較於兩個或多或少表現出緊張的人來說，他異常的沉穩。

羅芯虞因為他的態度安心了片刻，強迫自己又翻了兩次採訪稿，跟內野編輯聊了一會兒天，在講到心齋橋有一家超好吃的章魚燒時，藤林黑色的螢幕亮了，一陣雜音後，雪白模糊的畫面被一張蒼白俊秀的臉龐取代。

氣質清冷疏離的男人在螢幕中露出上半身，穿著一件高領薄羊毛衫，五官很有日本式的古典韻味，就是皮膚白得不大健康，有點石膏像的感覺，一臉的面無表情，在看見眾人後輕輕點了下頭。

「抱歉，剛剛網路出了點問題，讓各位久等了。」說的是各位，但藤林的目光很明顯落在畫面角落的潘寧世身上，隔著螢幕都隱藏不住。

「沒事沒事，是我們這次的企劃太匆促了，謝謝老師願意接受我們的採訪。」羅芯虞露出無懈可擊的笑容，親熱道：「老師方便透露自己現在在哪裡旅遊嗎？」

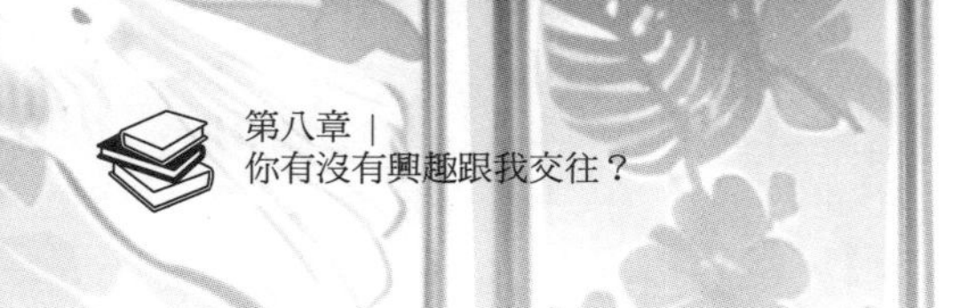

「在一個我想了很久的地方。」藤林月見聲線清亮卻很冷淡，可能自言自語都比他這句話來得感情深刻。

「那老師，我們可以開始採訪了嗎？」

原本行銷想用直播模式進行這場訪談，但考慮到語言問題，最後還是採用錄影再做剪輯的方式。

藤林月見點點頭，他看起來沒什麼熱情，彷彿是臨時被人抓來參加一場讓他厭煩的活動，一雙黑得幾乎不透光的眼珠子是渙散的，很顯然精神已經游離到不知名的地方去了。

羅芯虞：「老師這次的作品嘗試了大篇幅的愛情描寫，甚至有讀者認為，推理的部分被喧賓奪主了。我也拜讀了老師這次的作品，所以很好奇，竹間卯這個角色是否真的是老師您的化身？」

「不完全是……」藤林月見眼神專注了起來，他又朝潘寧世看了一眼，「這個角色有我的一部分，也有我期望的一部分。可以說，他是更好的我。」

「怎麼說呢？我覺得老師您也很好啊！」

「我不夠好。」藤林月見呼吸似乎急促了些，臉頰也微微泛起紅暈，他緊盯著站在畫面邊緣的潘寧世，每個字都咬得過度清晰：「當我在竹間卯的年紀時，我不夠成熟。人總會在年輕的時候犯錯，這些錯誤多半都無法彌補，會變成傷痕沉澱在生命中，你以為自己遺忘了，但當你回憶的時候就會發現那些傷痕一直存在。」

「呃……所以老師是抱著彌補的心情寫下這個角色嗎？」

「是贖罪。」藤林月見糾正：「人雖然無法回到過去彌補錯誤，卻可以在未來贖罪，最終一切都會步上正軌。」

潘寧世迎上藤林月見的視線，表面看不出來，但人是愣愣的。是錯覺嗎？怎麼好像這段話是對著自己說的？可是，他不記得自己跟藤林月見以前有過什麼交集啊……總不會是在後悔當初把他拒之門外時的冷漠吧？

那其實也沒什麼，潘副總編身經百戰，撐傘站崗送土產、雞湯、感冒藥，幫忙接送小朋友上下學、照顧喝到狂吐的作者等等，都是小事。

「那老師想贖罪的對像，是那位傳聞中的初戀情人嗎？」

這個問題完全不在採訪稿上，潘寧世一下子被驚得從自己的思緒中跑出來，已經來不及阻止了！

「抱歉，老師不用……」他還想努力挽一挽狂瀾，問題的另一方也脫稿了。

「是。」一個字，鏗鏘有力石破天驚，連內藤編輯的表情都控制不住，太陽穴好像在抽搐。

「所以老師真的有一位像蟬衣那樣的初戀情人嘍？」羅芯虞的語調因為興奮高亢起來，笑得別提多燦爛了。

「是。」依然是簡短的回答，卻可以預想到時候訪談上線會造成多大的震撼跟迴響。

「那，老師有什麼話想對『你的』蟬衣說嗎？」羅芯虞是懂趁勝追擊的，潘寧世也是頭一次發現這個小女生很會抓重點。

加重的「你的」兩個字，聽得潘副總編與內野編輯雙雙胃痛加頭痛，但他們無法阻止事態的進行，因為藤林月見配合度之高，足夠捂住他們所有的反對聲音。

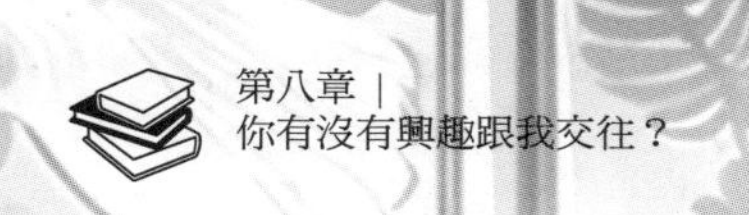

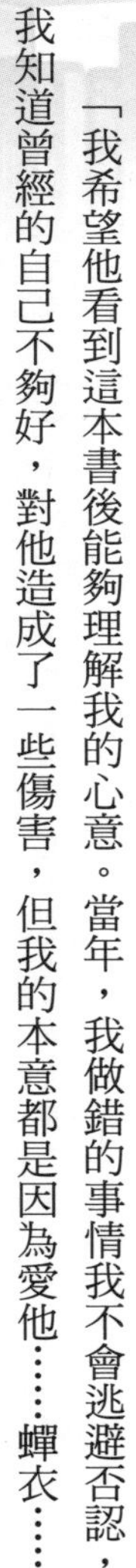

「我希望他看到這本書後能夠理解我的心意。當年，我做錯的事情我不會逃避否認，我知道曾經的自己不夠好，對他造成了一些傷害，但我的本意都是因為愛他……蟬衣……小蟬……我希望你能理解，我已經變了，你可以再次相信我。」

最後在各種脫稿的問題中結束訪談，羅芯虞經此一役對自己充滿信心，不再像個剛學會走路的小朋友，殷殷期盼著大人的扶持，反而很爽快地把伸過來的手推開，歡樂地往前橫衝直撞。

成果應該不會差吧……畢竟問出了很多藤林月見身上的謎題。

比如那個初戀，比如為什麼與初戀分開，以及這本書實際上是給對方遲來的情書之類的，滿足了讀者們多年來的猜測。

後面就沒有潘寧世什麼事了，只在道別前，藤林月見突兀地問了句：「潘先生手機上好像掛了一個御守？」

潘寧世一愣後連忙舉起手機笑道：「對，藤林老師看得真清楚。這是我一個好朋友前幾天硬要掛上去的。」

「看起來像岡山的吉備津彥神社製作的御守。潘先生最近身體不好嗎？」

「對對，是吉備津彥神社的御守沒錯，我最近身體也沒什麼大問題，就是前陣子忙過頭，食物中毒了而已。」潘寧是受寵若驚，即使他接觸藤林月見好幾個月，也終於獲得對方的信賴，但也是頭一次被關懷。

「請保重，我很期待明年二月能在國際書展上與你見面。」藤林月見說著露出一抹淺淺的笑。那是抹很好看的笑，用古典些的形容就是如同雲開見日，在場所有人都有種心頭被撩了一下的感覺。

「我也很期待明年二月跟老師見面，需要的話我可以替老師推薦幾個景點，請老師千萬不要客氣。」

「嗯，我不會客氣的。」藤林月見直直地盯著潘寧世，又笑了一下，隨即沒道別就退出了線上會議室。

「抱歉，他應該也差不多到極限了。」內野編輯一秒道歉，看得出來收拾殘局已經收拾得很得心應手。

「明年二月我也會陪藤林老師過去，到時候一定要找潘副總編吃飯。」

「務必讓我作東，二月見了。」

等大人們客套完，潘寧世覺得自己的精氣神都降低到生存線之下，他癱在自己的格子間裡，無神地看著興致高昂的羅芯虞整理好訪談文字稿，抓著影片風風火火地衝去找行銷了。後面就是剪片做特效，計劃下週三上片。

原本規畫總片長半小時分三集上傳，但今天收穫頗豐，整個訪談接近兩個半小時，潘寧世都不知道原來藤林月見可以說這麼多話。

行銷那邊應該會搞成一個長篇企劃吧？廣告效果非常值得期待。

「更好的自己啊……」不得不說，今天的訪談有很多內容觸動到了潘寧世的內心，也觸發了他的直覺。

仔細回想，總感覺藤林月見每句話都別有深意，讓他不自覺想起夏知書，難道那位蟬衣真的是夏知書嗎？

「你看起來很累，今天要不要早點回去休息？」總編拿著他的保溫杯又慢悠悠地晃過來，站在潘寧世身邊探看他桌上爆炸一樣的混亂。「你最近的進度應該還可以吧？」

「都不錯，沒什麼大問題。」

潘寧世仰躺在椅背上，疲倦地捏了捏鼻梁，他發現自己迫切的想見夏知書一面，說不上為什麼，可能是想問問看，對方跟藤林月見之間的關係吧？

明明這跟他無關的。他跟夏知書只是合作夥伴，這次的合作也已經進入倒數，且不論國際書展邀請對方來參加活動這件事，單就書稿來說只要校潤沒有問題，他們這次的合作明面上就算告一段落了。

那是不是代表……潘寧世突然在椅子上抽了下，猛地低下頭把臉藏起來。他現在整張臉都在發燙，應該是紅透了吧？

「怎麼了？」總編啜著枸杞茶，圓形鏡片後的雙眼瞇起。

「沒什麼，就是想到了點私事。」像床上或者倉鼠吃香蕉之類的事情。潘寧世尷尬地打哈哈，原來人就算累到極致，該站起來的部位還是能神采奕奕地站起來啊！

「你太累了，今天回去休息吧！蝸牛老師是不是也把最後的稿子給你了？」

「對，今天給我的，我還沒檢查過……等我看完後發了稿再離開吧。」

都說今日事今日畢，從小被自律到接近強迫症的姊姊管束，潘寧世從來只會把工作提前完成，拖延症什麼不存在他的字典裡。

不知道他今天方不方便去拜訪夏知書？他突然有衝動想跟對方說幾句話，或者只是單純的見個面也行。

校稿的過程中潘寧世異常糾結，蝸牛的譯稿品質一如既往的穩定優秀，雖然三年沒接案，但好像比過去更洗鍊了。

如果蟬衣真的是夏知書，那他在翻譯這本書的過程中，是否會被打動呢？是否感受到了藤林月見想對他表達的心意？是否他們兩人最終會重新在一起呢？

畢竟不是誰都有能力寫一本暢銷書來向幾十萬、幾百萬讀者分享自己的愛意，那麼熱烈、真誠又帶著特有的含蓄……潘寧世設身處地的思考了片刻，確定如果被示愛的人是自己，應該是抵抗不了的。

這個念頭讓潘寧世整個人坐也不是站也不是，螢幕上的文字像有自己的意識，在他的視線裡活潑地跳動，到最後他一個字都看不下去了……好吧，偶爾偷懶一下應該沒關係吧？畢竟是蝸牛的稿子，不會有大問題。

帶著些許罪惡感，潘寧世直接將稿子發給校對，約定好了回稿日期後，才恰恰下午四點鐘。

還是約約看吧？潘寧世下定決心，否則他怕自己接下來的時間都沒辦法專心工作。

播出去的語音電話很快就被接起來了。

『潘副總編，怎麼會突然打電話給我？稿子有問題嗎？』夏知書的聲音懶洋洋的，像是在窗邊團成球曬太陽的貓咪。

近日累積的緊張感跟壓力，還有從藤林月見那邊感受到的煩躁，這一瞬間都被撫平了。潘寧世沒發現自己露出笑容，語調溫和：「沒問題，你的譯稿品質一直都非常棒，不愧是蝸牛老師。」

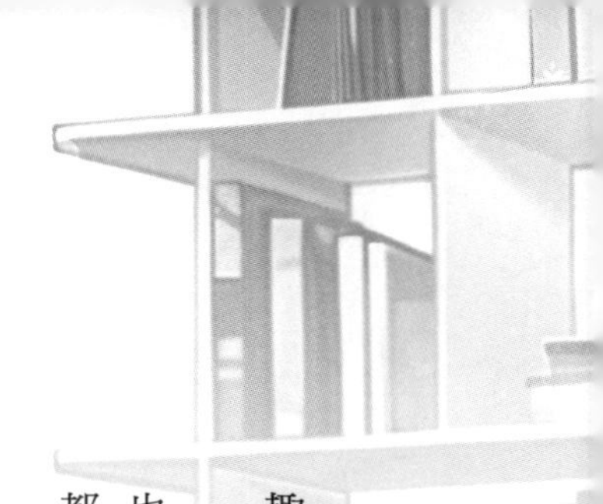

夏知書聞言笑了。

『承蒙誇讚，那這通電話是為了什麼？總不會是想喝我燉的湯吧。』他很有餘裕地打趣自己。

提到湯，潘寧世的舌頭就莫名一痛，回想起那鍋辣得無聲無息，殺傷力驚人的雞湯，也不知道那鍋湯後來怎麼處理了，喝應該是肯定喝不了了，倒掉又似乎很可惜，畢竟用的都是好的材料。

「我是想，今天晚上不如換我做點家常菜請老師您吃一頓飯吧？」潘寧世的嘴比腦子動得更快，等他發現自己說了什麼時，已經無法把話吞回肚子裡去了。

『你會做飯嗎？』夏知書驚奇地問：『不會是故意要回報我吧？』

他說著又笑了，細碎清亮的笑聲很像金平糖，透亮又甜蜜地從耳膜沁入血液中，流淌向全身。

潘寧世不自覺伸手捏住了耳垂，做賊一樣偷偷左右張望了下，生怕自己現在的樣子被同事們看去。

「我手藝不算特別好，但吃飽應該是沒問題的。」

『好啊，我一向喜歡被請吃飯。那要去你家嗎？還是你要買菜到我家來做？』

「去你家吧……你有特別想吃什麼嗎？」潘副總編情緒高昂，他很久沒下廚了，畢竟平常工作太忙，難得可以忙裡偷閒，他感覺自己能做出一桌滿漢全席！

『沒有……不過我喜歡酸酸甜甜的食物，不喜歡味道太重的蔬菜，洋蔥、茄子、苦瓜……嗯，可以的話，我喜歡吃高麗菜、菠菜跟大白菜，菇類都喜歡。』

夏知書很快發現與其列自己不吃的食物，不如反過來列喜歡的。他堅持這不是偏食，只是原則性比較強。

潘寧世認認真真地記在筆記本上，腦中也浮現了可以做的菜品。

「你喜歡蘿蔔排骨湯嗎？」

『這算是一種示威嗎？』

愣了下，潘寧世連忙否認：「不不不，只是這個季節的蘿蔔很好吃，所以我才想說可以拿來燉湯……你要是不喜歡我就不做了！」

『我喜歡啊，那就期待你的晚餐啦！什麼時候過來呢？我們一起去買菜吧。』

「我現在就可以離開公司過去……大概四十分鐘後到，會不會太趕？」

『那就四十分鐘後見。』

掛上電話，潘寧世神采奕奕，完全沒有了幾分鐘前的疲倦頹唐，甚至可以說是容光煥發了。

「約會？」總編問。

「不是不是……就是，跟朋友約吃飯。」潘寧世不敢說是跟夏知書有約，但嘴角的笑容壓都壓不下來。「那我今天提早離開，有問題隨時電話聯絡。」後面這句話是跟其他同事說的。

格子裡陸陸續續傳出數個疲憊蒼白的回應，抬頭道別的人眼裡有著藏不住的羨慕。

也不是說完全不能回家，但下午四點離開，在這個時節裡實屬奢侈。

潘寧世接下來的四十分鐘都在心裡哼歌，他已經計劃好四菜一湯，糖醋咕咾肉、開陽

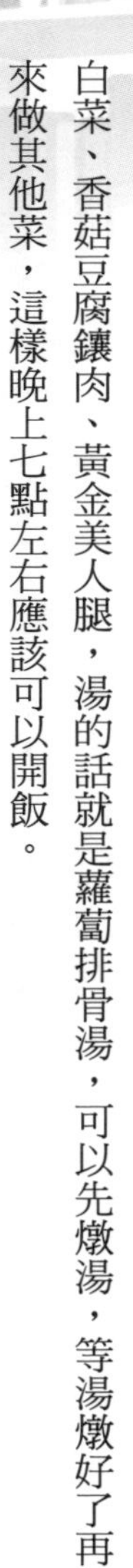

白菜、香菇豆腐鑲肉、黃金美人腿，湯的話就是蘿蔔排骨湯，可以先燉湯，等湯燉好了再來做其他菜，這樣晚上七點左右應該可以開飯。

不知道夏知書家有沒有蝦米跟乾干貝呢？這種事問夏知書，他肯定不會知道，那就只能問葉盼南了。

大概是太期待了，心情太好，潘寧世一點掙扎都沒有就傳訊息給葉盼南問了蝦米跟干貝的事情。

對方已讀很快，但過了十分鐘都沒回應，潘寧世也不著急，反正沒有可以買，這樣他就有藉口繼續去找夏知書了。

手機嗡嗡地振動了下，潘寧世連忙點開來看，意外的並不是葉盼南，而是盧淵然。

——今晚一起喝個酒？

盯著訊息看了半天，潘寧世很糾結要怎麼拒絕。雖然可以實話實說，但想到盧淵然對夏知書的排斥，感覺又會問自己「到底怎麼看待這段關係」，要怎麼回答？

他都不知道明年國際書展之後，自己跟夏知書還有沒有機會繼續見面，現在想關係什麼的，都太遙遠了。他只想今晚好好做頓飯，說不定有機會再約到下一次見面。

——怎麼已讀不回？在忙嗎？

盧淵然的訊息又來了，不知道是不是錯覺，明明是很平常的文字，看起來卻瀰漫著一種焦躁跟氣憤的感覺。

總不會猜到他今天提早下班，要跑去煮飯給夏知書培養感情吧？潘寧世剛這麼想就笑出來，自己又不是幹什麼虧心事，何必這樣草木皆兵？盧淵然怎麼可能知道自己要幹麼？

他又沒跟別人提過。

於是潘寧世回道：今天不方便，太忙。等我忙完再說吧。

——太忙？但我聽說你已經提早下班了……

訊息很快過來，但又秒速收回，要不是潘寧世剛好看到，就會錯過這條訊息了。感覺盧淵然好像真的挺生氣，為什麼？

而且他怎麼知道自己今天提早下班？這是臨時起意的，總不會盧淵然打電話去辦公室打聽自己的行蹤吧？不過是約個喝酒而已，應該不至於……想了半天想不透，剛好盧淵然新的訊息也來了。

——好吧，下次有機會。你最近太忙，有空就要多休息，不要辜負我給你的御守啊！

指的是那個吉備津彥神社的「身體健康」御守。

雖然掛在手機上有點礙事，看起來也醜醜的，真虧盧淵然竟然找到方法掛上去了，但好友的心意還是令潘寧世很感動，也就沒拿掉了。

「知道了，我會好好休息的。」回得有些心虛，畢竟他現在要幹的事情跟休息距離十萬八千里遠。不過今天應該不會有什麼床上運動，煮個飯約個會，也算是調劑身心啦！

夏知書家附近有一間中型連鎖超市，在地下室，占地也不算小了，就是稍微有點擁擠，平時下班時間很容易塞滿了順路過來買點晚餐的客人。

現在這個時間點還算剛好，沒到尖峰時段，多數的生鮮蔬菜品項都很齊全，品質看起來也都很好。唯一的缺點大概是打折品不多。

潘寧世最後還是收到了葉盼南的訊息，蝦米跟干貝乾都有，具體收納位置也都講得很清楚，末了問了一句：「今天下廚的人真的是你？」

「是我，請學長放心。」潘寧世可以理解對方如臨大敵的反應，但他是真不覺得夏知書做出來的菜有這麼恐怖。

誠然，兩次的湯都有缺點，那鍋雞湯甚至辣到光蒸氣都可以傷害人的地步，但潘寧世覺得很可愛。有人這麼認真替自己燉了湯，還放了那麼多好吃的材料，雞肉還是土雞呢！這樣的心意比食物本身的味道要珍貴很多。

反正，吃東西上，潘寧世一向很隨和，只要吃不死人都叫做好吃。

因為來了寒流的關係，夏知書今天穿得毛茸茸的，戴著一頂有兩顆毛球的毛線帽，帽沿下蓬鬆捲曲的柔軟髮絲像雲朵一樣圈著半張小小的臉，鼻頭跟兩頰都泛著淺淺的紅，一雙眼睛含笑，璀璨如星。

潘寧世今天為了訪談而穿了一身休閒西裝，義大利式的上衣，襯衫開了最上面兩顆，露出鎖骨還隱約能看到胸肌的形狀，搭配了極為合身的西裝褲，一雙腿又長又直，褲管下可以看到部分腳踝。

天氣雖然很冷，這樣穿也稍微有點單薄，然而潘寧世硬是把外套留在辦公室裡，只搭了件開襟針織外衫。

他很滿意見到夏知書在看到自己的時候，露出的欣賞眼神。

走去超市的路上，潘寧世把自己擬好的菜單報給夏知書，問道：「有符合你的喜好嗎？還是要改別的菜？」

「我覺得很棒。」夏知書很自然地牽著潘寧世的手，這時候捏了捏，「倒是這些菜你自己喜歡嗎？」

潘寧世沒想過喜不喜歡的問題，反正食物都比不上他對夏知書的喜歡，所以他不加思索地點點頭。

他們推了一輛購物車，開始逛超市後潘寧世就發現兩人的購物模式差異很大。他自己是屬於目標明確的類型，菜單已經擬好，那他就會依照購物清單買東西，不會再去逛別的商品。

夏知書則不一樣，他很享受逛街的樂趣，一手扶在購物車邊緣，控制著潘寧世的方向，似乎打算把每一個貨架都走過才甘心。

「啊，這牌子的早餐穀片超甜的，我以前很喜歡吃。」夏知書拿起某個上頭畫了卡通人物，以及五顏六色圈圈的盒子展示給潘寧世看，「可惜盼盼禁止我吃這麼甜，後來就換了一牌。」

隨手將盒子放回貨架上後，潘寧世伸手將視線所及的各種品牌營養穀片都整理了一下，跟周圍略顯凌亂的貨架變得格格不入。

「啊！你看，這個牌子的奶油酥餅超級好吃的！但吃起來好容易掉一堆屑，我常常忘記要墊盤子，後來維維也不准我買了，只會偶爾分我一兩塊叫我趕快吃完。」

拿起後塞回貨架，潘寧世伸手整理，不知不覺就這樣逛了半個超市，還沒走到賣生鮮

蔬果的區域。

「我很喜歡跟人一起逛超市。」夏知書臉上的笑容比過往的每一次都更有活力，充滿了發自內心的喜悅，「以前我爸媽都是這樣帶著我逛超市，小時候我很不耐煩，因為我媽是個很自由奔放的人，她討厭任何束縛，我爸都說她不應該是日本人，而應該要是吉普賽人才對。」

頭一次聊到父母，潘寧世內心偷偷雀躍了起來。這是不是代表兩人不僅止於連砲友都不是的交媾對象，也不只是單純的合作關係？

「你後來發現樂趣了嗎？」但潘寧世不敢問對方的父母，總覺得兩人之間沒到這種程度的關係，他要是走得太快了，會打破現在美好的距離。

「可以這麼說吧……」夏知書將兩袋泡麵放進購物車裡，都是紅燒牛肉麵口味的，一種有新鮮肉塊，一種沒有。「我就是覺得，逛超市很有趣，雖然跟身邊的人都不認識，但卻好像變成某種生命共通體。」

幾次接觸下來，潘寧世發現夏知書很喜歡混在人多的地方，也許下次可以約他去動物園或遊樂園吧？夏知書應該會很高興才對。

在這一刻，潘寧世完全忘記自己很不喜歡這種地方，人太多了會讓他的精力消耗特別快，所以每次書展或其他大型活動，他都像在夢中一樣，機械地忙碌、社交，渴望早點回家把自己藏起來。

終於來到了生鮮蔬果區域，兩人並肩站在豬肉櫃前討論要買哪種排骨，潘寧世打算買豬小排，肉多骨頭少，還有軟骨可以豐富口感。

夏知書只是好奇地把兩三種不同部位的排骨拿起來看，最後指著小排說：「盼盼跟維維都是用這種煮湯，我上次好像挑的也是這種？」

「對，你上次用的也是這種，選得很好。」潘寧世一臉與有榮焉，彷彿家裡小朋友第一次上街購物成功的欣慰家長。

接著要挑選咕咾肉的材料了。

「你喜歡嫩一點還是不要太肥？」

「我喜歡那個酸甜的醬料。」言外之意就是說，夏知書完全無所謂用哪種肉，那不是重點。「我要放鳳梨。」

於是潘寧世挑了肩胛肉，嫩又肥瘦適中，改個刀就能有很棒的滋味。

等其他食材也挑好了，兩人回到罐頭區，買剛剛漏掉的鳳梨罐頭，還順便抓了一排八寶粥，跟一排薏仁湯。

他們真的是買了滿滿一車的東西，最後搞得兩人提不動，即使路程很短還是招了計程車運送回去。

等回到家裡，兩人先把沒要立刻吃的東西整理起來，夏知書還買了一些日用品回來。這些東西收哪裡他倒是清楚，勤勤懇懇把東西都歸位了，回到起居室發現潘寧世正在收拾食品，櫥櫃上放了一小碗剛洗的葡萄。

「來，先吃點東西墊胃。」潘寧世招呼道，耳垂很紅，神情羞澀中又帶了點竊喜，看得夏知書心頭癢癢的。

可惜現在不適合吃了這根香蕉，只能暫時用葡萄解癮了。

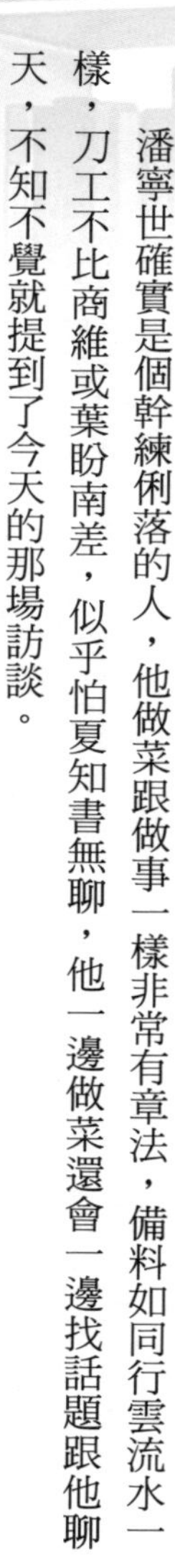

潘寧世確實是個幹練俐落的人，他做菜跟做事一樣非常有章法，備料如同行雲流水一樣，刀工不比商維或葉盼南差，似乎怕夏知書無聊，他一邊做菜還會一邊找話題跟他聊天，不知不覺就提到了今天的那場訪談。

「沒想到月見會同意。」夏知書只吃了三四顆葡萄，每一顆都吃得很慢，指尖上有淡淡的紫紅色痕跡。

要他說，其實藤林月見的舉動他絲毫不驚訝，甚至都沒讓他覺得超乎意料，只是還是做了點表面工夫，省得讓人看出異樣來。

「嗯，我也很驚訝。不過，今天的採訪雖然脫稿了，卻也讓我重新認識了不同的藤林老師。」

「怎樣不同？」夏知書這次是真的好奇，他跟藤林月見太熟，熟到已經失去所有新鮮感，沒想到對別人而言，藤林月見卻是寶藏老男孩嗎？

「他是個……感情豐富真誠的人。」潘寧世斟酌了一下用詞後回答。其實第一個想法是「偏執」，但總覺得攻擊性太強，也可能是他有誤會，最後選了比較中性的形容詞。

「真誠嘛……」感情豐不豐富夏知書不好說，藤林月見的感情是看人的，對他確實挺豐富，除了他以外的人就像沒感情一樣。

至於真誠……夏知書假裝吐籽摀住了嘴，擋掉唇邊的苦笑。

要他說，比起真誠，他更想用「本能」來形容。

「看來今天的訪談你很滿意？」實在不想多談藤林月見了，夏知書還在擔心自己等一下到底能吃多少東西，萬一吃太少了，潘寧世會不會以為自己做得不好吃？

「與其說滿意，不如說效果出乎意料的好。」潘寧世公正地說，站在新書宣傳的立場來看，這次企劃應該算非常成功。

「其實，我本來也打算這幾天約約看你的。」好，藤林的話題到此結束，夏知書乾脆地換了話題，也不管突不突兀。

「喔？你有事情找我？」潘寧世眼神一亮，臉上的笑容完全壓不住，原本還有點淡淡的疲倦縈繞，現在簡直宛若新生。

「對，一件……我不知道算不算冒昧的事情想問問你的意見。」夏知書剝了一顆葡萄，但半天沒放進嘴裡，乾脆拿了個小碗放起來，一臉的漫不經心。

「什麼事？只要我能幫上忙，沒有什麼冒不冒昧的。」

夏知書對他一笑，「我是想說，這次的合作差不多要結束了，我暫時想休息一段時間，所以下次的合作也不會太快開始。」

提到這件事，潘寧世又死氣沉沉了起來，他心裡暗暗驚慌，生怕聽到什麼可怕的消息，像是兩人不要再見面啦之類的，表情也僵硬了起來。

「呃……你身體不舒服嗎？為什麼突然要休息一陣子？」

「這不重要，就是心情到了，想休息。」夏知書擺擺手，葡萄已經被他剝了大半，手指上的色彩更鮮豔了。

「我想講的不是這件事，而是另外一件事。」

潘寧事認真地看著他，手上的動作都停了。

「你有沒有興趣跟我交往？」

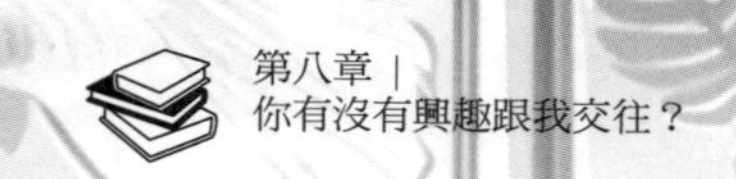

菜刀碰一下切進砧板裡。

潘寧世瞠目結舌地看著眼前把玩葡萄的男人，像是看到鬼一樣。

「對不起……你、你剛剛說什麼？我好像……好像聽錯了……」他顫顫巍巍，嘴唇都在發抖。

「我說，你有沒有興趣跟我交往？」

夏知書瞥了眼定在砧板上的菜刀，笑嘻嘻地補充：「就是那種牽手、接吻、共度情人節、七夕、萬聖節跟聖誕節的關係。」

潘寧世頭暈目眩，可能也跟近日過度疲勞剛剛又重度勞動有關，他突然眼前一黑，在夏知書的驚叫中，昏倒在地。

失去意識前，他想：糟糕，排骨湯還沒燉！這樣會來不及啊！

（未完待續）

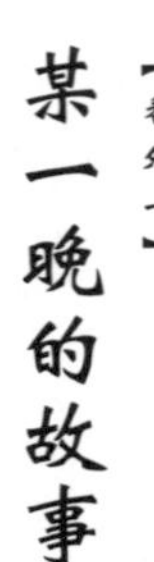

【番外二】

某一晚的故事

潘寧世醒過來的時候發現自己完全沒辦法動彈。

他看著陌生的天花板，昏暗的燈光下可以隱約看見上頭有著螢光花草繪圖，好像還有星空之類的，沒辦法看得很清楚，同時努力思考自己到底在哪裡，現在又究竟發生了什麼事？

「醒了？」

熟悉的清亮聲音在耳邊響起，帶著溫熱的氣息，吹拂過他的耳朵。潘寧世的耳垂不由自主地紅了，並往臉上及脖子蔓延，像是個被囚禁的無辜公主，被惡龍調戲。

只要忽視公主實際上身高一百九、渾身精悍的肌肉，而惡龍嬌小玲瓏，像隻可愛的老公公鼠的話，一切都很合理。

「夏……知書？」

「嗯，是我。」

小巧的惡龍翻身跨坐在高大公主的腰上，翹挺的臀柔軟有彈性，熱乎乎、圓滾滾的，除了一件幾乎沒有遮蔽功能的內褲外，兩人的肌膚緊密相貼。

「我怎麼動不了？」潘寧世人有些暈暈的，不知道是燈光的關係還是其他原因，眼前霧濛濛的，看什麼都很模糊。

而且，除了手指頭，他真的動彈不得。

「因為我把你綁起來了。」夏知書笑得像個小惡魔，手指從男人上下滑動的喉結開始，一路往下撫摸，經過鼓脹飽滿的胸肌，控制不住似地捏了捏。

「真的好大。」

所謂穿衣顯瘦、脫衣有肉，說的就是潘寧世的身材了，完美得像是人體解剖圖，不過份鼓脹又塊壘分明。

肌膚光滑柔軟，身上幾乎沒什麼疤或明顯胎記，撫摸起來的手感好到不行。

尤其是那個胸肌腹肌跟人魚線……夏知書認為，只要是個會呼吸的 Gay，就抵抗不了潘寧世的肉體。

「為什麼要……綁我？」潘寧世吞著唾沫問，他想不起來先前到底發生了什麼事，他怎麼會失去意識又在夏知書家醒來呢？

不過這都不重要了，重要的是，他動不了，而他的大香蕉卻因為肚子上用屁股磨蹭自己的人，已經硬起來了。

「嗯……為什麼呢？」

夏知書俯身靠在他懷裡，小口小口親吻他的下顎，說出口的每一個字都像羽毛，輕

柔卻毫無憐惘地搔在他心頭上。

「我想想，大概是因為，我要做點刺激的事情吧？」

主要是想看潘寧世羞赧的表情，就像眼前這樣。

男人有張乍看之下平凡，卻很耐看有韻味的臉，因為一雙較細長的單眼皮，當他不笑的時候，看起來就很嚴肅不好接近，可一旦放鬆了，就像隻茫然的小狗，呆呆愣愣的，整個人像在飄。

這樣的臉，害羞起來的時候，卻有種直擊人心的性感，是種賀爾蒙爆炸的吸引力，夏知書不知道其他人吃不吃這套，他是非常吃的。

當初會找上潘寧世一夜情，也是因為看到了照片，才會腦子一熱，回了訊息，把人約出來，完全忘記自己本來已經跟好友約了要一起慶祝生日，連生日蛋糕都訂好了，是葉盼南小女兒安安喜歡的口味。

他摸索著拿起床頭櫃上的紅酒杯，晃了晃，「你口渴嗎？」

潘寧世咕嚕嚥了口唾沫，夏知書本來就很好看了，朦朧中看起來更是漂亮得驚心動魄，像故事裡勾人墮落的妖怪。

點點頭，潘寧世又努力動了下，只能說夏知書很懂得綁人，他真的完全動不了。

「你要……餵我喝嗎？」

夏知書嫣然一笑，側頭仰頸喝了一口紅酒，接著他含著那口酒湊近潘寧世，在男人羞澀又期待的視線中，吻上了那張偏薄卻柔軟的唇。

微涼的酒液再帶著屬於夏知書清爽的氣味流淌入潘寧世口舌間，應該是好酒，甘凜且風味複雜醇郁，但對潘寧世來說，他嚐到的只有夏知書的味道，厚長的舌舔了過去，勾纏住對方頑皮的舌頭，拉進嘴裡細細吮啜。

嘖嘖的接吻聲在臥室內迴盪，大半的紅酒都從交纏的唇舌間溢出，順著男人的頸側，滑過喉結流向鎖骨，酒香也一起瀰漫開來。

彷彿是要透過親吻把對方吞進肚子裡，兩人勢均力敵彼此勾纏，彼此的舌間都被吸得發麻，又痠又軟，讓人沉醉其中難以自拔。

有人說過，接吻是一種吞食的行為。是為了將自己喜歡的東西，吃進肚子裡，成為自己的一部分，潘寧世矇矓地想起這個說法，仰起頭吻得更熱切了，恨不得把自己的舌頭塞進夏知書的咽喉裡，不管誰被誰吞噬，最終他們都會成為一體。

被吻得過度深，夏知書有點招架不住，他微微後縮想拉開一點距離呼吸，明明都把潘寧世綁起來了，這人怎麼還有辦法掌控自己？根本沒道理！

身為經驗更豐富的那個人，夏知書一直覺得自己該是掌控主導權的那人才對。

事實上一開始確實都是，每一次性愛都是在夏知書的主導下開始的，但每一次只要潘寧世進入狀況，那一切都會失控，夏知書別說什麼主導權，他腦子都快被男人操沒了，根本沒辦法維持冷靜。

舒服是真的很舒服，但夏知書也是真的不大服氣，也不是說每次都要由他主導，可也不能每次都被牽著鼻子走吧？

然而，他想躲，潘寧世卻不可能讓他躲，即使現在只剩下手指跟脖子可以動，他依然用健身練出來的驚人爆發力，挺著脖子追逐夏知書略顯倉皇的舌頭，拉扯著勾纏著吸吮著，把人再次拖回彼此吞噬般的深吻中。

不知道過了多久，直到夏知書真的快窒息了，潘寧世才終於不甘不願地結束這個吻，但依然在他嘴唇上輕舔著，像隻討好撒嬌的小狗。

夏知書趴在男人精壯寬厚的胸膛上喘氣，好一會兒後才抵著他的胸肌撐起身，雙眸中已經盛滿慾望。

他本來還想再多玩些小遊戲的，但現在實在有點忍不住，陰莖硬得略有些痛了。

「幫我舔。」夏知書將帶著粉色的膝蓋一左一右跪在潘寧世腦袋兩側，形狀漂亮的陰莖暴露在男人面前。

潘寧世舔了下唇，咕嘟吞了吞口水，也不需要夏知書再多說什麼，張口就含住了已經濕透的粉色龜頭。

入口的味道有一點點澀，但整體來說卻不難吃，他吸吮著龜頭連馬眼都沒放過，用濕潤的口腔一點點將長度適中的陰莖吃進嘴裡，直到龜頭抵到咽喉，臉頰也微微鼓起為止。

夏知書的陰莖沒有潘寧世那種毀天滅地的分量，但也是亞洲男人平均值了，跟他的外表一樣，顏色淺且無論長度粗度都很恰到好處，很適合被人放進嘴裡吸吮。

很舒服……

夏知書雙手抓著床頭，微微翹起臀部，將陰莖往男人嘴裡進得更深了幾分，雙眼因為快感瞇起，滾燙的氣息夾帶低低的呻吟，迴盪在臥室中。

那真的是足以令人失去理智的低吟，起碼潘寧世的理智線岌岌可危。他挺起脖子更努力去吸啜嘴裡可愛的東西，厚長的舌頭靈活地翻弄舔舐，順著陰莖裡側那條筋舔弄，一會兒吐到剩龜頭在口中被舌尖撥弄馬眼，一會兒舔到最深處，連囊袋都幾乎被一起吃進嘴裡，來回數次後夏知書的喘息聲變得急促焦躁起來。

「等、等一下……不要再繼續了……別咬我！」夏知書想把陰莖抽走，卻被男人警告地咬了一口，雖然不痛，卻很羞恥，也讓他不敢輕舉妄動。

「我不想這樣射……」他可憐兮兮地哀求。

「可是我想吃。」潘寧世的回應那樣理所當然，甚至上上下下又將陰莖舔了一圈，最後用舌尖去挑弄微微張開的馬眼，似乎都舔進去了一點。

夏知書腰差點軟掉，他臉埋在臂彎裡，跪在潘寧世腦袋兩側的腿都因為快感而微微發顫，「但我不想射在你嘴裡……你快吐出來……」

才不。

潘寧世乾脆張大嘴把陰莖推到最深，給了對方一次深喉體驗，立刻感覺到夏知書的身軀猛力地抽搐了下，倉皇地用手去推潘寧世的額頭，又在男人的吮咬下沒了力氣，手指只是輕輕擦過，勾住向來打理得整整齊齊的黑髮，無奈又氣憤地扯了扯。

「啊啊——」

很快，夏知書沒辦法再忍耐，抓著男人頭髮的手指都顫抖起來，腰部往下一沉，將白濁的精液射進男人準備好的喉嚨裡。

量不多，味道也不重，好像還有點隱約的甜味？

潘寧世又吸了幾下，把馬眼中的殘精都舔光了，才鬆開嘴，感受夏知書渾身無力地軟在自己身上，濕淋淋的狼狽又可愛。

喘了一會兒，夏知書緩過氣來，貼上去吻了吻潘寧世的唇，把屬於自己，沾在男人唇上的體液舔掉，皺了下臉，「又不好吃……」

「但你也吞我的精液啊。」潘寧世反駁，一臉認真，「既然你可以吃我的，為什麼我不能吃你的？含都含了，不吃多可惜。」

這男人到底是害羞還是不要臉呢？講這些話的時候明明臉紅得幾乎滴血，卻好像無所謂自己到底講了多讓人羞恥的發言。

不過夏知書很喜歡就是了。

「我們繼續吧？」他撐起身，雙手握上潘寧世已經勃起，分量沉重的肉莖揉了揉。

「我已經潤滑好了，小弟弟。」

濕漉漉的後穴坐上滾燙的棒狀物，前後磨蹭了幾下便發出黏膩的水聲，光裸的肌膚之間隱約可見黏著的銀絲，隨著動作斷開又牽引出更多來。

潘寧世屬於體毛都在該在的地方那種體質，下腹部的毛髮稍稍濃密，搭配著那麼一根三十公分的粗壯肉棒，視覺效果拉到爆表。夏知書雖然看不得兩人的私密處如何勾纏，卻可以想像，白皙的身軀一點點紅了起來。

他擺動著臀部，扶好了潘寧世的大雞雞，對準自己的穴口，迫不及待地往下一坐。

「啊啊！好硬！好燙……」

夏知書仰起頭，愉悅的呻吟聲傳入潘寧世耳中，讓他聽得面紅耳赤，心跳也快得震耳欲聾。

以往的幾次性愛插入後，主導者都變成他，這還是頭一次看到這麼張揚浪蕩的夏知書。儘管沉浸在性慾中，還是那樣純真不減，衝突的感官揉雜，潘寧世的理智都消失殆盡了，癡迷地盯著身上的人。

嬌小的男人將手撐在潘寧世精悍的腹肌上，開始上上下下擺動身軀，前一秒剛將肉棒吐出一截，後一秒又快速將整根陰莖吃進深處，每一次都會頂到穴內的敏感處，一股透明的體液就會從交合的地方往外噴，肉體拍擊的聲音連綿成一片。

因為體位關係，粗長的肉莖被吃得很深，很快就頂到結腸口的位置，極端的快感讓兩個人都發出愉悅的喘息與悶哼。

夏知書的臀部不停抬高又壓下，一次吞得比一次更深，就算肚皮浮現出隱約的男人陰莖形狀，依然不捨得停下來。

「好棒……怎麼能進得這麼深……好爽……」

潘寧世被刺激得受不了，他的陰莖猶如被無數張小嘴吸吮纏繞，那種恰到好處的擠壓收縮，還有馬眼被結腸口啄吻的刺激感，都讓他額上青筋暴露，恨不得用手抓著身上

這個小惡魔的腰，把人直接肏到失去神智為止。

然而，他被緊緊綑綁著，像頭困獸動彈不得，連挺腰都辦不到，只能粗喘著氣、腥紅著眼，死死盯著對自己挑釁淺笑，又不停吞吃自己的人。

「放開我……快點放開我……」

男人發出野獸一般的嘶啞低吼，手指緊握成拳，渾身的肌肉因為用力而緊繃鼓起，彷彿可以看到裡頭蘊含的力量有多強大。

即使如此還是沒能掙脫開，這種一邊爽到發狂，卻又總差臨門一腳的煩燥累加在一起，讓男人雙眼赤紅布滿血絲，惡狠狠的視線像頭餓狼，只要給他一點機會就會將身上的人翻倒，直接吞吃入腹。

察覺他混雜慾望的憤怒，夏知書笑彎了雙眼，他用力把男人吃到深處，差點就要戳穿結腸口，肚皮被戳鼓了一塊，彷彿能看到裡頭鼓動的陰莖。

「我可是特別買了最好的營繩，還經過了處理，你絕對掙脫不開的。」輕柔的聲音帶著情慾的喘息與笑聲，酥酥麻麻地鑽進潘寧世的血液中，漫流往全身。

他腦子嗡的一下，稍微恢復了些許理智，不可置信地看著身上的人。

「你想看我用你的大屌操結腸嗎？」

什麼叫做惡魔的耳語？這就是！

潘寧世喘息粗重得像生鏽的風箱，好不容易拉回一點的理智又被吹散了，他瞇著眼點點頭。這怎麼可能拒絕的了？

夏知書撐在他腹肌上的手更用力往下按，擺動腰部的力道更大，啪、啪、啪、啪……幾次後，他猛地繃緊身體，雙眼微微翻白，臉上汗水直冒，竟然真的把自己的結腸口操開了，一下子吞進好長一截粗壯的陰莖。

有力的精柱猛地噴在抽搐的腸肉上，射得本就在高潮邊緣的夏知書軟倒在男人身上，兩條腿瘋狂顫抖，幾乎要喘不過氣來，緊緊咬在一起的接合處噴出了不少透明的體液，卻沒有溢出一丁點屬於男人的白濁精液。

好累……肚子好燙……好想睡……

夏知書就這樣昏睡過去了。

至於被綁著還被拋下的潘寧世是什麼心情，也許等明天睡飽後再說。

（完）

【作者後記】

後記：淺談一點出版界的祕辛

編輯：蛋白，我有事情要跟你討論。

我：什麼什麼？（交稿了好開心，打遊戲中！）

編輯：是這樣的，你大概不知道，我們簽外文版權書其實都會透過版權代理公司或版權經紀人，不大可能見到作者本人，更不大可能直接打電話給作者邀請他來臺灣參加活動，這些都是要透過版代接洽的！

我：喔……竟然是這樣，第一次聽到耶（這人尚未發現危機的到來）！

編輯：對，所以那個，你要怎麼處理潘寧世直接越過版代以及

日本出版社去蹲藤林月見拜託他授權，然後還直接打電話給他邀請他來參加國際書展的奇幻劇情？

我：啊啊啊啊啊啊——

後製老師、後製老師！幫我上晴天霹靂跟孟克吶喊特效！

是的，這是發生在我交稿後，跟編輯真實的訊息。

我真的是第一次知道這件事情，當初跟編輯取材的時候，不知道為什麼，我竟然沒有意識到版權代理公司的存在，只是很直覺的想說藤林這傢伙很難搞，出版社也對他頗為優待，所以他說想要跟人家培養好感情才決定要不要授權，好像沒問題……對吧？

才怪！問題可大了！

編輯問我要不要想辦法在劇情裡圓一下，或者更改成更符合現實的狀況，我想了想……下了重大的決定。

我們讓創作停留在創作吧！

讀者們：這個作者沒救了，皮諾可，拖下去電死。

因為故事發展我需要讓藤林跟潘寧世有直接接觸，畢竟情敵

耶！中間隔一個版代，恨都恨不到人，想跟蹤都困難。雖然我覺得藤林這個偏執狂，就算隔著山海，他也會想辦法找到潘寧世跟蹤他好找到夏知書的。

這應該算是我個人的任性，也覺得是創作中一些無傷大雅的小改寫，為了讓故事更有衝突跟張力，減少一些細節的敘述，避免可能出現的拖沓情節，最重要的是讓主要角色們赤裸裸……不是，我的意思是毫無隔閡……總之就是能直接接觸！不要有其他人在其中增加接觸困難度！

這樣我才能更好的玩弄他們啊！！

版代公司表示：所以我們就活該被犧牲嗎嗚嗚嗚，下次要卡你們案子！

但是我也覺得，完全把這部分的真實狀況當不存在也很可惜，畢竟大家應該都對出版業界多多少少有點好奇，至少我自己是一直都很好奇啦，所以後來跟編輯商量，決定把真實的狀況放在後記跟大家分享。

實際上劇情裡的直接接觸是不會發生的唷！只是為了劇情張力

跟衝突性而設計的，我們不可以忘記版代的存在呀！

感覺第二集應該也會有很多出版界的真實祕辛啊哈哈～

說起來，這本書的一切都是意料之外的。本來吧，我跟編輯說好，十月份開始連載滿月的故事（別問我《鯤鵬3》，我要逃避現實），但我還是磨磨蹭蹭地寫不順，就又開始擺爛了。

殊不知，正所謂柳暗花明又一村，在我對自己的能力產生質疑，不知道該怎麼好好寫出一篇故事的時候，突然某一天，因為那張著名的小倉鼠吃大香蕉梗圖，我想到這個故事的開頭。

我的人生好像一堆這種突然抽風，然後開開心心往下走到底的事件。

原本吧，我是真心打算寫一篇肉為主的小甜文，就是那種可可愛愛沒有腦袋，大家看得開心甜蜜，我寫得愉快不燒腦的故事，短短一篇可能十五萬字就能結束，如此這般。

我錯了。

我這人可能有點浪漫過敏，或者說甜文過敏。

我是很愛看甜文的，真的，我超愛那種不用帶腦看的甜文，我覺得能寫好這種文，不會讓讀者覺得智商被爆擊，能享受那種無負擔的寵溺故事的作者，超級厲害！我一直期許自己可以成為這樣的作者。

畢竟我這麼愛狗血，又這麼愛甜文，照理說我自己寫甜文時應該辦得到吧？

才怪。

反正，寫到第三場肉的時候，我發現自己開始構思擬定嚴肅的主線劇情，哈哈，一篇打砲為主的甜寵肉文，為什麼需要嚴肅的主線劇情啊！

然後就……十五萬字，嘿嘿，辦不到，不可能，我爆字數了。

彷彿能看到編輯想掐死我的心都有了。

同時真的超級感謝我親愛的編輯幫了我大忙！潘寧世後來社畜得很明顯，而他忙碌職場故事全部來自編輯大人的親身經歷，我就是稍微做了一點藝術加工，讓潘寧世可以在忙碌中，還有體力打砲跟談戀愛！（咦？他談了嗎？）

第一集的兩個人目前處在工作大於戀愛，前任搶戲大過現任的單純肉體關係上。

不過，第二集就要開始認真談戀愛啦！

我的目標是二十六萬字內結束這篇故事啦……但我說出口了，是不是又會出什麼意外啊 OTZ

總之，希望大家看得開心啦！

我會繼續保持嚴肅的劇情（？）跟甜蜜蜜的肉之間的平衡的！

另外希望今年內可以把《鯤鵬3》寫出來跟大家見面啦～

黑蛋白

二〇二四年一月

【特別收錄】

紙上訪談第一彈，精彩設定大公開

Q1：黑蛋白老師您好，很高興能再次出版您的新書。這本新書源自於一個腦洞，雖然腦洞乍看很無厘頭，但發展成故事後，相信就必須做更細緻完善的設定，請問這個故事有想傳達的中心思想嗎？

A1：這完全是因為我想不到怎麼寫《人生何處無鯤鵬3》，滿月的故事也撞牆後，自暴自棄的產物。

這個故事我想寫的應該是成年人的戀愛吧。

隨著年紀增長，大家身上的壓力跟需要考量的事情都多了很

多，很難像年輕人那樣單純地因為某些心動時刻就義無反顧的投入感情中。

人到中年，事業有成，多數人反而會對許多事躊躇不前，寧可追求淺層關係就好。

如何踏出最後那一步，我覺得是很有趣的。

Q2：對我而言，這個故事有一個很特別的設定，就是兩位主角的職業，沒想到潘寧世和夏知書是同業啊XD，很好奇怎麼會想到做這樣的設定？畢竟出版業是錢少事多的職業，如果要寫實豈不是很難讓主角有時間談戀愛？如果要不切實際怎麼不挑選更浪漫一點的職業？很好奇您做了怎樣的取捨？

A2：我本來是想找一個互相合作又能彼此牽制的工作去增加雙方的拉扯，就像前面說的，這個故事一開始只是個腦洞，我開始寫的時候對兩個主角除了攻有三十公分，受是娃娃臉外，什麼設定都沒有。

甚至我開始寫前兩回連載的時候，也都還沒決定兩個人到底

是什麼身分、有什麼樣的性格，我只是想讓他們上床而已，哈哈。後來，我在想要不要讓他們兩個一個是攝影師、一個是模特兒？這樣彼此之間的拉扯跟張力也滿強的。

但是很不巧，我最近手上剛好接了一套漫畫的翻譯，故事就是攝影師與模特兒，又那麼不巧，兩個主角跟我的角色有部分重疊。

當然，我有自信不會被別人的作品影響，即使思考雷同，但故事的出發點還有內核都是不同的。

可是因為時間實在太近了，我覺得這樣沒意思，再加上我對攝影師這個職業並不熟悉，還要花時間做功課，對已說好的截稿日期而言，我判斷沒辦法做好事前資料整理，所以就放棄了。

編輯跟翻譯是我的第二選擇，可是一開始我也很抗拒。

因為，我很怕我沒把編輯的工作寫好，到時候我的編輯看了會覺得尷尬好笑，我丟不起這個臉啊！但是，這卻是我最熟悉的職業。

我本身就有兼職日文翻譯，又有商業出版的經驗，最後在朋

友的慫恿下，還是為兩位主角的職業選擇了編輯與翻譯。當然，沒時間談戀愛這個，二次元人物只要沒死掉，不睡覺也是可以的（慢著），只要不睡覺！什麼事都可以做完（來自《百姓貴族》一書）！

最重要的是，我想要那種彼此輔助但又有拉扯的感覺，同時又不需要我花太多時間去做研究跟整理資料，可以說是時間幫我做了選擇。

Q3：有別以往您習慣寫長篇故事，這次篇幅較短，您覺得寫來有比較輕鬆嗎？有沒有礙於篇幅要忍痛刪掉的劇情？或是有來不及寫出來的裡設定嗎？

A3：本來以為可以單本結束，後來我發現自己辦不到……所以目前還是字數爆炸到兩集了哈哈。

我有想過要取捨，但實在很難很難，我是個寫不了單行本的女人吧（菸）

Q4：在創作這部作品時，有沒有發生什麼有趣或難忘的事情？有沒有遇到什麼困難？寫作時最大的挑戰是什麼？

A4：我的讀者裡剛好有職業翻譯，也是翻日文小說，而且經常接重點書跟書展首發書，這篇故事引起了他不小的共鳴，我覺得這應該代表我有把出版社的生態寫好吧～

另外也從編輯身上聽到了很多有趣的故事，雖然深刻反省自己，但我這次又延遲交稿了 OTZ，對噗起！

這篇遇到的困難大概就是故事節奏的改變吧？前期幾回都是愉快的打砲故事，但我開始慢慢放劇情進來後，很擔心讀者們會不會水土不服接受不了。

另外就是，潘寧世的社畜兼社恐屬性，讓他一度影薄，彷彿只是打砲機而已，讓我一度很傷腦筋呢！

Q5：想請您談談這次的主角香蕉弟弟潘寧世，在您眼中，潘寧世是怎樣的人？一開始的設定就是如此嗎？有沒有隨寫作過程調整的地方？寫這樣個性的攻，有沒有覺得棘手的地方？

A5：他是個好人。

但他也是個冷漠的人。

他的處世原則是遵守規則，得過且過。

他不會很在意別人的目光，也不會很在意自己的成就，沒有多遠大的目標跟夢想，就是個想安安穩穩過日子，想找個人上上床的普通人。

一開始他這種性格會容易變得影薄，也確實除了性愛場面，他剛開始應該是讓人印象模糊的。

隨著後期描寫到他的職場、他的興趣、他的家人跟朋友，這個人才慢慢立體起來。他算是我筆下少數不是透過自己的言行，而是靠周圍的角色去間接描述塑造的角色。

Q6：接下來來談談夏知書吧，感覺他和《人生何處無鯤鵬》的染翠很像，都是小狐狸的個性，您有特別偏好這種個性的受嗎？覺得兩人有什麼不同之處？在您眼中，覺得夏知書是個怎樣的人？

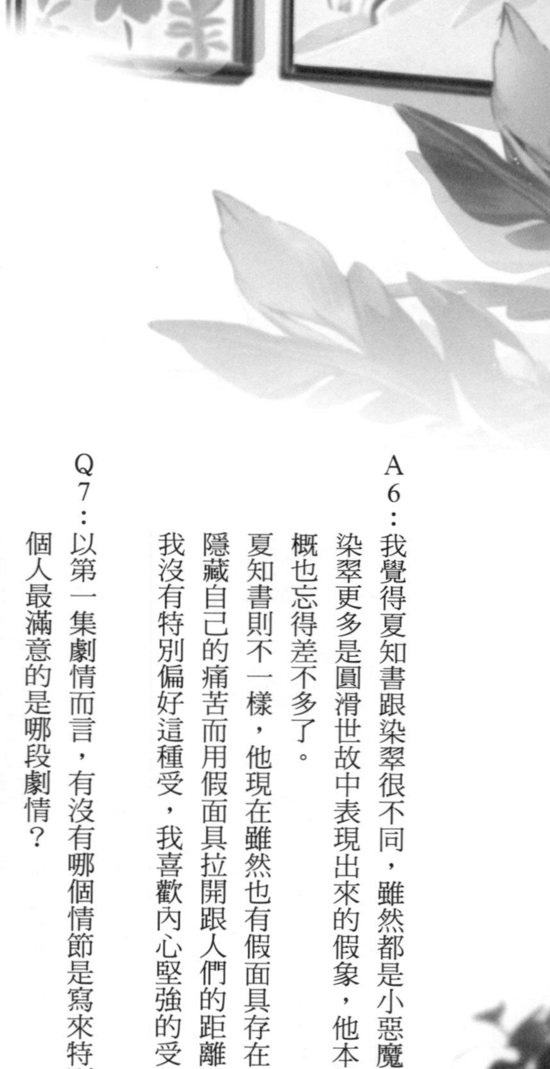

A6：我覺得夏知書跟染翠很不同，雖然都是小惡魔屬性的人，但染翠更多是圓滑世故中表現出來的假象，他本性如何自己大概也忘得差不多了。

夏知書則不一樣，他現在雖然也有假面具存在，但他是為了隱藏自己的痛苦而用假面具拉開跟人們的距離。

我沒有特別偏好這種受，我喜歡內心堅強的受。

Q7：以第一集劇情而言，有沒有哪個情節是寫來特別燒腦？以及個人最滿意的是哪段劇情？

A7：最燒腦的大概是跳舞那段，我真的是直接停擺一個禮拜寫不出來，腦汁都快燒乾了。

最後成果到底如何，我不好說，希望大家閱讀到那段故事情節時，能夠感受到潘寧世的帥氣。

我個人最喜歡的橋段，應該是前面打砲打到被報警的那段吧www

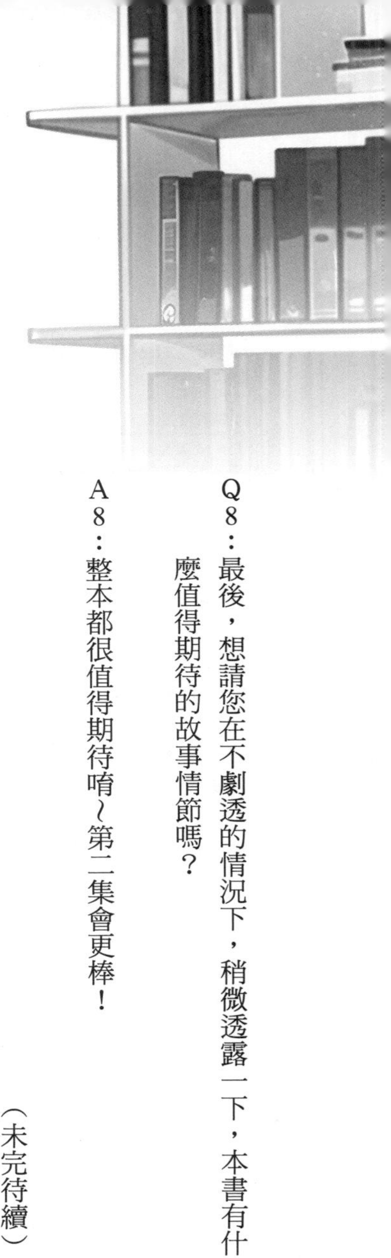

Q8：最後，想請您在不劇透的情況下，稍微透露一下，本書有什麼值得期待的故事情節嗎？

A8：整本都很值得期待唷～第二集會更棒！

（未完待續）

i小說 082

One Night Stop～不止一夜情1

國家圖書館出版品預行編目（CIP）資料

One Night Stop～不止一夜情1 / 黑白蛋著. -- 初版. --
臺北市 : 愛呦文創有限公司, 2024.03-
面；　公分. -- (i小說 ; 82-)
ISBN 978-626-98197-2-0(第1冊 : 平裝)

863.57　　112021812

愛呦文創

作　　者	黑蛋白
繪　　圖	小黑豹
責任編輯	高章敏
文字校對	劉綺文
版　　權	Yuvia Hsiang
行銷企劃	羅婷婷
發 行 人	高章敏
出　　版	愛呦文創有限公司
地　　址	10691台北市忠孝東路四段59號10-2樓
電　　話	（886）2-25287229
郵電信箱	iyao.service@gmail.com
愛呦粉絲團	https://www.facebook.com/iyao.book
總 經 銷	聯合發行股份有限公司
電　　話	（886）2-29178022
地　　址	231新北市新店區寶橋路235巷6弄6號2樓
美術設計	張雅涵
內頁排版	陳佩君
印　　刷	沐春行銷創意有限公司
初版一刷	2024年3月
定　　價	360元
I S B N	978-626-98197-2-0

ao 愛呦文創

愛呦文創